이병철

1984년 서울에서 태어났다. 중앙대학
교 문예창작학과에서 석사, 한양대학교
국어국문학과에서 박사학위를 받았다.
2014년『시인수첩』신인상에 시가,『작
가세계』신인상에 문학평론이 당선되어
작품 활동을 시작했다. 시집『오늘의 냄
새』, 산문집『낚 ; 詩 - 물속에서 건진 말
들』,『우리들은 없어지지 않았어』등이
있으며, 경향신문, 조선일보, 경북매일신
문 등에 칼럼과 여행기를 쓰고 있다.

원룸 속의 시인들

새미비평신서 22

원룸 속의 시인들

이 병 철

새미

책머리에

'평론이란 무엇인가'라는 질문에 나는 선뜻 대답하지 못한다. 평론이 무엇인지 잘 모르기 때문이다. 문예창작학과와 국문학과에서 석사와 박사 학위를 받고, 문학 평론으로 등단했지만 평론을 제대로 공부한 적 없다. 그저 시를 더 잘 쓰기 위해, 시를 더 깊이 이해하기 위해 쓰기 시작했다. 아무리 발버둥 쳐도 시가 좋아지지 않아서, 평론을 쓰면 내 시를 객관적 비평의 대상물로 구체화해 들여다 볼 수 있겠거니 생각했다. 대학원에서 과제물로 제출한 비평문이 칭찬을 받자 내심 우쭐해져서는 2014년 『작가세계』 신인상에 투고를 했고, 얼떨결에 등단했다. 등단을 '당했다'고 하는 편이 나을 것 같다. 평론가가 이렇게 쉽게 되는 것인지 나도 놀랐다. 생각할수록 미스터리다.

등단 이후 우리나라 문예지 출판 환경은 나를 '박리다매'와 '대량생산'의 공장장이 되게 했다. 거절은 건방진 것이라고 생각해서 청탁이 오는 대로 받았다. 계간평, 월평, 시인 특집 해설, 시집 리뷰, 주제 비평, 대담, 시인론, 시집 해설 등등 뭐가 어떻게 다른 지 나조차도 분간할 수 없는 비슷비슷한 글들을 써냈다. 평론이 무엇인지도 모르면서, 때론 안다고 착각하면서 어떻게든 썼다. 글 한 편 쓸 때마다 몸과 정신을 갉아먹는 고행을 반복했다. 손이 느리고 눈이 어두워 남들이 사흘 걸려 쓸 것을 열흘 밤낮

고생해 겨우 완성했다. 커피잔과 컵라면 용기, 빈 술병이 방구석에 가득 쌓일 즈음에야 원고 마감을 끝내곤 했다. 그래도 그 둔한 재주로 꼬박꼬박 '납기일'을 지켰으며, 단 한 번도 '빵꾸'를 내지 않았다. 그 결과 글의 질과는 관계없이 '원활한 납품' 덕분에 여기저기서 지면을 얻었다. 감사한 일이다.

말하자면 '생계 비평'을 해온 셈인데, 이런 활동을 혹자는 조금 고급지게 표현해서 '현장 비평'이라고 부른다. 현장 비평이라는 이름으로 생계 비평을 하며 이것저것 닥치는 대로 쓰다 보니 어느새 원고지 3,000매가 넘는 글이 모였다. 꼴도 보기 싫어 멀리 치웠다가도 또 죽을 둥 살 둥 애썼던 기억들이 떠올라 내가 쓴 글들을 다시 읽어보았다. 그러다 특별한 경험을 하게 됐다. 비평을 쓴 내 마음보다 비평적 대화 상대가 되어준 수많은 시인들의 마음이 텍스트 속에서 만져진 것이다.

시인의 마음들, 그 웅크린 자세들, 방안의 어둠과 키보드 두드리는 소리, 향초 냄새, 촛불에 너울거리는 영혼의 그림자까지… 어떤 시인의 시에 대해 글을 쓰다 보면 어느새 나는 그 시인을 사랑하고 있었다. 평론가가 아니라 나도 한 사람 시인으로서 시인의 마음을 헤아리고 싶었는지 모른다. 작가의 마음과 평론가의 마음이 상응하는 대화가 될 때 평론은 비로소 아름다움을 획득하게 된다고 나는 믿는다. 그래서 평론가적 눈보다 시인적 마음으로 텍스트 속에서 길을 찾고자 노력했다. 독자에게 미로의 막힌 문을 열어주어 더 깊은 시의 내부로 들어가는 쾌감을 선사하고 싶었다. 해석의 물꼬를 열어주는 마중물이 되어주고 싶었다. 그러다 보면 문장은 거칠고 주장은 비약적이며 해석엔 지나친 주관이 개입할 때가 많았다. 사상의 토대가 빈약한 만큼 주장을 논증하고 인상을 개념화하지 못해 쩔쩔 매곤 했다.

사회 및 정치 담론과 문학 텍스트의 상호성에 대해, 인간 보편의 삶과 또 소수적 삶에서 텍스트의 의미와 그 효용의 범위에 대해, 문학이라는 언어가 과연 어디까지 통용될 수 있는지에 대해 전혀 갈피를 못 잡겠다. 주제 비평이라든가 담론 비평을 쓰지 못하는 이유다. 이 책의 대부분은 시인론과 작품론이며 그 중에는 단평이 차지하는 비중도 적지 않다. 나는 비평이라는 영토의 최전선에서 우리 사회와 이 세계에 유의미한 질문과 담론을 끊임없이 생산해내는 일군의 '진짜 평론가'들을 존경한다. 나는 감히 엄두도 내지 못한다. 어찌 하다 보니 '평론가'라는 직함을 이름 앞에 붙였지만, 평론의 언어를 계속해서 확장하며 문학 텍스트가 현실 안에 발 디딜 공간을 확보해나가는 그분들과 감히 직함이 같다고 생각해본 적 없다. 다만 그분들이 그렇게 전방에서 분투할 동안 후방에서 현장 비평이라는 조금은 안온한 임무를 수행하며 독자들이 아직 모르는 시를 발견하고, 주목하고, 그 미덕에 대해 말하는 역할도 꼭 필요하다는 것, 그게 스스로를 위한 작은 변명이 될 수 있기를 바랄 뿐이다.

사소한 이야기를 해볼까 한다. 얼마 전 동료 시인으로부터 대산창작기금 결과가 발표됐다는 이야기를 들었다. 대산문화재단 홈페이지에 들어가 결과를 확인하다가 반가운 마음에 우다영 소설가에게 축하 전화를 걸고, 무심하게 스크롤을 내리니 평론 부문 심사평, '이거 ○○○ 글인데?' 정말 글 잘 쓰는 모 후배가 최종심에서 아쉽게 미끄러진 걸 속상해하며 다음 단락을 읽었다. 침대에서 벌떡 일어났다. 「감각적 허상을 소비하는 상상체험자들」 외 24편은 내가 응모한 원고였기 때문이다. 최종심에 오른 세 명 중 신샛별 평론가께서 수혜자로 선정이 되셨고, 나와 모 후배는

"더 정진하기를 당부" 받았다. 나에겐 큰 사건이다.

　나에게 시가 소중한 글쓰기라면 평론은 중요한 글쓰기다. 시는, 잘 쓰고 싶은데 잘 쓰지 못하는 내 자신에게 분노하게 하고, 평론은 부끄럽게 한다. 심사위원들께서도 말씀하셨지만, "비평적 문제 구성이나 주제의식이 약하다"는 걸 스스로 잘 알고 있다. 그래서 청탁 받은 평론 원고를 쓰면서도 늘 '내가 비평을 쓸 자격이 있는 사람인가' 자문하곤 한다.

　대산창작기금에 응모한 원고가 바로 이 평론집이 되었다. 세상에 내보이기에 창피한 글들임을 알면서도 뻔뻔하고 건방진 결정을 내린 데는 나름의 사정이 있다. 네다섯 해 전에 썼던 글에서 '젊은 시인'으로 호명한 시인들이 이제 두 번째, 세 번째 시집을 내는 등 문학적 경력을 더해 가는데, 평론에도 시의성이라는 게 있고, 글도 '생물'이므로 오래 묵히면 생기를 잃는다는 생각에 "얼른 털어버리고 새로 쓰자"는 마음을 먹은 것이다. 2014년부터 쓴 비평 원고 중 1,200매 정도를 추려 출판사에 보내드리기로 했고, 그 전에 일종의 '테스트'로 대산창작기금에 낸 원고가 최종심까지 오른 것이다.

　평론집 원고를 묶으면서 내가 몹시 부끄럽고 한심하고 그래서 무력하고 불안하고 우울했다. 이 따위로밖에 쓸 수 없다는 게 괴로웠다. 공부는 부족하고 생각은 모자라며 독서는 빈약한 데다 문장은 조악하다. '이런 걸 어떻게 책으로 내겠다는 거지?' 출간은 이미 결정 난 일인데도 망설임을 멈추지 못한 채 고민하고 있었다. 그러던 중에 큰 격려를 받아 조금이나마 용기를 낼 수 있게 되었다. 덕분에 아주 조금은 덜 부끄러워하며 출간을 준비할 수 있었다. 젊다는 것 말고는 다른 가능성이 많지 않은데, 그단 하나 '젊음'에 기대를 보여주신 것이라 생각한다. 어떻게든 좋은 부분을 봐주시려고 심사위원들께서 노고가 많으셨을 것이다.

사람 마음이 간사해서, 최종심에 오른 걸 확인하고는 아주 잠깐이나마 그릇된 생각을 가져봤다. 출간을 미루고 서울문화재단이나 문화예술위원회 지원사업 또는 내년 대산창작기금에 이 원고를 다시 응모해볼까, 하는. 금방 부끄러움을 느끼고 머릿속에서 지웠다. 심사위원들께서 지적해주신 '문제의식과 주제의식의 결여'를 보완하기 위해 더 많이 읽고 공부하고 치열하게 몇 년 쓰다 보면 또 한 권 분량의 원고가 생길 것이다. "신진 평론가의 패기와 열정으로 더 정진하기를 당부"하신 심사위원들 말씀에 벅차 눈물이 났다. 정말 감사하다. 패기와 열정 잃지 않고 열심히 쓰자고, 지금도 마음을 다시 고쳐먹는다.

수치를 알아야 더 나은 사람이 된다고 믿으므로, 나는 호되게 혼나기 위해, 또 부끄럽기 위해 그동안 쓴 보잘 것 없는 비평문들을 책으로 묶었다. 냄비받침이나 베개, 파리채의 운명을 피할 수 없다는 걸 잘 알면서도 용기를 냈다. 이 책의 글들은 주로 최근 젊은 시인들의 시를 이해하고 그들의 목소리에 의미를 부여하는 데 편중되어 있다. 중견이나 원로 시인보다는 문학적 경력이 쌓이지 않은 젊은 시인들, 또 잘 알려지지 않은 시인들을 향해 자꾸만 눈과 마음이 기울어지는 편애를 나도 어쩔 수 없다. 독자들에게 원룸과 반지하방과 옥탑에 사는 시인들을 소개할 수 있다면, 가장 외로운 시의 첨탑에 자발적으로 유폐된 채 여전히 '시'가 '날개' 될 가능성을 믿고 있는 젊은 시인들의 마음을 독자들에게 조금이나마 전달할 수 있다면 이 책은 세상에 태어난 나름의 목적을 다하게 될 것이다.

평론이라는 글쓰기가 지닌 아름다운 생산성을, 그 곡식과 과실의 땅에서 성실하게 파종하고 수확하는 법을 끊임없이 일깨워주시는 유성호 선생님께 감사드린다. 이 책의 대부분 글들은 선생님의 제자 사랑 덕분에 지면을 얻어 쓰인 것들이다. 부지런히 읽고 쓰는 일 말고는 달리 보답할 길 없는데, 노는 걸 좋아하니 큰일이다. 하루쯤은 선생님을 모시고 가까운 바닷가에라도 다녀와야겠다. 그러면 아마 서경석 선생님께서도 같이 가자고 하실 것이다. 나는 서경석 선생님께 비평에서 논리적 정합성과 체계 및 이론의 소화가 중요하다는 것을 배웠다고 나 혼자 생각한다. 수업에서 정말 불성실한 학생이었기 때문이다. 저조한 출석률을 자연산 쏘가리회로 만회할 수 있던 것은 선생님의 유쾌한 배려 덕분이었다. 또 한 번 자연산 활어회로 감사 인사를 드리고 싶다. "자네는 계속 공부해 나갈 사람이니까 더 열심히 읽으라"고 격려해주신 이재복 선생님께도 연락 드려 활어회가 있는 저녁상으로 모셔야겠다.

지루하게만 생각했던 비평이 무척 재미있다는 것을, 아니 엄밀히 말하자면 비평 수업이 포복절도의 현장이 될 수 있다는 것을 체험하게 해주신 전영태 선생님께 감사드린다. 강소천의 동시집 『호박꽃 초롱』에 백석이 쓴 서시(序詩)에 대한 독창적 해석은 지금도 잊을 수 없다. 석사과정 지도교수인 이승하 선생님께선 의욕만 앞서는 내 글의 웃자란 모서리들을 다듬을 수 있게 늘 날카롭고 적확한 조언을 해주셨다. 진심으로 감사드린다. 한편 박철화 선생님께서는 "문학적 자의식에 함몰되어 미성숙한 인간으로 사는 것을 경계하라"고 가르치셨다. 예술가적 몰입과 사회인으로서의 성숙, 그 균형 잡힌 인간을 늘 강조하신 덕분에 나는 그나마 사람이 되었다. 좋은 와인 한 병 들고 북한산 기슭으로 찾아뵈어야겠다.

내게 문학이라는 최초의 불꽃과 숨을 주신 이경교 선생님, 장석주 선생님께는 늘 불효자의 마음이다. 언제쯤 은혜를 갚을 수 있을까? 갈 길이 멀다. "심장을 여는 시"를 발견하라고, 그런 시를 직접 쓰라고 말씀하신 오정국 선생님 모시고 서산 동문시장 전봇대집에 가 막걸리 한잔 따라드리고 싶다. 안주는 박대조림이 좋겠다. 비평의 언어가 시의 언어 못지않게 아름다울 수 있음을 가르쳐주신 이수명 선생님, "포기하지 말라"는 격려를 통해 용기와 의욕을 북돋워 주신 권성우 선생님께도 마음 깊이 감사드린다.

부족한 글을 흔쾌히 책으로 만들어주신 김효은 선배께 특별한 감사를 표하고 싶다. 시와 평론을 동시에 쓰는 일의 고난을 앞에서 온몸으로 맞으며 뒤따라오는 후배의 경주를 한 결 수월하게 해주고 계신다. 평론집을 읽는 사람이 많진 않겠지만 책이 좀 팔려야 조금이나마 신세를 갚을 텐데, 요원하기만 하다. 마지막으로 못난 비평문에서 기꺼이 내 대화 상대가 되어준 여러 시인들에게 고맙다고 말하고 싶다. 빼어난 시에 난삽한 글을 붙인 죗값을 술과 안주로 갚고자 하니 언제든 찾아주신다면 지갑 들고 나가 5만원 안에서 물 쓰듯 쓰겠다.

나에게 글쓰기란 자괴감과 열등감, 패배감, 수치심, 무력감, 분노, 우울의 일상이다. 그것들이 동력이 되어 어떻게든 무엇이든 계속 쓰게 한다. 쓸수록 부끄럽고 괴롭다. 그래야만 계속 쓸 수 있으니, 달리 방법이 없다. 다시 써야 할 문장들이 빗방울보다 많다. 쓰자. 사랑하는 부모님이 내 학문이고 문학이며 예술이다.

2019년 여름
이병철

차례

원룸 속의 시인들

프롤로그

원룸 속의 시인들

1990년대 온라인 문화는 홈페이지가 주도했고, 2000년대는 '미니홈피'의 전성시대였다. 그리고 바야흐로 SNS 시대가 활짝 열렸다. 디케이드(decade)가 거듭될수록 온라인 세계를 장악하는 웹 공간의 부피와 무게가 가벼워졌다. 1990년대 홈페이지를 떠올려보면, "이 홈페이지는 무엇에 대해 소개하는 곳으로 어떤 내용들을 담고 있으며……" 따위의 '홈페이지 소개'가 반드시 있었다. 사상이나 세계관이 곧 공간의 성격을 규정했다. 개별화된 공간이지만 거기 사는 개별자는 드물었다. 대부분 보편자로서 다른 보편자들과 공유할 수 있는 주제를 들여놓았다. 개인의 일상이나 생활 정보 같은 것들이 들어올 자리가 없었다. 사소한 소품은 손님들에게 환영 받을 수 없었기 때문이다. 개인 홈페이지를 갖는다는 것은 요즘의 내 집 마련처럼이나 쉽지 않은 일이었다. 홈페이지를 만들어 운영할 줄 알면 능력자였다. 아무나 만들 수 있는 것도, 아무 내용이나 막 담을 수 있는 것도 아니었다. 말하자면 홈페이지는 앙코르와트나 이구아수 폭포 같은 관광 명소의 역할을 수행해야 했다. 근사하고 멋진 것, 지적인 것, 보편 감동과 공감을 일으킬 수 있는 것이어야 했다. 홈페이지처럼, 우리 시도 그랬다. 모더니즘, 리얼리즘, 해체시 등 뚜렷한 '대문'을 통해서 시의 공간으로 들어갈 수 있었다.

2000년대에 미니홈피가 등장하면서 모든 사람이 개인 홈페이지를 갖게 됐다. 똑같은 크기와 형태의 보급형 주택이 날개 돋친 듯 분양되자 무겁고 뚱뚱한 기존의 홈페이지는 거의 옛 유적이나 보기 드문 고택으로 취급받았다. 모두가 홈페이지를 가지니 홈페이지는 더 이상 감탄과 경외의 대상이 아니었다. 사람들은 동일한 프레임의 사진첩과 일기장에 저마다의 일상과 생각을 담으며 보편자들 속의 개별자들로 서기 시작했다. 인터넷 세상에 '개인'이 침투하자 그간 잠복돼있던 관음과 노출의 욕망들이 '파도'로 밀려왔다. 모두들 남의 집을 열심히 들여다보기 시작했다. 방문자 수를 올리기 위한 거짓과 허세가 횡행하기도 했다. 여전히 '무엇'을 담고 있느냐가 중요했지만, 개인의 내밀한 일상보다는 그래도 다수가 누릴 수 있는 콘텐츠가 환영받았는데, 진지함보다는 가벼움, 얌전보다는 파격과 엽기가 주를 이뤘다. 그 과정에서 텍스트와 서사가 저물고 이미지와 캐릭터가 부각됐다. 미니홈피의 시대에 등장한 '미래파' 시인들은 시에 파격과 엽기, 또 '미니룸'처럼 다채롭고 환상적인 시공간을 들여놓았다. 그 안에서 시인들의 퍼스나는 다양한 '아바타'로 형상화됐다. 새롭고 낯선 시적 퍼스나들이 수많은 아바타로 쏟아져 나왔다. 사람들은 '파도타기'로 일촌과 일촌의 일촌을 왕래하듯 '미래파'라는 파도를 타고 황병승에서 김민정으로, 김민정에서 이승원과 유형진으로 넘나들었다.

그리고 마침내 SNS 시대가 열렸다. '심플'과 '슬림'으로 2000년대를 장악한 미니홈피는 이미 무겁고 둔한 인터페이스가 돼버렸다. 트위터와 페이스북은 미니홈피에서 '일기장'만 분리되어 나온 형태다. 단독주택(홈페이지)과 아파트먼트(미니홈피)의 시대를 지나 이제는 원룸이다. 생활에 직접 연관된 최소한의 것들만 들일 수 있으므로 공간이 곧 그 사람을 나타낸다. 그러나 홈페이지 시대처럼 사상이나 세계관과 결부되지 않는다. 그저 구체적이고 내밀한 일상과 취향에 대해서다. 긴 글이나 지나친 진지함은 환영받지 못한다. 단순히 관심을 끌기 위한 그로테스크와 엽기도 마찬가지다. 꾸밈없는 일상의 기록, 구체적인 감정의 결, 짤막하지만 재치있는 유머 따위가 사람들의 호응을 얻는다. 원룸의 주민들은 단독주택처럼 대문을 세우고 정원을 꾸밀 수 없다. 서재나 응접실을 따로 둘 수도 없다. 아파트먼트처럼 '단지'나 '반상회' 같은 연대단위로 묶일 수도 없다. 사상을 나타내거나 서로 연대할 수 있는 인프라가 아예 구축되지 않으므로, 이제 사람들은 자신의 일상과 취향 말고는 내보일 것이 따로 없는, 철저한 개별자들이 되었다.

2000년대 시인들은 그래도 '미래파'라는 아파트먼트에 공동 입주할 수 있었는데, 2010년대 젊은 시인들은 개별화된 공간의 개별자들로서 원룸에 거하고 있다. 특별한 문제의식이나 사상, 실험적 태도가 보이지 않는다는 것이 요즘 젊은 시인들에게 겨누어진 비판의 칼끝이다. 그런데, 시대를 주도하는 어떤 경향이나 담론이 없다는 것에서 오히려 다양성이 움튼다. 2010년대 젊은 시인들의 원룸은 단독주택처럼 웅장하지도 않고, 아파트먼트처럼 세련되지도 않다. 바꿔 말해 근대적 이데올로기에서도 자유롭고, 동일한 범주로 묶일만한 일률적인 (몰)개성도 아니라는 것이다. 지나치게 진지하지도 않고, 전위라 할 만한 파격도 없다. 그러면서 서로 닮아있지도 않다. 문학적 가치를 떠나, 나름대로 다양하다. 그래서 2010년대 시인들의 원룸을 들여다보는 일은 즐겁다. 이를테면 황인찬은 이케아 가구로 여백을 부각시킨 방이고, 이혜미는 까사미아 앤틱 가구를 들여놓은 방이다. 박준은 1980~90년대 풍의 하숙집이고, 이제니는 후크송이 재생되는 클럽, 유병록은 내셔널지오그래픽 채널을 종일 틀어놓은 방이다. 방을 보면 사람을 알 듯 시를 보면 시인을 알 것 같다.

무기명으로 받은 소포들이 쌓이고 있었지. 계단, 계단들처럼. 나는 무릎을 끌어안고 계단 속 발자국 소리를 듣고 있었지. 서표, 읽지도 않은 책에 꽂아둔 서표들처럼.

처음 나랑 잔 애인은 누구였지. 난간에 기대니 계단은 풀어지는데. 소포 속 발자국 소리가 미끄러질 때마다 계단은, 계단을 지워내는데. 묻고 싶다. 하룻밤 애인이 있긴 있었니.

애인들은 일제히 고무줄을 끊고, 어둠이 튕겨 나갈 땐 술을 끊고, 나는 손톱을 기르고 있었지. 내가 울었어, 내가 울릴 거야. 자꾸 브래지어는 부드러워졌지.

클럽에서 처음 본 애인들은, 언제나 어디서 많이 본 얼굴이었지. 내 손은 분주했지. 많아졌지. 나쁜 것은 헤프도록 헤프게. 애인 아닌 것들만 가끔 물었지. 내 진짜 이름은 뭐냐고.

미친 것! 난 이미 실명을 밝혔다구.

무기명으로부터 달아날 때마다 소포들은 쌓였지. 계단은 부풀어 오르다 빵빵 터지기도 했지. 처음 본 애인들에게 전화를 걸어보지.

나야 나!

실명을 밝힐 때마다
나는 계속 반송을 당했지.
계단이 쌓인 순서조차 기억이 없지
나는 진짜 애인에게 전화를 걸어보지.

나야 나!

— 황종권, 「무기명 애인」 전문

이제 시인들은 SNS 글쓰기처럼 시를 쓴다. 시의 형식과 언어로 SNS를 한다. SNS가 원룸인 것처럼 시도 원룸이다. 시에다 원룸을 들여놓고 거기에 지극히 개인적이고 내밀한 사담들, 구체적인 에피소드, 다양한 감정들을 직설적으로 집어넣는다. 위 시에서 화자는 시인일 것이다. 시인 자신의 체험을 시로 옮긴 것 아니고서야 나타날 수 없는 구체성이다. 시인은 자기 일상과 연애사를 꾸밈없이 펼쳐 보인다. 어떤 사상이나 세계를 향한 문제의식 대신, 개인의 욕망이 있고, 개인을 둘러싼 사회적 관계에 대한 통찰이 있다. 시인은 캐릭터나 이미지 뒤에 숨어서 진술하지 않는다. 이것이 SNS 시대의 젊은 시인들이다.

관공서와 통신사 등 제도권의 우편물이 잔뜩 쌓인 반지하 원룸, 거기 "실명을 밝힐 때마다 계속 반송을 당"하는 청춘이 산다. 아직 '이름'을 얻지 못한 젊은 시인의 초상이다. 비록 좁은 방이지만 나름의 인테리어로 자신의 개성과 취향을 표현해놓았는데, 와서 머무는 이가 없다. 오늘도 젊은 시인은 솔직한 감정과 구체적 일상이 있는 원룸 안에서 당신을 기다린다. 당신은 휴지와 주스를 들고 가 기꺼이 문을 두드려주겠는가?

제1부

원룸 속의 시인들

감각적 허상을 소비하는 상상체험자들

—미래파 시의 오타쿠 문화 수용 양상: 김민정·장이지론

1. 오타쿠와 미래파

현대 사회는 실재 사물의 세계가 아니라 자본주의와 인간의 욕망에 의해 만들어진 가상의 세계이며, 현대인들은 물질도 실재도 아닌 이 가상성, 즉 시뮬라시옹의 이미지를 소비하며 살아간다.[1] 특히 오타쿠들은 게임이나 애니메이션 등 '가상성'이라는 오리지널을 다시 모방하거나 복제해 새로운 창작물로 만들어내는 2차 변용[2]을 통해 시뮬라시옹의 세계, 즉

---

1) "오늘날의 시뮬라시옹은 원본도 사실성도 없는 실재, 즉 파생실재를 모델들을 가지고 산출하는 작업이다. (…) 이제 더 이상 모방이나 이중성, 심지어는 패러디마저도 문제의 대상이 아니다. 문제는 실재가 그의 기호들로 대체된다는 데 있다. (…) 상상으로부터 그리고 실재와 상상의 구별로부터 벗어난 파생실재는 모델들의 궤도적인 순환과 다름들의 허구적인 생산만을 가능케 한다." (장 보드리야르, 『시뮬라시옹』, 하태환 옮김, 민음사, 2001, 12~19쪽.)
2) 오타쿠들이 만든 동인 게임이나 동인지 등을 흔히 2차 창작물이라고 하는데, 엄밀히 따지면 오리지널에 대한 변형 및 재해석이므로 창작보다는 변용에 가깝다. 따라서

포스트모던 사회를 반영한다. 애니메이션이나 게임 캐릭터에 성적인 코드를 덧입혀 원작을 아예 다른 것으로 바꾸어낸 동인(同人)지와 동인게임, 코스프레 등이 '시뮬라크르적' 2차 변용의 여러 형태다.

잘 알려진 대로 '오타쿠'는 "만화, 애니메이션, 게임, PC, S.F, 특수촬영, 피규어, 그 밖에 서로 깊이 연관된 일군의 서브컬처에 탐닉하는 사람들"[3]이다. PC통신과 인터넷을 통해 만화와 애니메이션, 게임 등을 향유한 세대라면 누구나 오타쿠 또는 잠재적 오타쿠의 성향을 지니고 있다고 해도 지나친 말은 아니다.

2000년대의 일부 젊은 시인들을 '미래파'라고 명명하면서 권혁웅은 '중언부언'과 '풍요로운 이미지', '추(醜)'와 '불협화음' 등을 그들이 선취한 우리 시문학의 새로운 미적 가능성이라고 말했다.[4] 그러나 그 새로운 가능성이라는 게 실은 PC통신과 인터넷 세대인 '미래파' 시인들이 비디오 게임이나 애니메이션, 공포영화 따위의 스토리와 캐릭터, 이미지 등 오타쿠 문화를 2차 변용해낸 양상이라면, '존재론적인 통찰'[5]이라든가 '우리 시의 분명한 대안'[6]과 같은 수식이 '미래파' 시에 과연 어울렸던 것인지 궁금해진다.

김홍중과 심보선은 "미래파의 시학에는 '오타쿠적(的)'이라 부를 수 있는 명백한 특성들이 내포되어 있다"[7]고 이야기한 바 있다. '미래파'의 "오

2차 창작이 아닌 2차 변용이라고 하는 게 적합하다.
3) 아즈마 히로키, 『동물화 하는 포스트모던』, 이은미 옮김, 문학동네, 2007, 17쪽.
4) 권혁웅, 「미래파—2005년 젊은 시인들」, 『문예중앙』, 문예중앙, 2005, 봄, 67쪽.
5) "사회와 역사에 대한 통찰은 존재론적인 통찰에 자리를 물려줄 때가 되었다." (위의 글, 67쪽.)
6) "이들의 작품이 가까운 미래에 우리 시의 분명한 대안이라는 것을 인정할 날이 올 것이다" (위의 글, 84쪽.)

타쿠적 특성"이란 무엇일까. 이 글은 '미래파' 시인들 중 김민정과 장이지의 시를 통해 '미래파' 시가 수용한 오타쿠 문화의 양상들을 살피고자 한다. '오타쿠'라는 주제로 '미래파' 시를 분석하는 방법론이지만, 역으로 '미래파' 시를 도구로 하여 낯설고 거부감을 불러일으키던 오타쿠 문화가 포스트모던 시대의 우리 문학 안에 잉태되고 성장한 흔적을 확인하는 작업도 될 수 있다.

오타쿠 문화는 이제 서브컬처의 영역을 조금씩 벗어나 친근하고 익숙한 대중문화의 옷으로 갈아입고 있다. TV 방송에 등장한 '갸루상'8)이 한 예다. 이러한 변화는 근대에서 탈근대로의 이행과 무관하지 않다. 오타쿠 문화가 포스트모던의 특징을 반영하기 때문에, 포스트모더니즘 시로 읽혀지거나 선전되어 온 '미래파' 시의 오타쿠적 특성들을 추적한다면, '미래파' 스스로 주체가 되어 포스트모던을 향해간 것인지, 아니면 '오타쿠'에 기댄 객체로서 포스트모던이라는 열차에 무임승차한 것인지를 밝힐 수 있을 것이다.

2. 감각적 허상을 소비하는 상상체험
— 오타쿠 문화에 대한 시뮬라크르적 2차 변용

'미래파' 시인들이 오타쿠 문화를 수용해 시적 표현을 해낸 방식은 각기 다양하다. 먼저 두드러지는 것은 공포영화9)의 2차 변용이다. 김민정의

---

7) 김홍중·심보선, 「실재에의 열정에 대한 열정: 미래파의 시와 시학」, 『문화와사회』, 한국문화사회학회, 2008, 봄·여름, 126쪽.
8) 갸루(ギャル)는 girl을 일본식 발음으로 읽은 낱말로 특유의 화장법으로 화장을 한 여성을 뜻한다. 최근 KBS <개그콘서트>에 개그맨 박성호가 '갸루상' 캐릭터로 출연, 선풍적인 인기를 끌었다.

『날으는 고슴도치 아가씨』에는 공포영화의 장면을 연상시키는 이미지들이 가득하다. "살 찌르기 놀이나 살 썰기 놀이로 날 살 깍두기 담그게 하겠구나"(「댁의 엄마는 안녕하십니까?」), "덜렁덜렁해진 모가지에서 빨간 물감에 절인 빗물 같은 피가 숙제장 위로 뚝뚝 떨어진다"(「엄마, 학교 다녀오겠습니다」), "쇠도끼로 엄마아빠의 머리뼈와 종지뼈를 쳐내 그걸 고아 프림색 국물을 우려낸다"(「살수제비 끓이는 아이」)와 같은 그로테스크한 이미지들은 하드고어 무비의 한 장면이나 다름없다. 그러면서 스플래터 무비의 성향을 보인다. 사람을 살해하거나 신체를 훼손시켜 피가 사방으로 튀는 극도의 잔혹성 속에서도 우스꽝스러운 대사나 행동으로 웃음을 유발한다.

> 슬라이스 치즈처럼 네모나게 썰린 죽은 아빠의 몸이 조간신문에 찍혀 들어오고 있습니다 (……) 패를 돌리는 죽은 아빠가 히죽거리며 자꾸만 뒤패를 뒤집어보고 있습니다 여보, 그건 반칙이에요 엄마가 달군 다리미로 죽은 아빠의 손등에 홈 깊은 가위를 문신하고 있습니다 죽은 아빠가 쓰리 고에 피바가지 쓰더니 화투가 널려 있는 진자주색 꽃방석을 뒤엎어버리고 있습니다 에이 씨발, 내 끗발 다 물어내 나는 태우다 만 금붕어들을 죽은 아빠의 입 속에 꾸역꾸역 쑤셔넣고 있습니다 죽은 아빠가 뒤집어진 물방개처럼 발발거리고 있습니다 엄마가 씩 웃으며 달군 다리미로 죽은 아빠의 몸을 주름 잡아 다리고 있습니

---

9) 공포영화의 서브 장르에는 살인마가 사람을 난도질해 죽이는 '슬래셔', 잔혹한 장면을 보여주면서도 유머러스한 설정과 슬랩스틱 코미디를 가미해 관객의 웃음을 유발하는 '스플래터', 초자연적인 주술이나 악령을 주제로 끔찍한 사건들의 연속과 거기서 발생하는 공포를 극대화시키는 '오컬트', 전기톱으로 사람의 사지를 절단하거나 배를 칼로 가르는 등 신체를 훼손해 피가 콸콸 뿜어져 나오는 장면같이 극단적으로 잔인한 이미지들이 등장하는 '하드고어' 등이 있다.

다 나도 따라 씩 웃으며 ZIPPO 라이터로 죽은 아빠의 주름 잡힌 몸을
지글지글 지져대고 있습니다
—김민정, 「매일매일 놀러 오는 우리 죽은 아빠」부분

'죽은 아빠'의 몸은 "슬라이스 치즈처럼 네모나게 썰린"다. '엄마'와 '나'
는 "달군 다리미로 죽은 아빠의 몸을 주름 잡아 다리"고 ZIPPO 라이터로
"지글지글 지져대"기까지 한다. 그럼에도 '죽은 아빠'는 좀비처럼 살아서
시적 화자의 집에 "매일매일 놀러"온다. 제목에서 벌써 이 시가 잔혹성과
유희성을 동시에 지녔음을 짐작할 수 있다. 신체를 훼손하는 가학 행위들
이 엽기적인 이미지로 그려진 이 시는 '화투'라는 놀이가 등장하면서 어딘
지 우스꽝스러워지고 조금은 읽기가 편해진다. "패를 돌리는 죽은 아빠가
히죽거리며 자꾸만 뒤패를 뒤집어보"자 '엄마'가 "여보, 그건 반칙이에요"
라고 말하거나 '죽은 아빠'가 "쓰리 고에 피바가지 쓰더니 화투가 널려 있
는 진자주색 꽃방석을 뒤엎어버"린 다음 "에이 씨발, 내 끗발 다 물어내"
라고 외치는 장면들은 스플래터 무비 속 블랙코미디의 기능을 하며 독자
를 웃긴다. 스플래터 무비가 관객으로 하여금 잔혹한 이미지를 잔혹한 것
으로 느끼지 못하게끔 일상적 소재와 유머를 구사하는 것처럼 김민정은
잔혹성 속에 '화투'라는 일상성과 그 일상성이 빚어내는 유머를 침투시켜
잔혹한 장면들을 평범한 일상의 한 대목으로 중화시킨다.

　3.
　지하에 계신 淫父와 淫母가 침봉으로 내 얼굴에 난 털을 빗긴다 나
는야 털복숭이 라푼젤

4.

십자가에 날 뚜드려 박는 아빠의 망치질이 다급해지고 엄마가 떨어
뜨린 대못이 구경 나온 아이들의 발등을 찍는다 꼬아 내린 검은 밧줄
을 타 오르고 싶어 질금질금 오줌 지리고 있는 오뚝이들에게 이런 젠
장, 염병할 놈의 요강 같은 평화 있으라!

　　　　　　　　　　　　　　 —김민정, 「날으는 고슴도치 아가씨」 부분

오오, 예수의 잠자리에 사지가 찢긴 채 매달린 저 미친 말을 내 거
북은 미친 듯이 사랑했다지 (……) 내 거북은 염산을 타 마시고 목구멍
이 타버려서 점자처럼 안 들리는 노래를 부르지 내가 너를 네가 나를
껴안고 뒹굴어야 온몸에 새겨지는 바로 그 쓰라린 노래 자자, 이래도
안 나오면 네 머리를 구워먹을 테야 거북아 내 거북아 그러니까 삐친
자지처럼 내 거북이 머리를 쭉 내밀고 있어 선인장을 껴안고 선인장
가시에 눈 찔린 채 너 지금 뭐하고 있니

　　　　　　　　　　　　　　 —김민정, 「거북 속의 내 거북이」 부분

스플래터 무비에서 주로 나타나는 특징은 패러디의 형식과 쾌활한 화
법이다. 김민정은 이 방법론을 차용해 시에서 잔혹한 이미지들을 상쇄한
다. 김민정의 패러디와 경쾌한 화법은 "십자가에 날 뚜드려 박는 아빠의
망치질"이나 "엄마가 떨어뜨린 대못이 구경 나온 아이들의 발등을 찍는"
잔인한 장면들마저 하나의 유쾌한 사건, 재밌는 놀이로 여겨지게끔 만드
는 환각제 기능을 한다. 그리고 여기에는 오타쿠들에게서 나타나는 시뮬
라시옹 이미지 게임이나 만화 등 원작에 대한 2차 변용의 욕망이 내재되
어 있다. 김민정은 聖父와 聖母를 "淫父와 淫母"로 비틀고, '강 같은 평화'
를 "염병할 놈의 요강 같은 평화"로 바꾸는 등 기독교 기표들을 패러디하

거나 동화 속 주인공인 '라푼젤'을 시적 화자에게 입혀 '털복숭이 라푼젤'
로 바꿔버린다. 또 "예수의 잠자리에 사지가 찢긴 채 매달린 저 미친 말"
을 등장시키거나 '구지가(龜旨歌)'에다 "삐친 자지"라는 성적 코드를 입힌
다. 김민정은 기독교 세계관이나 '구지가'로 상징되는 종교·역사·신화적
이미지들마저 '라푼젤' 같은 동화 또는 공포영화와 마찬가지, 즉 포스트모
던 세계의 수많은 시뮬라시옹 중 하나로 인식해 그것을 오타쿠의 방식으
로 2차 변용한 것이다. 이처럼 성서, 신화, 역사, 이데올로기 같은 거대 서
사마저 파편화되어 패러디나 재해석 등 2차 변용의 재료가 되는 현상은
리오타르가 포스트모던의 조건으로 제시한 '커다란 이야기의 몰락'과 '작
은 이야기의 등장'10)으로도 볼 수 있을 것이다.

　김민정의 시를 '코믹 잔혹극'이자 '주체가 체험한 감각적 현실'11)이라
고 했을 때, 김민정의 '코믹 잔혹극'은 곧 스플래터 무비이며, 그녀가 부려
놓는 '몬도카네' 이미지들은 모두 하드고어 공포영화를 2차 변용시킨 것

---

10) 리오타르는 원죄와 속죄 등의 기독교적 구원론, 평등과 해방에 대한 계몽적 이야
　　기, 마르크스주의, 기술 산업적 발전을 통해서 빈곤으로부터의 해방을 말하는 자
　　본주의 이야기 같은 '메타 이야기', 즉 '커다란 이야기'는 더 이상 믿을 수 없으며 그
　　에 대응하는 '작은 이야기'가 포스트모던 사회의 조건이라고 말했다. (J. F. Lyotard,
　　La Condition postmoderne(Paris, 1982), 7쪽. 이진우, 『한국 인문학의 서양 콤플렉
　　스』, 민음사, 1999, 118쪽에서 재인용.)
11) "김민정의 시를 코믹 잔혹극이라 불러도 좋을 것이다. 시의 표현만을 따라가며 그
　　녀의 시를 읽으면 몬도카네(Mondo cane)식의 다큐멘터리에 나오는 장면들이 펼쳐
　　진다. 신체 절단, 시간(屍姦), 어디에나 편만한 욕설들, 긴 병력(病歷), 근친상간, 식
　　인(食人), 괴물들, 썩어 문드러지는 사물들, 자위, 배설물들, 자학 및 가학 음란증,
　　절편음란증, 노출증, 살인, 강간, 간음, 식탐, 고문, 가정폭력, 수간(獸姦) 등이 시편
　　마다 넘쳐난다. 김민정은 그것을 통해 드러나는 감각적 현실에 관심을 두고 있다.
　　김민정 시의 주체는 체험자에 가깝다. 김민정은 겪어내고 설명한다" (권혁웅, 앞의
　　글, 76쪽.)

에 불과하다. 김민정 시의 주체가 체험하는 감각적 현실이라는 것도 사실
은 공포영화라는 시뮬라시옹의 이미지를 소비한 것일 뿐이다. 포스트모
던 사회에서 현대인들의 '감각적 현실'이란 철저하게 가상성에서 비롯된
것이므로 '현실'이 아닌 '허상'이다. 따라서 현대인들은 '체험자'가 아닌
'상상체험자'로서의 주체가 된다. 김민정에게 '감각적 현실'이나 '체험자
로서의 주체'와 같은 인식은 처음부터 없던 것이다. 김민정 시의 잔혹한
이미지는 공포영화를 수용한 결과이며, 그녀의 시적 주체가 "겪어내고 설
명"한다는 '감각' 또한 공포영화의 다양한 장르무비가 촉발시키는 말초적
자극에 지나지 않는다. 그녀는, 오타쿠들은 모두 감각적 허상을 소비하는
상상체험자들이다.

　그 다음 주목되는 양상은 만화와 게임의 2차 변용이다. 야자와 아이
(Yazawa Ai)의 만화 <NANA>12)에는 두 명의 '나나'가 등장한다. 먼저
'코마츠 나나'는 순정파다. 순애보적 캐릭터로 도쿄에 있는 남자친구를 찾
아 나선다. 반면 '오오사키 나나'는 '쿨'한 매력과 카리스마, 자유로운 섹
스관을 지녔다. 펑크록밴드의 보컬리스트인데, 가수로서 성공하기 위해
도쿄로 간다. 이 두 '나나'가 기차 안에서 만나 가까워지고, 도쿄에서 같이
살게 되면서 일어나는 크고 작은 일들이 만화의 스토리 라인이다.

　'오오사키 나나'는 독자들에게 '검은 나나'로 불린다. 그녀가 소속된 펑
크록밴드 이름이 '블랙스톤즈'이고, 검은 옷을 자주 입는데다가 '코마츠
나나'의 온순한 캐릭터와는 정반대의 성향을 지닌 까닭이다. 김민정의 「
검은 나나」 연작은 바로 이 '검은 나나'를 모티프로 하여 쓰인 것으로, 오

---

12) 1999년 일본의 유명한 월간 소녀만화잡지인 『쿠키』에 연재가 시작된 후 단행본으
　　로 출간돼 2,700만부 이상 판매된 인기작이다.

타쿠 문화의 특징인 시뮬라크르적 2차 변용의 결과물이다. '검은 나나'가 만화 원작에서 보여주는 거침없는 말과 행동들, 섹스에 대한 자유분방한 태도를 김민정은 그대로 시에 옮겨와 시적 주체를 통해 2차 변용한다. 파격적인 에로티시즘과 그로테스크한 캐릭터를 입히는 방식은 2차 변용에 있어 비교적 손쉬운 방법이다.

나는 유체 이탈하여 천장에 붙어 있다 이럴 때마다
내 몸에서 얇은 막 하나 하나가 양파 표피세포처럼
핀셋으로 집혀 나가고 건조한 살비듬만이 남아
내 발가락을 지탱한다 가렵다 가려워 긁을수록
노래하고 싶어진다 목이 마르다
주위에 아무도 없나 새벽 세 시지만 가끔
미친 척하고 달려주는 열차가 있다

1.
남자가 손에 쥔 것은 손잡이가 아니었다
배의 속 씨방처럼 까만 두 눈알을 감춘 제
性器였다 숨 가쁜 속력으로 열차가 휘청거릴 때마다
갈고리를 닮은 손잡이들,
공중제비하듯 허공마저 걷어 올리지만
푹 젖은 바지 앞섶, 불룩하게 벌어진 지퍼 사이로
덜렁덜렁, 어디에도 걸려들지 못한 남자는
손에 쥔 제 것을 함뿍 움켜쥘 뿐이었다

2.
活魚의 막 절개한 아가미 같은 눈으로
여자는 울었다 느낌표를 따라 담 밑에 숨었다가

야구공에 얻어맞고도 히죽거리던 때가 있었어
물음표가 와도 따라갈래? 아냐아니으응…… 응!
김 서린 열차의 창문을 노트 삼아
볼이 굵은 우윳빛 심지를 가진
두 개의 젖꼭지로 여자가 글씨를 새긴다
음부 속의 음핵이 드디어 눈을 떴다……

　　　　　　　　　　　　　—김민정, 「검은 나나의 꿈」 부분

　김민정의 '나나'는 '복수(複數)의 나'13), '분열된 나'14)다. "나는 유체 이
탈해서 천장에 붙어 있다"는 진술은 '나나'가 자기 자신인 동시에 스스로
를 지켜보는 타자라는 고백이다. 그런데 이 '나나'는 김민정의 분열된, 복
수의 자아를 나타내고는 있지만, 사실 만화 <NANA>의 상반된 두 캐릭
터를 자신의 시적 주체에 입힌 복제물이다.

　오오사키 나나는 펑크록밴드의 보컬이다. 늘 노래를 부르고 싶어 하고
술을 갈구한다. 위 시에서 '나'가 내려다보는 '나' 역시 "노래하고 싶"고,
"목이 마르다". 이 시는 김민정의 '나나'가 오오사키 나나였다가 순종적인
코마츠 나나가 되고, 다시 도발적인 오오사키 나나가 되는 자아 분열과
전환의 과정을 그리고 있다. 우선 시에서 제시된 '열차'라는 배경부터 만
화와 닮아 있다. 만화에서 두 '나나'는 도쿄로 향하는 열차에서 만나 가까

---

13) "이 이름은 거듭된 나, 복수(複數)의 나를 보여준다. "나"는 그 수많은 "나"들과 닮
　　지 않았으나, 그 수많은 "나"들은 "나"를 닮았다. 분신이 나를 닮는 것이지, 내가 분
　　신을 닮는 것이 아니기 때문이다."(권혁웅, 앞의 글. 78쪽.)
14) "김민정의 '나나'는 분열된 나'의 이름이다. '나나'의 분열이 시코쿠의 역설과 다른
　　이유는 '나나'가 '완전한 나'(「나의 '완전한' 나를 찾아서」)라는 정체성과 자아의 동
　　일화를 지향하기 때문이다."(고봉준, 「개인이라는 척도, 혹은 '나'라는 자폐적 이기
　　성」, 『실천문학』, 실천문학사, 2008, 여름, 157~158쪽.)

워진다. 김민정은 먼저 '검은 나나'인 오오사키 나나를 택해 그녀의 파격적이고 진보적인 면을 자신의 시적 자아에 입힌다. 오오사키 나나로 '빙의'된 김민정의 시적 자아는 만화 원작에서 성에 대해 대담하고 개방적인 것처럼 "벌어진 지퍼 사이로 덜렁덜렁"한 남자의 성기를 무덤덤하게 바라본다. 그러더니 갑자기 "막 절개한 아가미 같은 눈으로" 울기 시작한다. 분열된 두 개의 자아 중 온순한 자아, 코마츠 나나로 전환한 것이다. 코마츠 나나를 입은 김민정의 시적 자아는 "야구공에 얻어맞고도 히죽거리던 때"가 있으며, '물음표'로 상징되는 낯선 타자나 실체가 모호한 대상에도 "아냐아니으응… 응!"을 외치며 따를 만큼 수동적이고 순종적이다. 그러나 이 순하고 여린 '나나'는 곧 음란하고 강한 '나나'에 의해 지워진다. 재등장한 오오사키 나나는 "두 개의 젖꼭지로" "글씨를 새기"며 "음부 속의 음핵이 드디어 눈을 떴다"고 선언한다. 이는 김민정 시의 분열된 자아가 오오사키 나나, 즉 '검은 나나'로 최종 전환되면서 자기 내부의 음란함, 성적인 파격에 눈을 떴다는 고백이다.

> 흰 비곗덩어리가 녹아내리는 그런
> 밤이면 헹굼물에서 막 건져 올린 원피스처럼
> 자꾸만 '수' 따라 물 빠지는 내 실루엣에
> 몸을 끼워 넣는 너,
> 들쭉날쭉한 밤과 낮의 교차로를 닮은 옷걸이인
> 네가 있어 나는 맛보고야 만다
> —김민정, 「나의 '완전한' 나를 찾아서」 부분

팬티 안에 꼬집는 손이 한 수백 수천은 숨어서 밤이면 잠지를 쥐어짜 잠 못 자게 한 대요

(……)

5.
밤마다 대문을 두드리는 언니들이 / (……) 끄뭇끄뭇한 소음순을 탄
소 가스로 부풀려놓은 듯한 축축한 입으로 / 밤마다 언니들 / 내게 밤
꿀처럼 엉겨 와요
　　　　　　　—김민정, 「잠들어 거울 속에서 눈 뜬 검은 나나」 부분

　만화 <NANA>에서 코마츠 나나의 주요 스토리가 전개되는 시간 배
경은 대부분 낮이고, 오오사키 나나는 밤이다. 김민정은 만화의 시간성을
시에 옮겨 놓는다. 낮과 밤의 대비를 통해 자아의 분열과 전환, 캐릭터의
극명한 차이를 표현한 것이다. 김민정 시에서는 주로 낮보다 밤의 영향력
이 강하다. 요즘 인터넷에서 쓰는 말로 "낮져밤이"[15]다. 김민정 시의 자아
는 밤이면 낮 동안 자신을 감싸던 "흰 비곗덩어리가 녹아내리는" 체험을
한다. 분열이 일어나는 것이다. 흰 비곗덩어리는 코마츠 나나, 즉 순종적
이고 여린 자아라 할 수 있다. 반면 "헹굼물에서 막 건져 올린 원피스" 같
은 "실루엣"은 오오사키 나나로 이는 음란하고 능동적인 자아다. 두 자아
를 담고 있는 육체는 "들쭉날쭉한 밤과 낮의 교차로를 닮은 옷걸이"가 되
고, 이 육체를 통해 "맛보고야 만다"는 것은 "밤이면 잠지를 쥐어짜 잠 못
자게" 하는 "팬티 안에 꼬집는 손"이고, "밤마다 대문을 두드리는 언니들
이" "끄뭇끄뭇한 소음순을 탄소 가스로 부풀려 놓은 듯한 축축한 입"이

---

15) 낮엔 지고 밤엔 이긴다는 뜻의 인터넷 신조어. 주로 남녀관계의 한 양상을 일컫는
　　말인데, 낮엔 수동적이고 고분고분한 남자 또는 여자가 밤이 되면 180도 바뀌어 섹
　　스를 주도하는 것을 뜻한다.

다. 김민정의 시적 자아는 밤마다 파격적인 에로티시즘을 맛보는데 그것은 "밤꿀처럼" 달콤하다.

김민정이 찾으려 했던 '내 안의 나'16)는 바로 오오사키 나나다. 순종적이고 유약한 자아보다 욕구에 충실한, 음란하고 능동적인 자아 쪽에 가까웠던 것이다. 리오타르 식으로 얘기하자면 낮은 모든 사회질서와 법체계, 공교육이 작동하는 커다란 이야기의 시간이고, 밤은 내밀한 사담과 섹슈얼리티가 기능하는 작은 이야기의 시간이라 할 수 있다. 코제브 식으로도 얘기할 수 있을 것이다. 낮은 스노비즘으로 상징되는 근대적 이성의 시간이고, 밤은 개인들의 욕구가 상품을 통해 일시적이고 즉각적으로 해소되는 동물화의 시간이라고 말이다. 김민정이 그려낸 '검은 나나'는 만화 원작에 성적 파격을 더한 2차 변용이라는 점에서 작은 이야기를 지향하고, 또 성적 욕구를 즉각적으로 해소한다는 점에서 동물화한다. 이는 바로 오타쿠의 전형인 동시에 포스트모던 사회 현대인의 전형도 될 수 있다.

김민정과는 다른 방식으로, 장이지는 『안국동울음상점』에서 일본 동인게임과 PC게임을 2차 변용한다. 김민정이 공포영화와 만화라는 가상성을 소비했다면 장이지는 게임이라는 감각적 허상을 소비함으로써 상상 체험자, 오타쿠가 된다.

5
꿈에 겐지가 내게 와서

---

16) "내 안의 '나'를 찾고 싶었어요. (……) 꿈꾸는 '내'가 다르고, 꿈에서 깨어난 '내'가 다르고, 일어나 글을 쓰는 '내'가 다르고, 그렇게 내 자신이 하나가 아닌 전혀 다른 '나'로 이루어진 것일 거라는 생각이 들었어요." (김민정, 「내 안의 나, 그 지독한 세계」, 『문예중앙』 1999년 겨울호 제21회 신인문학상 당선소감 부분.)

그는 이제 사랑하는 사람을 만질 수 없다고 말한다.

아주 옛날부터 사랑했지만 만질 수 없게 되었다고.

달무리에서 향냄새가 인다. 겐지의 얼굴이 하얗다.

박꽃에 드리운 그림자가 간혹 움직인다.

　　　　　　　　　　　　—장이지, 「꿈에 겐지가 내게 온다」 부분

4

겐지는 내게 낯선 존재가 되어간다.

코카콜라의 맛이 변해가는 것과 별로 다를 것도 없다.

나는 '없는 겐지'에게 한 번 웃어 보인다.

신령한 거북이 겐지를 등에 태우고

오백 년에 한 걸음씩 남쪽으로 간다

그건 농담이지만

진지한 사람들은 내 눈을 볼 것이다.

　　　　　　　　　　　　　　　—장이지, 「소요유」 부분

　'겐지'는 일본 동인(同人)게임 <東方Project>[17]에 등장하는 신령한 거북이로, 주인공인 무녀(巫女) '레이무'를 등에 태우고 하늘을 나는 캐릭터다. 게임 원작자인 ZUN[18]은 2004년 메이지 대학 초청 강연에서 "원래 무녀는 하늘을 날지 않을 거라 생각했기에 마법소녀물에 곧잘 등장하는

---

17) <동방 프로젝트>(東方Project)는 동인 서클 '상하이 앨리스 환악단'이 만든 탄막 슈팅 게임 시리즈이다. 슈팅 게임 외에도 세계관을 공유하는 격투 게임, 소설 등 다양한 작품을 아울러 나타내기도 한다. 현재 가장 많이 제작된 동인 슈팅게임 시리즈로 기네스북에 올라와 있다.

18) 동인 서클 '상하이 앨리스 환악단'의 멤버로 <동방 프로젝트>를 개발했다. 자신의 이름을 따서 만든 게임 개발사 'ZUN Soft'가 훗날 '상하이 앨리스 환악단'으로 이어졌다.

애완동물 캐릭터를 레이무에게 붙여주려 했는데, 어째서인지 늙은 거북이인 겐지가 만들어졌다. 현재는 레이무가 스스로 날 수 있게 되었기 때문에 하쿠레이 신사 옆 연못에서 조용히 살고 있을 것으로 생각한다"고 말한 바 있다. 이처럼 유저들에 의해 계속해서 스토리 라인이 추가되거나 변경되는 것이 동인게임의 특징이다. 원작의 세계관이나 서사는 중요하게 고려되지 않은 채 유저들에 의해 각각의 캐릭터에 새로운 스토리나 인물관계 등 설정이 부여되는 방식으로 2차 변용이 이뤄진다.

장이지는 이 시뮬라크르적 2차 변용물인 <東方Project>를 한 번 더 변용해낸다. 이쯤 되면 3차 변용이라 할 만 하다. 게임에서 '레이무'를 주인님이라고 부르는 겐지의 순종적이고 희생적인 자세는 장이지의 시에 와서 변화하는데, 평생 누군가를 등에 태우기만 하다가 이제는 시적 화자의 등에 올라타 헌신을 받는 존재가 된다거나 "이제 사랑하는 사람을 만질 수 없다고", "아주 옛날부터 사랑했지만 만질 수 없게 되었다고" 말하며 레이무에 대한 순종 너머의 감정을 능동적으로 고백하는 식이다. 김민정이 만화 캐릭터에 성적인 파격과 공포영화의 이미지를 더해 시뮬라크르적 2차 변용물을 만들어냈다면, 장이지는 게임의 캐릭터를 시로 데려와 원작에서 갖지 못한 구체적 감정과 언어를 캐릭터에 입히는 방식으로 2차 변용을 하고 있다.

『안국동울음상점』 제1부 제목은 '그리운 셔벗 랜드'인데, '셔벗 랜드'가 어떤 장소인지 모호하다. '셔벗(sherbet)'은 디저트의 한 종류이다. 그렇다면 '셔벗 랜드'란 시원하고 달콤한 디저트의 땅, 아이스크림 같은 대지일까? 사실은 그렇지 않다. '셔벗 랜드(sherbet land)'는 1996년에 일본 닌텐도(Nintendo)사에서 출시한 어드밴처 레이싱 게임인 <마리오카트 64>

〈MARIO KART 64〉에서 레이싱이 펼쳐지는 여러 서킷 중 하나이다. 장이지는 게임의 배경을 시에 차용한 것이다. 게임 속 '셔벗 랜드'는 눈과 얼음으로 뒤덮인 대륙이다. 설원 위에 빙산과 빙하가 나타나고 펭귄과 눈사람이 등장하는 등 추운 극지방을 연상시킨다. 이 '셔벗 랜드'를 장이지는 과연 어떻게 2차 변용해냈을까.

> 파인애플 셔벗 위를 나는 걷고 있었다. 녹두빛 하늘이 나지막한 숨소리를 냈다. 복사뼈를 진보라 들꽃이 스윽 만지고 지나갔다. 겨울 구두를 일찍 신은 바람이 하늘의 녹두빛을 조금씩 녹여 먹고 있었다. 손이 축축해서 손을 보았더니 손톱에 연두색 물이 들어 있었다. 열이 나고 메스껍더니 머리에서 꽃이 열렸다. 관절마다 다른 꽃이 열리는 꽃나무가 되어 있었다. (……)
>
> 비로소 이야기가 시작되려는 참이었다.
> —장이지, 「셔벗 랜드, 글쓰기의 영도」 부분

게임의 '셔벗 랜드'는 이 시에 와서 "녹두빛 하늘이 나지막한 숨소리"를 내고 "진보라 들꽃"이 피어 있는 들판으로 변용된다. 게임에서 온통 눈에 뒤덮인 추운 겨울의 공간이었던 것에 비해 시에서는 다양한 색채의 공간이자 "관절마다 다른 꽃이 열리는" 따뜻한 계절의 장소로 탈바꿈한다. 장이지는 게임 속 '셔벗 랜드'를 전혀 낯선 정서와 분위기의 공간으로 변화시킨다. 유저의 해석에 의해 원작 스토리에 새로운 설정을 부여하는 것이 오타쿠들의 2차 변용인데, 오타쿠 문화에 익숙한 장이지는 시뮬라크르적 2차 변용의 원리를 이용해 시의 공간 배경을 설정했을 뿐만 아니라 "비로소 이야기가 시작되려는 참이었다"라고 하며 독자들에게 자신의 시에 대한 2차, 3차, 4차 변용의 여지를 제공하기까지 한다. 그는 '셔벗 랜드'를 '글쓰기의 영도'[19]라고 했는데, 롤랑 바르트의 '영도(零度)'는 어떤 주장도 부정도 없이 순수 언어에 다다른 이상적인 상태, 즉 작가의 주관적 개입이 없는 '에크리튀르(ecriture)'를 뜻한다. 사전에는 "온도, 각도, 고도 따위의 도수(度數)를 세는 기점이 되는 자리"라고 명시되어 있다. 장이지의 '셔벗 랜드'는 원작자의 어떠한 판단이나 개입이 없는 순백의 세계, 유저들의 해석에 의해 무수한 새 이야기가 만들어질 수 있는 곳, 바로 2차 변용의 기점이자 오타쿠들의 세계다.

> 해변엔 주사기 모양의 다랑어가 나타난다. 어머니가 나를 업고 달리는 날이 온다. 바람이 진보랏빛으로 타는 셔벗 랜드의 마의 산을 어머니의 구부러진 귀밑머리가 휘감고 달린다.
>
> (……)
>
> 천천히, 아주 천천히 제비 나비 한 마리가 방 안을 난다. 대문 앞 그늘이 몰래 기어오는 게 보인다.
>
> 그날 어머니가 달려간 곳은 역시 외가 쪽이었을까.
> ―장이지, 「셔벗 랜드, 기억의 오작동」 부분
>
> (……) 바위를 만나면 바위를 넘고, 개울을 만나면 개울을 넘고, 그림자를 벗고 제일 먼저 발을 벗고 다리를 벗고 팔과 가슴을 벗고 울음

---

19) 롤랑 바르트, 『글쓰기의 영도』, 김웅권 옮김, 동문선, 2007.

으로 내달렸다.

그곳이 셔벗 랜드였는지 아닌지 이미 알 수 없었다. (……) 산이 우리를 에워싸고 동심원을 그리며 떨고 있었다. (……) 우리가 한꺼번에 늙는 꿈이 나선형으로 빙빙 돌고 도는, 그곳이 셔벗 랜드였는지 아닌지 이미 중요하지 않은.

—장이지, 「셔벗 랜드, 흔적도 없이 사라져버릴」 부분

　게임의 아이템은 캐릭터에게 초능력을 부여하거나 체력 또는 정신력을 회복시키는 기능을 한다. <마리오카트 64>에서는 캐릭터를 더 빨리 달리게 만드는 아이템이 주로 등장한다. 먼저 인용한 시에서 "주사기 모양의 다랑어"가 나타난다든가 "제비 나비 한 마리가 방 안을 나는" 이미지는 물고기나 나비 모양의 아이템이 캐릭터 앞에 출현하는 게임 장면과 비슷하다. 이 아이템들은 시적 화자를 '어머니의 외가'라는 구체적 기억의 장소를 향해 더 빨리 달려가도록 돕는다. 이 시는 아이템 출현 외에도 게임의 주된 동작 이미지를 차용하고 있는데, 바로 골인지점을 향해 달리는 '카트'의 질주를 시적 이미지로 표현한 것이다. 캐릭터가 '카트'라는 작은 자동차에 올라 정해진 코스를 달리는 게임의 플레이 방식이 "어머니가 나를 업고 달리는 날이 온다"라든가 "어머니의 구부러진 귀밑머리가 휘감고 달린다", "그날 어머니가 달려간 곳은 역시 외가 쪽이었을까"와 같은 질주의 이미지로 그려지고 있다. 「셔벗 랜드, 흔적도 없이 사라져버릴」에서도 "바위를 만나면 바위를 넘고, 개울물을 만나면 개울물을 넘고" "내달렸다"는 진술에 포함된 장애물 극복 및 질주의 이미지가 게임과 유사하다. 한편 "산이 우리를 에워싸고 동심원을 그리고 있었다"라든가 "우리가

한꺼번에 늙는 꿈이 나선형으로 빙빙 돌고 도는"과 같은 이미지는 동일한 코스를 몇 바퀴 반복해서 돌아야 골인점에 들어올 수 있는 게임 속 '서벗 랜드'를 연상시킨다.

동인게임과 PC게임을 시로 2차 변용시킨 장이지는 자신의 시가 오리지널과 카피의 경계가 모호해진, 시뮬라크르라는 중간 형태임을 선언하면서 확실한 오타쿠의 태도를 취한다. "그곳이 서벗 랜드였는지 아닌지 이미 알 수 없었다"라든가 "그곳이 서벗 랜드였는지 아닌지 이미 중요하지 않은" 같은 '무책임한' 진술에서 이미 게임 원작 <마리오카트 64>의 '서벗 랜드'는 사라지고 없다. 원작이 지닌 스토리와 설정은 알 수도 없거니와 중요하지도 않게 되어버린 것이다. 오타쿠들의 세계에는 2차 변용물만이 남게 되는데, 그마저도 곧 3차 변용물이라는 카피에 의해 잊혀진 오리지널이 되고 만다. 오리지널이든 카피든 게임을 소비한 기억은 금세 휘발한다. 체험은 체험이되 실체가 없는 상상체험이기 때문이다. "그곳이 서벗 랜드였는지 아닌지 이미 중요하지 않"다고 말하는 장이지의 시는 게임이라는 감각적 허상에 대한 상상체험의 산물이다. 포스트모던 세계에서는 자본주의 상품이 곧 감각적 허상이다. 오타쿠적 현대인들에겐 하루전에 먹은 패스트푸드의 맛이나 지난 계절 유행을 따라 사 입었던 옷의디자인, 어젯밤 구매한 섹스 상대의 외모조차 오늘은 사라지고 없다. 그게 치킨버거였는지 치즈버거였는지, 아가일 무늬였는지 버버리 무늬였는지, 체온이 따뜻했는지 차가웠는지 이미 중요하지 않다. 또 다른 상품과상품의 변용으로서의 상품을 통해 해소해야할 지금 이 순간의 결핍만 중요한 것이다.

3. '미래파'가 아닌 '오타쿠파'

오타쿠들이 커뮤니케이션에 서툴고 가상과 현실을 혼동하며, 자기 세계에 틀어박히기 쉬운 사람들이라면, 공포영화와 만화의 오타쿠인 김민정, 동인게임과 PC게임의 오타쿠인 장이지 등 '미래파' 시인들의 파격적이지만 자폐적이고 비현실적인 상상력이 어디서 비롯됐는지를 파악하기란 어렵지 않다. 그래서 나는 이들을 '미래파'가 아닌 '오타쿠파'로 고쳐부르는 바다.

그러나 김민정과 장이지는 두 번째 시집에서 오타쿠적 특성을 버리거나 약화시킨다. 파격과 그로테스크, 불온함이 얌전해진다. 오타쿠적 특성이 희미해진 자리엔 의미와 주제, 스토리가 생겨 커뮤니케이션의 통로가 개설됐지만, 기성의 발화법과 관념화된 정서들이 곳곳에서 보인다. 이들이 오타쿠에서 벗어나 자기갱신을 한 것은 나이가 들고 문학적 경력이 쌓인 까닭이다. 젊은 날의 열정으로 몰입한 오타쿠 문화가 세월이 흐르고 보니 별 게 아닌 것이다. 지속될 수 없는, 미래가 없는 한때의 몰입이었던 것이다.

최근 젊은 시인들에게서 나타나는 비성년 화자의 발화법이나 자폐적 양상, 대중문화적 상상력은 2000년대 시인들을 계승 또는 계승하여 전복하려는 시도로 읽힌다. 그러나 그들의 시가 강한 충격을 던져주지도, 많은 담론을 생산해내지도 못하는 것은 뚜렷한 서정이나 세계관이 결여된 그들의 시가 빠르게 요동치는 오늘날 문화의 파고를 제대로 읽어내지 못한 채 전위를 추구하기 때문이다. 포스트모더니즘을 지향하지만, 오타쿠 문화가 흔하고 일상적이 된 지금, 더 낯설고 새로운 것으로 파고들어가는 대신 과거의 방식을 그대로 답습하는 것으로 보인다.

'미래파' 아니 '오타쿠파'는 한 때 화두로 떠오르며 옹호와 비판의 치열한 대립 사이에 놓였지만, 이제는 다 소모되고 말았다. 그들이 선취했던 파격성도 흔하고 익숙한 것이 돼버렸다. 일본 대중문화에 대한 관심이 시들해지고 오히려 한류가 역수출되는 문화 지형의 변화 속에서 그들이 수용했던 오타쿠 문화는 더 이상 파격적이고 전위적인 문화의 위치를 고수할 수 없게 되었다.

글을 시작하며 '미래파' 스스로 포스트모던을 향해간 것인지, 아니면 '오타쿠'에 기대 포스트모던이라는 열차에 무임승차한 것인지를 밝혀보자고 했다. 내 생각에 열차는 아직 아무도 태우지 않았고, 이제 젊은 시인들이 '감각'과 '현실'의 '체험'이라는 티켓을 들고 플랫폼에 서야 할 때다.

최종 보스가 없는 시시한 게임판

—왕이 될 수 없는 오이디푸스들 심지현 · 오은 · 양안다 · 이은규 · 김현의 시

지젝은 오늘날 상징적·부성적 권위의 쇠락에 대해 "실재적 아버지는 현실적으로 자신의 상징적 위임에 걸맞게 살 수 없는 사기꾼인 것으로 언제나 판명난다. (…) 아버지는 더 이상 자아 이상으로서, 상징적 권위의 담지자로서 지각되지 않으며, (…) 그 결과 주체는 결코 실제로 '성장'하지 않는다."[1] 라고 말했다. 아버지로 표상되는 근대의 수직적 가부장제, 이데올로기와 봉건권력, 거대담론, 근대적 제도들이 힘을 잃어버린 오늘날엔 '아버지'라는 대상 자체가 상징적 위엄을 가지지 못하므로, 깨뜨리고 전복해야 하는 기성의 체제가 애초에 성립될 수 없다는 것이다. '아버지'라는 근대적 자아 이상을 지각할 수 없는 주체들은 성장하지 않는다는 게 지젝의 견해다.

프로이트는 소년, 즉 미성숙한 주체가 '살부(殺父)'를 통해서 성숙에 이

---

1) 슬라보예 지젝, 『까다로운 주체』, 이성민 옮김, 도서출판b, 2005, 538~539쪽.

를 수 있다고 했는데, 이때 살해 욕구를 추동시키는 '아버지'는 강력한 상징권위로서 '절대자'에 가깝다. 이 '절대자'를 죽이고 그의 왕좌와 왕비를 찬탈하는 것은 모든 소년들의 '이룰 수 없는 꿈'이지만, 오이디푸스는 그 일을 해냈다. 지젝은 "오이디푸스는 우리 모두가 단지 꿈만 꾸는 것(자기 아버지를 죽이는 것 등등)을 행한 예외자"2)라고 말한다.

혼히 롤플레잉 게임이라고 부르는 판타지 PC게임의 경우 강력한 보스를 죽였을 때 유저의 캐릭터는 능력치의 상승, 이른바 레벨 업을 달성하고 다음 미션을 수행할 수 있게 된다. 고만고만한 상대를 죽여 봐야 얻을 수 있는 것은 없다. 자신을 압도하는, 다음 퀘스트로의 전진을 가로막고 있는 막강한 '아버지'를 죽여야만 하는데, 오늘날 그 '아버지'는 보이지 않고, '굴욕스러운 아버지'만이 서 있다. 소년들은 더 이상 성장할 수 없는, 영원히 미성숙한 주체로 남아 최종 보스가 없는 시시한 게임판을 방황한다. 오이디푸스 왕이 될 수 없는 오이디푸스들은 갈 곳을 잃었다.

근대는 이제 거의 소진되었다. 근대의 종언을 앞둔 지금, 오이디푸스는 어디로 가는가? 소년들은 사라진 아버지를 대체할 상상의 경쟁자를 상정하고 끝내 아무 것도 얻을 수 없는 싸움을 하거나 싸울 대상을 찾지 못해 아예 포기한다. 그것도 아니면 아버지 대신 스스로를 죽음으로 몰고 간다. 몇 해 전 서울대학교 학생이 '수저 색깔'을 비관하는 유서를 작성하고 자살한 사건이 이 경우에 해당한다. 근대적 제도를 '아버지'로 명명한다면, 대학 그것도 한 국가의 최고 권위 대학은 가장 강력한 아버지나 마찬가지다. 그런데 그 아버지를 쓰러뜨려도 달라지는 것은 전혀 없다. 강력

---

2) 위의 책, 505쪽.

해보이던 아버지, 쓰러뜨리기만 하면 엄청난 레벨 업의 성장을 보장하던 아버지는 허구였던 것이다. 너무도 무기력해서 찬탈당할 무엇도 지니지 못한 빈털터리였던 것이다. 이 괴리에서 발생한 절망감이 그를 자살이라는 극단적 선택으로 몰고 간 것이리라.

입시, 학위, 취직 등의 근대 제도들은 한 개인이라는 존재를 새롭게 전환시키는 통과의례의 성격을 띤다. 그러나 한 관문씩 극복해나갈수록 성장하는 모험적 서사는 이제 작동되지 않는다. 한 관문을 넘고 그 다음 관문을 넘어도 성장은 요원할 뿐이다. 입시도 취직도 모두 '아버지'를 죽이는 것만큼 힘든 싸움이지만, 그 모든 것들이 권위를 상실했기 때문에 싸워 이겨도 돌아오는 보상이 없는 것이다. 이겨도 똑같이 힘들다. 달라지는 건 없다.

> 밥 주는 아버지
> 아프던 친구들은 병원에 잘 도착했나요 퇴학을 당했나요
> 어린이처럼 울지는 않았으면 좋겠는데
>
> 빼앗긴 양말 무릎 팔꿈치
> 네가 귀찮아서 찾아오지 않을 때까지 기다렸어
> 사과도 치료도 엽서도 받지 못했지만
> 이 총성이 그저 장마 같은 거라면
> 다시 만나자
>
> 태어날 때부터 죄수번호로 불렸고
> 아버지는 우리의 식사량 말곤 아는 게 없어
> 재수 없게 여자애들 고추가 더 크고, 젠장

(지구는 둥그니까 자꾸 걸어 나가면 온 세상 죄수들을 다 만날 수
있단다)

　　　　　　　　　—심지현, 「내 친구의 집은 어디인가」 부분

심지현의 시에서 '아버지'는 "밥 주는 아버지"로 묘사된다. 절대 권력이
아닌, 가사나 돌보는 '굴욕스러운 아버지'로 권위가 추락 이동한 것이다.
"아버지는 우리의 식사량 말곤 아는 게 없"는 존재가 되어버렸다. 이 아버
지의 몰락은 소년들로 하여금 살부의식을 완전히 포기시켜 무기력과 출
구 없는 방황에 빠지게 한다. '아버지'라는 극복의 대상이 사라진 시대에
영원히 미성숙한 주체로 던져진 소년들은 "태어날 때부터 죄수번호로 불
렸고", "재수 없게 여자애들 고추가 더 크"다는 거세된 현실을 살아가야
만 한다.

"지구는 둥그니까 자꾸 걸어 나가면 온 세상 어린이들 다 만나고 오겠
네"라는 노래 속 진취적 도전의 서사는 소년들의 내부에서 이미 종료된
지 오래다. 이젠 자꾸 걸어 나가봤자 "온 세상 죄수들"밖에 만날 수 없는
세상이다. '죄수들'은 살부의식이 거세된 데서 비롯된 원형적 죄책감을 지
닌 소년들이다. 그들은 "어린이처럼 울지는 않았으면 좋겠"다는 것 따위
를 기율로 삼은 미성년으로 남고 말았다.

　　너의 꿈속에서는 태양이 지고 있었다. 태양은 너무 커다래서 시간
이 흘러도 지는 것을 멈추지 않았지. 여전히 지평선에 걸려 있었지. 밤
이 올 기미가 보이지 않았지. 내일을 감히 상상할 필요가 없었지. 불행
을 감히 점칠 필요가 없었지. 수면 양말과 베개와 이불은 차라리 거추
장스러웠지. 아침이 밝기 전에 탈출하지 않아도 되었지. 꿈속에서 행

복하면 실제로는 불행해져! 꿈속에서 탈출하지 못하면 내일은 없어! 협박하는 사람도 없었지.

너의 꿈속에서도 집이 있었다. 우리가 살 집이 우리가 살던 집이 되어 있었지. 수면 양말처럼 베개처럼 이불처럼 익숙했지. 너의 꿈속으로 들어갔던 때처럼. 아무렇지도 않게 들어갈 수 있었지. 불을 밝혀도 될까? 묻지 않아도 되었지. 밥을 먹지 않아도 배고프지 않았지. 침대에서 굴러 떨어져도 잠에서 깨지 않았지. 네가 잊어버린 말과 내가 흘려버린 말이 생생하게 들렸지. 우리는 꿈을 가지고 있구나. 마음만 먹으면 뭐든 될 수 있구나. 3음절로 된 직업을 가질 수 있구나.

태양은 영영 지지 않을 것 같았지. 평범한 사람도 행복할 수 있었지. 자기만의 수면 양말과 베개와 이불을 가질 수 있었지. 마음만 먹으면 따뜻해질 수 있었지. 눈을 뜨고. 하품을 하고. 기지개를 켜고. 너의 꿈속에서 나왔지. 수면 양말을 신은 채. 베개를 벤 채. 이불을 덮은 채. 태양이 지지도 태양이 뜨지도 않았는데 꿈꾸는 시간과 꿈 깨는 순간이 자연스럽게 이어졌지. 꿈 밖의 일이 전혀 낯설지 않았지.

—오은, 「그러나 그런 일은 일어나지 않는다」 부분

'너'는 이미 권위를 상실하고 몰락해가는 '아버지'다. '태양'은 근대를 상징한다. 근대적 이데올로기로서 자본의 축적과 사회적 지위 획득 등의 욕망들을 거느린다. 태양 아래서 '내 집 장만'이나 '중산층 입성', '마이카' 같은 '꿈'들은 영원히 지지 않는 빛처럼 보인다. 그러나 이 태양은 지고 있다. "너무 커다래서 시간이 흘러도 지는 것을 멈추지 않"고 "여전히 지평선에 걸려 있"어 지는 것처럼 보이지 않을 뿐이다. 근대의 상징적 위엄이라는 점에서 '아버지'와 '태양'은 동일시된다. 태양과 아버지가 건재하던 시대에는 "밤이 올 기미가 보이지 않았"다. "불행을 감히 점칠 필요가 없었"고, "평범한 사람도 행복할 수 있"다고 믿었다. "마음만 먹으면 뭐든 될 수 있"을 줄로 알았다. "태양은 영영 지지 않을 것 같았"으니까. 태양이 환하게 비추는 산봉우리 몇 개만 넘어가면 "우리가 살 집"이 있었다.

그러나 이제 태양은 저물고, 한때 태양이었던 빛의 잔영만 남았다. 넘어야 할 산봉우리는 어둠에 가려 보이지 않는다. 아버지는 태양을 바라보느라 눈이 부셔 태양의 몰락과 몰락 너머의 어둠을 미처 보지 못했다. '나'는 아버지가 더 이상 아버지가 아니라는 것을 알고 "너의 꿈 속에서 나왔"다. 아버지의 꿈이 곧 내 꿈인 시대가 끝난 것이다. 꿈 밖은 "태양이 지지도 태양이 뜨지도 않"는 세상, 이상은 소멸하고 '이상을 추구했던 욕망'과 그 형식만 잔존하는 곳이다. 더 이상 기능하지 않는 태양 아래 아무 권위 없는 허수아비 아버지만 서 있다.

이렇게 될 거라는 거 알고 있었지? 네가 불 속에 손을 담그고 말했다

아직도 새벽이 끝나지 않았다. 저 멀리 지평선이 물에 잠긴 듯 일렁이고 있었다

같은 곳을 바라본다는 게 같은 꿈을 꿨다는 의미는 아니었는데

문득 불 속에 담긴 네 손의 온도가 내 체온과 같은지 궁금해졌다

적어도 인간이 멸종될 거라곤 생각하지 않았어, 그런 말은 하지 않았다

손이 흘러내린다면 불이 꺼지지 않길 바라는 마음이 있고

얼마 전에는 너를 제외한 모든 사람이 죽어도 괜찮았어 그런데 이젠 너만 죽으면 괜찮다는 마음

계속해서 생각이 범람하는 바람에 불이 영역 밖으로 넘치고 있었다

나는 너를 따라 불 속에 손을 넣었다 손은 흘러내리게 되는 걸까

가끔씩 너는 무슨 말을 하려는지 몸을 뒤척였다 오래된 악몽이 현실로 뛰쳐나오려는 듯이

세계는 지평선 밖으로 넘어가지 않는데 내 안에서 자꾸만 범람하는 것이 있었다

―양안다,「데칼코마니」전문

양안다의「데칼코마니」는 마치 오은의 시의 후속편처럼 읽힌다. 이 시에서 '너'(아버지)는 근대의 몰락을 지켜보며 근대적 생산 활동의 가장 중요한 수단이자 도구인 '손'을 불 속에 집어넣는다. 근대와 함께 자기 자신을 폐기처분하는 것이다. 이 시의 화자 역시 근대 이데올로기에 의해 주입된 욕망들을 자기 것으로 믿었으나 "같은 곳을 바라본다는 게 같은 꿈을 꿨다는 의미는 아니"라는 사실을 이제 비로소 깨닫는다.

"적어도 인간이 멸종될 거라곤 생각하지 않았"다는 진술은 인간의 멸종을 암시한다. 이는 '손'을 통해 항만과 도로를 세우고 공장을 가동하던 '인력(人力)'의 역사가 끝났음을 뜻한다. 기계와 인공지능, 디지털에 의해 세계가 유지되므로 "모든 사람이 죽어도 괜찮"은, 인류의 "오래된 악몽이 현실로 뛰쳐나오"는 시대가 곧 도래할지 모른다.

소년은 '손'을 버린 아버지를 바라보며 "이젠 너만 죽으면 괜찮다는 마음"을 품는다. 살부를 통해 성숙에 이를 수 있던 근대가 종료되고, 죽여 봤자 찬탈할 것이 아무것도 없는 허울뿐인 아버지를 원망하는 것이다. 소년은 살부가 성장을 보장하는 관문일 수 있었던 시절의 회복을 잠시나마 꿈꿔본다. 하지만 넓이와 높이, 팽창과 확산의 근대는 소멸하고, "세계는 지평선 밖으로 넘어가지 않는"다. 소년은 그 정체된 세계에서 "내 안에서 자꾸만 범람하는 것"을 해소하지 못한 채 "너를 따라 불 속에 손을 넣"는다. 살부를 수행하려던 손을 포기함으로써 '레벨 업' 또한 포기한 채 미성년으로 남는 쪽을 택한 것이다.

왜 우리가 한 번도 열망하지 않은 것들이
심장 속 열망으로 숨 쉬게 되었을까
소년이여, 대답하라

문득 지쳐버린 달팽이 한 마리
점액 몇 점으로 비명을 대신하며 사라지고
저기 검은 숲, 강물을 따라
촉수도 없이 깨끗한 이마를 드러낸
아름다운 한 몸이 떠내려가고 있다

소년이여, 대답하지 마라
왜 우리가 한 번도 열망하지 않은 것들이
수레바퀴 아래로 온몸을 밀어 넣게 했을까

속삭임으로 지그시 지긋한 사람들
늦은 안부도 후회도 없이 지난봄

어떻게 마주해야 할까, 검은 숲의 기억을
다시 돌아올 무섭도록 짙푸른 초록을
우리는 똑바로 봐야 한다, 보게 될 것이다

한 소년이 떠내려가고 있다
저기 검은 숲, 강물을 따라

책장을 덮고 창문을 열면

　　　　　　　　　　　　　　　　　　─이은규, 「검은 숲」 부분

　이은규의 시에는 살부의식을 거세시킨 세계의 구조적 문제를 향해 의
문을 제기하고 그것을 부정하려는 소년이 등장한다. "왜 우리가 한 번도
열망하지 않은 것들이 심장 속 열망으로 숨 쉬게 되었을까"라는 소년의
물음은, '아버지' 극복과 주체의 성장이라는 열망 대신 몰락한 근대 제도
의 잔재들이나 갈구할 수밖에 없는 오늘날 소년들의 공통된 목소리다.
　"책장을 덮고 창문을 여"는 행위는, 지식의 역사인 근대의 종언과 새로
운 시대의 개막을 의미한다. 후기 근대에서 탈근대로 향하는 시대의 흐름
에 휩쓸려 허우적대는 미성년 주체들을 이은규는 "강물을 따라 한 소년이
떠내려가"는 광경으로 그려내고 있다. 정신없이 떠내려가면서 소년은
"왜 우리가 한 번도 열망하지 않은 것들이 수레바퀴 아래로 온몸을 밀어
넣게 했을까"라고 다시 묻는다. 헤르만 헤세의 『수레바퀴 아래서』는 세
기 전환기의 독일 사회를 배경으로 근대적 제도 교육에 억압당하는 소년
들을 그린 소설이므로 '수레바퀴'는 근대 제도, 즉 강력한 아버지를 상징
한다고 볼 수 있다. 이 아버지는 이미 권위를 잃어 몰락했지만 여전히 '수

레바퀴'로 기능하는데, 상징권위의 폭압으로가 아니라 무기력한 매너리
즘의 우울과 권태로 소년들을 짓누른다. '검은 숲'의 소년들은 이 비폭압
의 폭압에 "온몸이 투명하게 으깨지고 말" 운명을 거스를 수 없다.

흙으로 만든 지혜의 징검다리와
그 사이로 몇 번씩 개입되는 슬픔과
무리 지어 서쪽 하늘로 사라지는 고독을
부모는 죽고 죽은 부모가 살아 생전 모셨던 믿음이 깨지고

그때
우리가 얼마나 불효자식들인지
당신이 옳아요
당신의 팔다리와
당신이 죽은 고양이를 그리워하며 흘리는 눈물이
그 고양이가 통째로 잡아먹은 당신의 새가

내가 새라면 날 수 있겠지
단 한 번의 날갯짓으로
검은 비 떨어지는 창공으로 솟아올라
추락을 살 수 있겠지

　　　　　　　　　　　　　　　　─김현, 「내가 새라면」 부분

　김현의 시에서 소년은 싸워 이겨야 할 '아버지'가 사라진 현실을 직시
한다. 살부가 성장의 전제 조건임을 아는 소년은 '아버지'가 사라진 자리
에 자기 자신을 대입시키면서 '추락'이라는 자살의 레토릭으로 성장을 향
한 내적고투를 벌인다. 이때 자살은 "부모가 살아 생전 모셨던 믿음"과

"당신의 팔다리" 등 내면에 각인된 근대적 가치관들을 없애는 방식으로 수행된다. 아버지의 꿈이 곧 내 꿈이었으므로, 그 꿈을 없앤다는 건 이미 형성된 자아의 일부를 파괴하는 것과 마찬가지다. 자신의 일부를 파괴하면서 소년은 아버지의 그늘을 벗어날 수 없던 유약하고 유아적인 자아, 미숙한 자아들을 하나씩 없애면 어른이 될 수 있다고 판단했을 것이다.

아버지를 살해함으로써 왕위를 찬탈했던 오이디푸스의 역사가 "고양이가 통째로 잡아먹은 당신의 새"라는 이미지로 소년의 선험적 의식에 각인되어 있다. 그러나 소년의 싸움은 "몇 번씩 개입되는 슬픔과 무리지어 서쪽 하늘로 사라지는 고독"만 남긴다. 이 고독은 최후의 생존자의 것이 아니라, 아무리 싸워 이겨도 '레벨 업'되지 않고 원래의 자기 자신을 유지하는, 정체되고 고착된 존재의 좌절감을 뜻한다. 자신보다 강한 존재를 죽여야만 성장이 가능한데, 늘 똑같은 '나', 죽여도 죽여도 사라지지 않는 유약한 자아들과의 싸움을 통해서는 성숙으로 나아갈 수 없다. 해리된 다중의 자아정체감들을 아무리 죽여 봤자 결국은 '나'로 되돌아올 뿐인 것이다. 이 지리멸렬한 싸움을 소년은 "검은 비 떨어지는 창공으로 솟아올라 추락을 사"는 일이라고 괴롭게 명명한다.

이제 아버지는 아들의 도전에 맞설 힘이 없고, 아들 또한 아버지를 살해할 용기와 명분, 능력이 없다. 그래서 어떤 부자(父子)들은 똑같이 굴욕스러운 대상이 되는 쪽을 택했다. 이젠 아버지와 싸우지 않아도 아버지의 지위를 일부 넘겨받을 수 있는 상속자들의 시대다. 싸움에서 이긴 경험이 없는 미성숙 주체인 채로 쇠락한 왕좌에 앉아 무너져가는 근대의 마지막 찰나적 영광이나 누리겠다는 것이다.

이 졸렬한 상속에서마저 소외된, 그래서 허무를 딛고 설 어떤 방법론도 찾지 못하는 소년들의 방황은 더욱 심화되어 간다. 그 양상은 젊은 시인들의 시에서, 생물학적 어른이지만 '아버지'의 몰락과 상실로 '아버지'를 쓰러뜨리지 못 해, 또는 쓰러뜨려봤자 영원히 미성년 주체로 남아야 하는 소년 오이디푸스들의 절망으로 계속 음각되어 나타날 것이다.

결국 젊은 시인들이 접속하는 '새로운 세계'란 최종 보스가 없는 시시한 게임판이다. 새로운 싸움의 상대, 극복의 대상이 나타나지 않는 한 칼을 꺼내들 일이 없으므로 치명적이거나 날카로울 수도 없다. 더 이상 성숙이 과제가 되지 않기에, 그저 방랑과 유희, 놀이만으로 존재를 유지하며 감각적인 것, 비윤리적인 것, 허무하고 별 의미 없는 것들을 부려놓을 것이다. 이 세계가 이미 그런 것들로 가득 차 있기 때문이다.

낙차로 이루어낸 그림자극

―최세운·양안다의 시

시 쓰기는 객관적 대상을 주관적 해석으로 표현하는 행위이므로, 플라톤적 관점에서는 그림자극이다. 이 그림자극이 상연될 때, 원관념과 보조관념 사이, 본질과 해석 사이, 기표와 기의 사이, 개념과 직관 사이, 풍경과 언어 사이에 낙차가 발생한다. 시는 그 낙차 어딘가에 있는 것이다.

최세운과 양안다의 시는 그 낙차의 폭을 능숙하게 활용하며 익숙한 관념과 풍경들을 낯선 것으로 바꾼다. 이미 확정된 개념들을 비틀고 해체하면서 시니피앙에 구속된 시니피에를 의미 이전의 자유로운 기화 상태로 전환시킨다. 최세운의 시가 낙차 그 자체라면, 양안다의 시는 낙차에서 비롯한 혼란감과 혼란 다음에 오는 쾌감에 대한 자기고백이다.

채플린라디오는 꼬리가 달린 선인장이다. 눈에 불을 켜고 빳빳한 털을 세우는, 멕시코의 중절모와 예쁜 지팡이. 선인장의 주파수를 따라 히틀러는 채플린의 걸음으로 산책하는 중. 오늘은 덧니가 예쁘고.

내일은 탁자에 둔 콧수염이 마르기 좋은 날. 채플린라디오의 오프닝을 들으면서 히틀러는 토마토에게 물을 준다. 채플린의 웃음에는 높낮이가 있고 채플린의 울음에는 속도가 있지. 히틀러는 토마토를 발음하다가 토마토는 여러 겹의 채플린으로 학습된다고 말한다. 채플린이 두 개의 톱니 사이에서 다시 미끄러졌다는 속보가 들렸고 자꾸만 앞으로나란히를 하려는 히틀러는 햇빛 좋은 창가에 권총과 토마토를 올려놓는다. 오늘 히틀러가 낭송할 연설문은 이렇다. 나는 머리카락이 긴 당신의 신호를 찾고 있답니다. 분수대 앞에서 푸른 원피스를 입은 당신은 내 손을 잡았다가 놓았고 머리를 쓸었고 여덟 시가 되었고 수요일에 우리는 헤어졌으니까요. 나는 아이스크림의 차가움과 솜사탕을 기록합니다. 우리는 고개를 기울이며 그 기울기를 가늠합시다. 히틀러는 다시 토.마.토를 발음한다. 토마토는 시원하다. 토마토는 소유물이 될 수 없다.

　　　　　　　　　　　　　　　　－최세운, 「채플린라디오채플린」 부분

'채플린라디오'란 연기나 노래, 연설 등 채플린의 음성이 나오는 라디오를 뜻하는 것 같다. 여기서 이미 의미의 낙차가 발생한다. 채플린라디오는 시인이 만든 조어다. '채플린'이라는 기표 너머에는 '영화', '스크린', '무성영화', '팬터마임' 같은 기의들이 존재한다. '라디오'의 경우에는 '노래', '음성', '소리', '대화' 따위 기의를 지닌다. 사람들은 채플린의 음성보다 몸짓을 떠올리는 것에 익숙하다. 물론 이 시의 모티프가 된 것으로 보이는 영화 <위대한 독재자>[1]에 채플린이 실제 음성으로 연기한 연설 장면이 나오기는 하지만, 대중들에게 채플린은 무성영화 배우다. 채플린의

---

1) <위대한 독재자 The Great Dictator, 1940>는 채플린의 첫 유성영화로 히틀러를 풍자한 작품이다.

목소리가 라디오에서 나온다는 설정은, '채플린'이라는 고정된 상투적 개념을 뜻밖의 것으로 전환시킨다.

'독재자 히틀러'와 '채플린을 학습하는 히틀러' 사이의 낙차 폭은 매우 크다. 시인은 '채플린'이라는 개념을 해체한 데 이어 '히틀러'에게도 동일한 작업을 수행하고 있다. 채플린의 유머(humor)에 경도된 히틀러 내면의 휴머니즘을 상상력으로 복원시켜보는 것이다. 히틀러가 "푸른 원피스를 입은 당신"과 펼치는 연애는 낭만적이기까지 하다. 이때 독자는 히틀러에 대한 고정관념이 완전히 깨져버리는 혼란을 경험하게 된다. 히틀러의 인간적 면모를 상상하게 되는 것이다. 이는 히틀러라는 기표 너머 어렴풋이 존재하는 기의로서의 채플린을 시인이 부각시킨 결과다. 사람들은 간혹 히틀러와 함께 채플린을 떠올린다. 시인은 히틀러와 채플린이 유사한 외모를 지녔다는 점, 같은 해에 태어났다는 사실, 양극의 인간성, 채플린이 히틀러를 패러디한 영화를 찍었다는 점 등을 착안했을 것이다.

히틀러와 히틀러 사이, 채플린과 채플린라디오 사이에서 발생하는 의미의 낙폭은 곧 시적 대상과 해석 사이의 거리를 암시한다. 거리가 멀면 멀수록 새롭고 매혹적으로 읽힌다. '토마토'를 발음하는 히틀러는 '시인'의 은유다. 토마토를 발음하면 "토마토는 시원하"다. 개념으로 인식하기보다 감각으로 먼저 반응하는 것이다. 이는 시인이 범인과 구별되는 지점이다. 그러나 감각으로 수용된 토마토는 "소유물이 될 수 없"다. 토마토라고 발음하는 순간 이미 자유로운 기의로서의 토마토는 사라지고 기표만 남기 때문이다. 감각 이후에 오는 개념을 인지하자마자 '토마토'라는 '시원함'은 휘발해버려 개념과 언어의 거리가 급격히 밀착, 마침내는 일치를 이루고 만다. '낙차'는 이러한 한계를 극복하기 위한 최세운의 방법론이다.

모자와 목장갑. 턱시도와 곤봉. 아저씨는 표정을 잘 바꾸고 친절해.
입술을 그리다 품속에서 죽은 토끼를 꺼냈어. 진짜야, 아저씨는 마술
사야. 사냥꾼일 뿐이야. 상자 속의 친구들은 믿지 않았다.

(……)

옆 칸에서 채찍소리를 듣는다. 늙은 썰매개는 원숭이가 되는 중. 개
의 등짝에서 붉은 팝콘이 터진다. 아저씨는 화가 날 때 장화부터 찾는
다. 다른 칸에서 채찍소리가 들린다.

(……)

양치질과 수면제. 식탁과 햇빛. 장롱과 일요일. 지금은 어떤 계절일
까. 벗겨진 무릎은 아저씨의 알몸과 겹쳐진다. 썰매개는 펜스를 넘어
설원으로 달리고 있다. 벽면에서 구부러진 칼들이 들어온다.

— 최세운, 「그린란드식 상자」 부분

이 시 역시 개념으로서의 '그린란드'와 시인의 해석적 '그린란드' 사이
낙폭을 활용하여 '낯설게 하기'를 성취하고 있다. 여러 지명 중 그린란드
를 선택한 것에서 이미 시인이 기표와 기의의 낙차 발생을 염두에 두었음
을 알 수 있다. 그린란드를 우리말 그대로 풀면 초록의 땅, 푸른 대지다.
싱그러운 목초지대를 연상케 하는 이름이지만 실제 그린란드는 흰 눈과
빙하로 가득한 극지라는 점에서 아이러니다. 풍문에 의하면 그린란드는
인접한 아이슬란드와 그 이름이 뒤바뀐 것인데, 바이킹이 침략자들을 속
이려고 목초지는 불모의 땅으로, 극지는 초록 대지로 명명했다고 한다.
'그린란드식 상자'란 무엇을 의미하는 걸까? '모자', '곤봉' 등 남성 성기

의 상징과 콘돔의 은유인 '장갑', 그리고 '혀', '벗겨진 무릎', '알몸' 등 성적 기호들로 미루어 볼 때 '상자'는 매음굴로 유추된다. '상자 속 친구들'은 자발적 매춘이 아닌 "표정을 잘 바꾸고 친절"한 '아저씨'에게 속아 원치 않는 강제적 윤락을 하고 있는 듯하다. 이 비극적인 장소와 '그린란드'는 어떤 연관성도 없어 보인다. 그러나 그린란드가 이름과는 달리 몹시 춥고 험한 불모지라는 사실을 떠올리면 매음굴의 수식으로 어울리지 않는 것도 아니다. '상자 속 친구들'은 푸른 초장으로서의 그린란드를 상상하며 왔을 것이다. 하지만 그곳은 "지금은 어떤 계절"인지도 모른 채 "벗겨진 무릎은 아저씨의 알몸과 겹쳐"지고, "채찍소리"에 고통 받는 비참함만 있을 뿐이다. 거기서부터 벗어나고픈 '상자 속 친구들'의 소망이 "펜스를 넘어 설원으로 달리"는 '썰매개'를 통해 형상화되고 있다.

'그린란드식 상자'는 속칭 '북창동식 주점' 따위의 패러디라고도 할 수 있다. 윤락업소 앞에 붙는 '북창동' 역시 실제 본질과는 달리 특정한 목적으로 그 기표를 소비하는 자들에 의해 전혀 다른 기의를 지니게 된다. 그린란드라고 믿었던 곳이 그린란드가 아니듯, 북창동 아닌 곳에서 북창동이 소비된다. 그 소비 행위자는 북창동이라는 굴절된 기의를 수용함으로써 스스로가 어느 곳에 존재하는지 혼동한다. 이 시는 지명(地名)과 실제 장소가 불일치하는 아이러니를 통해 본질과 그 본질의 해석 행위인 언어 사이의 낙차, 하나의 기표가 원래의 기의를 상실한 채 그것을 소비하는 쪽에 의해 전혀 뜻밖의 것으로 전환되는 양상을 보여주고 있다. 이름이라는 것만큼 본질을 속이는 데 쉬운 장치도 없을 것이다. 이름은 곧 함정이다.

거울 속에 양이 놓여 있다 양의 뿔 너머에 성막이 제단 위에서 권능이 앉았고 고해소를 지키던 어린 유대인은 잠이 들었다 문설주를 향해 달려오는 것은 이름이 없었다 쉽게 번졌고 벌레처럼 까맣게 흘러들었다 욕조에서 기꺼이 아버지의 피를 받았다 다리는 가지런히 모아 묶고 비닐봉지 옆에 칼을 놓고 기다렸다 양이 가리키는 수면 위로 배교자의 발들이 차례차례 흔들렸다 향로 위에서 불타는 마을과 재가 되는 지붕, 죽은 회화나무를 위해 기도문을 외우고 잔을 받았다 성호를 그으며 사라지는 여자를 간절하게 각을 뜨는 목선을 팔을 발목을 모든 윤곽선을 지우고 욕조에서 피와 거대한 구름기둥을 얼굴에서 펄럭이는 옷깃을 화염 속에 웅크린 돼지를 믿음은 긴 속눈썹 하나를 기념하는 것이라고 당신에겐 발라낼 가시가 있고 더 깊이 박혀질 이교도의 창문이 있다고 문을 열고 의자 위에 섰다 거울 속에서 양은 물 위를 걸었다 빵을 내밀며 안개는 안개를 죽이며 태어난다 했다 사소한 물과 피가 신앙심을 가지고 온다 했다 새들이 더 깊은 어둠으로 질 때 여자의 긴 속눈썹 하나가 내 목을 감았다 복도의 안쪽에서 불타는 바닐라를 믿고 새 신발을 가진 노란색을 믿고 노란색을 접어 하늘로 날리면 멀리 날아가는 햇빛, 양은 강물 속에 잠겼다 아버지의 줄이 당겨질 때 높은 공중에 달렸다 흔들리는 발밑으로 운동장과 어머니와 일요일의 오후가 쏟아졌다

　　　　　　　　　　　　　　　　　　　　　　－최세운,「강림」전문

　기표와 기의 사이의 굴절과 왜곡, 본질과 해석 사이의 메워질 수 없는 낙차에서 시가 발생한다면, 시는 'A는 A이고 B는 B'인 기존의 관념들을 부정하는 데서부터 잉태될 것이다. 그러므로 상징권위의 해체는 필수불가결이다. 「강림」은 기독교적 구원론의 기호들을 비틀고, 강력한 권력인 '아버지'에 대한 살부의식을 나타내면서 상징권위를 해체하려는 자기존재의 이야기다.

'성막'은 대속물인 '양'을 바치는 곳이다. '하늘'의 성전을 옮겼으므로 모든 게 다 상징이다. 양을 태우는 번제단은 카인과 아벨의 제단을 상징하고, 물두멍은 노아 시대의 대홍수, 떡상은 성경의 말씀, 등잔은 성령과 각각 대응한다. 상징들로 이루어진 곳인 만큼 제사를 드리는 과정 역시 엄격한 규칙들에 의해 통제된다. 그걸 어기면 "문설주를 향해 달려오는 것"에 의해 숨을 빼앗긴다. 히브리인들이 문설주에 양의 피를 발라 재앙을 면한 유월절 역시 상징과 규칙이 담보하는 구원론이다.

'양'은 한 사람의 대속물이 아닌, 인류의 대속자인 예수의 보편 은유다. 시인 내면을 지배하는 '구원'의 메타포다. 화자의 행위를 지켜보면서 통제하고 어떤 계시를 주기도 한다. 그런데 화자가 번제단에 바치는 제물은 '아버지'다. "욕조에서 기꺼이 아버지의 피를 받"고, "다리는 가지런히 모아 묶고 비닐봉지 옆에 칼을 놓고 기다"린다. "기도문을 외우고 잔을 받"고, "성호를 그으며", "간절하게 각을 뜨는" 행위를 마치자 "피와 구름기둥", "얼굴에서 펄럭이는 옷깃", "화염 속에 웅크린 돼지", "긴 속눈썹 하나"를 얻는다.

살부 행위를 방조하고 오히려 조장하는 '양'은 기독교 구원론의 그리스도가 아닌, '시'의 뮤즈, 로르카가 말한 두엔데(duende)가 아닐까? 시가 곧 시인에게는 구원인 셈이다. '아버지'로 상징되는 권위들, 기존의 관념들을 해체하기 위해 피를 받고, 다리를 묶고, 칼을 놓고, 기도문을 외우고, 잔을 받고, 성호를 긋고, 각을 뜨는 복잡한 절차들은 시 쓰기 과정의 은유다. 이 과정을 통과해야만 피, 구름기둥, 펄럭이는 옷깃, 불 속의 돼지, 속눈썹 같은 이미지를 얻을 수 있다. 최세운은 기존의 의미를 해체하고 전환하는 '낙차', 즉 자기내면의 시니피에와 시니피앙 사이 괴리를 구심력으로, 또 자아와 세계 사이의 진공을 원심력으로 삼으면서 시 쓰기의 동력을 얻는다. 그 '낙차'를 통해 시를 이루어나가는 과정이 세계인식의 비약적 전환과 성장의 통과의례라는 것을 「강림」은 고백하고 있다.

눈을 감고 심장 소리를 들었을 때 사과가 떠올랐다 씹고 있던 사과에서 벌레가 나오면 두 눈이 두근거렸다

옷장을 열자 언젠가 받았던 편지지가 우수수 쏟아졌고 방바닥이 젖었다 나는 편지지를 쓸어 모으는데 자꾸만 손바닥이 차가워졌다 다른 사람들이 너의 유서를 찾으며 편지를 가져가려 했다

기억하고 싶은 일보다 반대의 일이 자주 떠오르는 이유를 알 수 없었다 네가 옥상에서 춤을 추면 어릴 적에 베란다 밖으로 열대어 하나씩 떨어뜨리던 기억이 났고 숨이 점점 가빠졌다 숨을 들이쉬고 내쉴 때마다 발끝으로 파도가 밀려들었다가 빠져나가곤 했다

창밖으로 나뭇잎이 떨어지고 비가 내리고 사람이 투신한다면 아직도 옷장에서 쏟아지지 않은 것에 대해 생각했다 언젠가 떨어지기 직전의 열대어와 눈이 마주친 듯한 느낌, 느낌이 추락하고 또 무엇을 떨어뜨렸는지…… 옷장 안에 숨겨 놓은 죄가 가득했다
　　　　　　　—양안다, 「물고기의 비늘이 사실은 흉터였다면」 부분

양안다의 시는 의식적 개념과 무의식적 직관 사이의 낙차를 활용하여 세계에 대한 낯선 해석을 시도한다. 직관은 결국 상상력으로 통한다. 이 시의 제목에서 벌써 시인의 의도가 잘 나타난다. 물고기의 비늘이 흉터일지 모른다는 돌연한 직관과 상상, 비늘과 흉터 사이의 낙폭이 시의 부싯

돌 역할을 하는 것이다.

시인은 물고기 대신 사과를 대뜸 꺼내들며 시를 시작한다. '심장'에서 '사과'를 연상하고, 다시 "사과에서 벌레가 나오"는 상상을 한다. 이미지와 이미지 사이의 간극이 매우 넓다. 이러한 연상의 흐름은 직관에 의해 수행된다. 청각 이미지인 '심장 소리'를 '사과'라는 시각 이미지로 전환하고, 사과에서 벌레가 나오는 순간의 공포와 불쾌감을 "두 눈이 두근거렸다"는 공감각 이미지로 표현하는 은유 역시 인지적 판단이 아닌 감각적 반응 쪽에 기울어진 직관의 표상이다.

시인에게 '물고기 비늘'은 '흉터'이고, '심장'은 '사과'다. 그의 세계에서는 "편지지가 우수수 쏟아지"면 "방바닥이 젖"고, "네가 옥상에서 춤을 추면 어릴 적에 베란다 밖으로 열대어 하나씩 떨어뜨리는 기억이 난"다. 실제 사물이나 현상, 어떤 행위와 전혀 무관해 보이는 것들이 연상되는 이 증상을 시인은 "기억하고 싶은 일보다 반대의 일이 자주 떠오르는" 것이라고 명명한다. "떨어지는 열대어"를 생각하면 열대어 대신 "떨어지는 것들이 무작위로 떠오르"고, 그렇게 '나뭇잎'과 '비'와 '투신하는 사람'을 떠올리면 결국 떨어지는 건 그 대상들이 아닌 시인 자신의 '느낌'이다. "느낌이 추락한"다.

'느낌의 추락'은 곧 개념과 직관 사이, 대상의 실제 본질과 시적 해석 사이의 텅 빈 공간에서 발생하는 의미의 추락을 뜻한다. 의미의 추락은 의미의 무화이고, 느낌의 추락은 느낌의 부각이다. 추락하는 것들에 대한 시인의 직관은 추락하는 대상이 지닌 의미, 대상의 추락이 지닌 의미 대신 각각의 추락들이 환기시키는 느낌에 집중한다. 열대어의 추락은 가볍고, 비의 추락은 축축하며, 사람의 추락은 무겁다. 대상이 지닌 본래의 의미가 사라지고 추락의 느낌만 남는다. 개념이 사라진 자리엔 감각만이 존재할 뿐이다.

언젠가 도로에서 죽은 쥐를 작은 그림자로 착각했을 때
내 머리 위로 어느 새 한 마리가 무리에서 이탈했다는 생각을
했다고
나무 밑에서 너에게 말했다

확실히 그럴 수 있겠어, 너는 모순적인 대답을 하고

눈을 감을 때 보이는 어둠이 모두에게 같을 수 있을까
누가 더 어둡게 보이는지에 대해 대화를 나누다가 사실 나무는 야
행성이 아닐까, 낮잠을 자는 동안 자신에게 보이는 어둠을 그늘로 펼
쳐놓는 것일지도 모른다고 생각했다

헝클어진 네 머리카락이 그림자로 엎어지고 있었다
아무 것도 날고 있지 않았다

어젯밤에는 네가 이 나무 밑에 묻혀있는 꿈을 꿨다고
그곳에서 꺼내달라며 내게 부탁했다고, 너는 내 꿈을 징조라고 생
각했지만

문득 납작한 새와 날아다니는 쥐를 봤는데 그건 확실히 그럴 수 없
는 일이었고 아마도 지금은
백일몽을 꾸는 중이라고,
두 눈을 시퍼렇게 뜬 채로

　　　　　　　　　　　　　　　　　　　　　　—양안다,「불가항력」전문

「불가항력」 역시 낙차에 대한 이야기다. 이 시에서는 개념과 직관 사이의 낙차를 '착각'으로 규정하고 있다. 시인은 착시하는 자, 착각하는 자이다. 어떤 사물이나 사실을 실제와 다르게 감각하고 인지하는 자이다. 이것을 양안다는 불가항력, 즉 자신이 어쩌지 못하는 시인의 숙명으로 받아들이고 있다.

"죽은 쥐를 작은 그림자로 착각"한 것은 '죽은 쥐'라는 사물의 원관념을 '작은 그림자'라는 해석적 보조관념으로 대체한 일종의 은유다. 이 뜻밖의 착각 또는 직관은 시인으로 하여금 "내 머리 위로 어느 새 한 마리가 무리에서 이탈했다는 생각"이 들게끔 한다. 죽은 쥐를 그림자로 착각한 것과 새 한 마리가 무리에서 이탈한 것은 어떤 연관성이 있을까? 죽은 쥐가 '죽은 쥐'라는 의미의 속박에서부터 풀려나 '그림자'가 되는 순간, '새 한 마리'와 같은 활달한 상상력이 의식과 이성적 사고, 개념으로 이루어진 의미의 세계에서부터 자유로워졌을 것이다. 그 순간의 쾌감을 양안다는 새의 비상으로 형상화하고 있다.

시인은 A라는 대상을 보고 B, C, Z라고 이야기하는, "모순적인 대답을 하"는 자다. 그는 "눈을 감을 때 보이는 어둠이 모두에게 같을 수 있을까"라고 묻는다. 이 날카로운 질문은 탁월한 통찰을 포함하고 있다. 눈을 감았을 때 느껴지는 어둠의 정도는 사람마다 다 다를 것이다. 빛의 잔상이나 눈꺼풀의 두께, 망막과 각막 신경의 민감도에 따라 차이가 날 수밖에 없다. 그러나 시인의 질문은 감각되는 어둠의 질감에 대한 이야기가 아니다. 그 질문을 이렇게 고쳐보면 자명해진다. "눈을 감을 때 보이는 것들이 모두에게 같을까"라고. 육안이 차단되면 마음의 눈이 열리며 내면 풍경들을 들여다볼 수 있게 된다. 눈을 감는 행위는 의미의 세계와 결별하겠다는 태도다. 몽상 속으로 침잠해 정신에 각인된 상징과 기호들, 자유로운 상상력과 번뜩이는 직관들을 보기 위한 작업인 것이다.

눈을 감고 어떤 대상에 대해 생각하면, 대상이 지닌 보편적 개념들이 사라지고, 개인이 전유하는 사적인 기의들이 떠오르기 시작한다. 죽은 쥐는 그림자이고, 나무 그늘은 나무가 낮잠을 자며 펼쳐놓는 어둠이고, 헝클어진 네 머리카락도 그림자다. 날아다니는 새와 납작한 쥐가 아니라 "납작한 새와 날아다니는 쥐"를 발견한다. 시인은 의미로 이루어진 이 현상 세계가 진짜인지, 아니면 상징과 기호, 직관과 상상으로 이루어진 '백일몽'의 세계가 진짜인지 혼동한다. 장자의 호접몽을 빌리지 않더라도 그 혼란감은 누구나 가질 수 있는 것이며, 시인처럼 쉽게 착시하는 자, 착각하는 자일수록 더할 것이다. 현상 세계와 백일몽의 세계 사이에 생기는 낙차, 시인은 거기서 추락을 반복하는 존재다.

잠깐의 평화를 위해서 가족은
식칼을 들고 마늘을 깠다 아무런 말도 하지 않았는데
마늘을 쪼개면서 가정은 완전해지고 있다

침묵이 길어질수록 마늘이 사라졌다
칼끝은 아무도 노리지 않았는데

어젯밤에는 다섯 번째 액자가 깨졌다
얼굴이 망가져있었다

새벽이 끝나도록 슬픈 음악이 반복됐다
아침에 밥을 퍼먹는 풍경을 보면 소름이 돋았고

비극이 비극으로 느껴지지 않을 때가 있다
그 면역을 잊기 위해서
그 비극을 잊기 위해서

가정이 가정에 가까워지도록

마늘을 쪼개고 있다
쪼개지고 있다

우리가
　　　　　　　　　　—양안다, 「오늘의 비극」 전문

　「오늘의 비극」은 앞의 시들과 다르게 읽히지만 또 비슷한 층위에서 해
석되는 지점이 있다. "잠깐의 평화를 위해서 가족은/ 식칼을 들고 마늘을
깠다 아무런 말도 하지 않았는데/ 마늘을 쪼개면서 가정은 완전해지고 있
다"라는 대목은 '가족'의 성질을 제대로 파악한, 빛나는 에스프리다. 하지
만 이 시에서 주목되는 양상 역시 '낙차'다. '가족'은 하나의 관념인데 '말',
즉 '언어'가 거기 끼어드는 순간 그 관념이 균열되고 깨진다는 것이다. 말
하는 순간 낙차가 발생한다. '가족'이라는 관념을 완전하게 하는 것은 '침
묵'뿐이다. 말하여지는 순간 진리가 아니라던 동양사상은 일찍이 개념과
언어 사이의 불일치와 왜곡, 굴절을 수용한 셈이다. 그러나 시인은 '백일
몽'같은 세계에 속한 자이므로 현상 세계의 진리와 본질, 즉 고정불변의
의미에 구속되지 않는다. 침묵을 통해 완전한 관념을 유지하는 세계는
"새벽이 끝나도록 슬픈 음악이 반복"되는 지루한 '면역'과 '비극'의 장소
일 뿐이다. 시인은 금방 침묵을 벗고 직관과 상상의 해석적 언어를 통해

고정된 관념들에 균열을 낼 것이다. "마늘을 쪼개"듯이.

플라톤이 보기에 시인은 세계의 본질을 왜곡시키는 자, 사물의 원형 대신 벽에 비친 그림자로 사람들을 현혹시키는 사기꾼이었다. 그래서 시인들을 추방해야 한다고 목청 높였다. 그러나 플라톤의 시대로부터 2천4백 년이 지난 지금까지도 시인들은 이 세계에 살아남아 있고, 사람들은 시인들이 만들어낸 그림자의 환상에 매료된다.

시는 대상을 있는 그대로 묘사하는 설명문이 아니다. 확인된 사실만을 적어야 하는 과학도서나 참고서는 더더욱 아니다. 시는 육안으로 보이는 세계를 전혀 새롭게 재편하고자 하는 발칙한 모반의 열망으로부터 출발한다. 낯선 상상력과 뜻밖의 해석은 시인 내면세계의 풍경이다. 최세운과 양안다는 그 자신 내면세계의 다채로운 이미지들을 그림자극으로 우리에게 상연한다.

이 매혹적인 그림자극을 읽는 사이 꽃 지고 모래바람 분다. 꽃이 진 것인지 내 마음의 한 계절이 저문 것인지, 창밖의 모래바람 속에 부유하는 것이 모래인지 시간인지 모르겠다. 내가 있는 반지하 원룸과 바깥은 다른 세상이다. 원룸과 세상 사이의 낙차 어딘가에서 이 글을 썼다.

놀이로서의 시, 시로서의 놀이

―유계영·최현우·정현우·석지연·김종연·박세미의 시

시는 궁극적으로 놀이이다. 놀이는 본래 무용한 것이며 즐거움 외에 어떠한 목적도 가지지 않는다. 놀이는 자연 발생한다. 어떤 본능들로 인해, 고통들로 인해, 잉여분의 정력으로 인해 알아서 생겨난다. 유희하는 인간, 호모 루덴스는 기쁨의 추구에서부터 음악, 미술, 무용, 연극, 운동 경기, 문학 등을 발생시켰다. 문화가 발달할수록 돈 주고 하는 놀이도 발달하여, 유희가 재화의 영역에 속하기도 하지만, 잠깐의 즐거움이 지나면 손에 남는 게 없다는 점에서 여전히 비물질이며 무용하다.

시도 그렇다. 시에서 유용성을 찾는 순간, 시는 놀이가 아니라 일이 된다. 시와 놀이는 오직 정신 안에서만 유용하다. 사회적 거래에서 무용하지만 그 무용함을 혼자 전유하여 정신을 기쁘게 하는 것이 놀이이고 시다. 정신의 고조를 통해 감각 쇄신을 일으키는 행위, 시는 언어를 재료로 하여 고도로 발달된 고급 유희이다. 시 쓰기는 스스로를 착란하게 해서 사물을 다르게 보게 하고, 발굴된 적 없는 감각과 상상력들을 기어코 캐낸다. 이는 누구에게나 허락되지만 아무나 이룰 수 없는 놀이이다. 여기 낄 수 없는 사람들은 독자로 남아 시 읽기에 동반되는 흥미, 슬픔, 감동, 연민, 분노, 해독 욕구를 통해 정신을 자극한다. 이것들 다 큰 범주에서 즐거움의 영역에 속한다. 시 쓰기와 시 읽기는 모두 즐거운 놀이이다.

시와 놀이는 뗄 수 없다. 보들레르와 이상(李箱)의 경우를 보면, 시인은 곧 놀이를 추구하는 자임을 알 수 있다. 보들레르의 산문 「개와 향수병」에는 "내 예쁜 강아지, 착한 강아지, 귀여운 뚜뚜, 이리 오너라. 와서 시내의 제일 좋은 향수 가게에서 산 이 기막힌 향수 냄새를 맡아보렴"이라는 구절이 있다. 애완견과의 놀이를 통해 감각의 갱신과 고조, 낯선 자극의 발생을 도모하는 것이다. 이때 '향수 냄새'는 놀이의 중요한 도구로 활용된다. 이상의 『날개』에는 "나는 조그만 돋보기를 꺼내가지고 아내만이 사용하는 지리가미를 그슬어가면서 불장난을 하고 논다. (…) 나의 유희심은 육체적인 데서 정신적인 데로 비약한다. 나는 거울을 내던지고 아내의 화장대 앞으로 가까이 가서 나란히 늘어 놓인 고 가지각색의 화장품 병들을 들여다본다. 고것들은 세상의 무엇보다도 매력적이다. 나는 그 중의 하나만을 골라서 가만히 마개를 빼고 병구멍을 내 코에 가져다 대고 숨죽이듯이 가벼운 호흡을 하여 본다."라는 대목이 등장한다. 놀이가 곧 정신의 자극 행위라는 것을, 냄새 맡기가 감각과 상상을 일깨우는 적극적 유희 행위라는 것을 이상은 누구보다 잘 알고 있었다.

이처럼 놀이는 예측 불가능한 희열을 동반하곤 한다. 정신의 고조 행위이므로, 놀이를 하다보면 불현듯 전에 경험하지 못했던 것을 보고 듣게 되고, 낯선 감각들이 깨어난다. 이때 감각은 인지로 이어져서, 어떤 관념이나 추상들과 제대로 마주본다. 뜻밖의 직시인데, 이러한 양상들을 특히 유년의 놀이에서 발견할 수 있다. 숨바꼭질을 하다 환풍구에 숨어들어간 소년이 세상과 차단된 분리와 고립, 어둠에의 체험을 통해 죽음이라는 추상을 감각하거나, 질주 놀이를 하는 아이들이 막다른 골목에서 술래에게 잡히기 직전, 두려움과 함께 자기존재의 한계와 변화를 예감하는 순간들이 그렇다.

1. 놀이, 막연한 추상들

물속에서
오래 참기

고개를 들면
내가 먼저 죽을 것이다

물속에서만큼은 달랐다
물 밑을 횡행하는 다리는
푸른 리본을 두른 어린이들처럼
종잡을 수 없는 것

물 밑에도 물이 흐르고 있다니
물낯의 투명함을 내버려둔 채
낡은 거즈처럼 펼쳐져있다니

이제 그만 거기서 만나자
약속하고

나는 따뜻한 거기로 갔는데
너는 차가운 거기로 가서
우리는 아직 못 만났다

담요를 덮고 앉아
멀어지는 너를 바라본다
우두커니

물을 보려고
인공호수 측선을 따라
늘어선 사람들
아무도 수면을 가리키며
제 것이라 말하지 않는다

나는 나이고 너는 너인데
그런 은유를 이해하기까지의
의문들이 출렁거렸다

강은 강처럼
바다는 바다처럼
국 속에서 끝까지
입을 열지 않는 모시조개처럼

오른쪽과 왼쪽이 닮으려고 노력한
몸의 흔적들을 짚어보며
우리는 먼데서 마주보고 울었다

그때 물고기들은

촘촘한 이빨로
한없이 뻐끔거리고 있었다
더는 물어뜯을 빛도 없다네
어둡고 어두운 우리의 입 속에

—유계영, 「모노폴리」 전문

유계영은 '물속에서 오래 참기'라는 생소한 놀이에 대해 이야기한다. 놀이라고 하면 숨바꼭질, 술래잡기, 고무줄놀이 따위를 먼저 떠올리는 대중의 상투성을 거세게 뒤흔들며 소재 자체만으로 이미 '낯설게 하기'를 획득한다. 시인 덕분에 세숫대야 물에 얼굴을 박고 누가 오래 견디는가를 시합했던 기억들, 망각에 의해 유실되었던 내 유년의 한 풍경마저 복원되었다.

모든 놀이가 그렇지만, 유년기의 놀이는 특히 더 경쟁적이다. 신발 멀리 날리기, 공기놀이, 팽이치기 같은 것들이 그렇다. 직업 등 사회활동으로 자아정체감을 완성하는 성인들에게 놀이는 단순한 유희이지만, 아이들에게는 놀이가 자기존재의 효용을 확인하는 중요한 행위이다. 그러므로 유년기의 놀이란 아예 하나의 사회, 한 세상이다. 어떤 놀이를 유난히 잘 하는 능력이 또래집단에서 아이의 존재성을 규정짓는다. '오래 참기'류의 놀이들은 대개 어른에 대한 동경에서 비롯된다. 아이들 눈에 어른은 그 어떤 고통에도 끄떡없는 초인이기 때문이다. 아이들은 고통을 잘 참으면 어른이 될 수 있다고 믿는다.

'물속에서 오래 참기'는 놀이이지만, 고통을 수반하는 자학이다. 죽음의 방식으로 죽음을 견디는 놀이, 익사에의 간접 체험, 죽음의 한 연습이다. 이 섬뜩한 행위가 놀이로서 기능할 수 있는 것은 "푸른 리본을 두른

어린이들"에게 '죽음'이 막연한 추상이자 잘 모르는 관념인 까닭이다. 숨
막히는 고통이 죽음으로 이어질 수 있다는 걸 아이들은 모른다. 고개를
들지 않으면 진짜로 죽는데, "고개를 들면 내가 먼저 죽을 것"이라고 생각
한다. 물속의 진짜 죽음보다 물 밖으로 얼굴을 드는 순간 확정되는 패배,
즉 놀이에서의 죽음이야말로 실감나고 두려운 것이기 때문이다. 아이들
에게 죽음은 한 번도 만져보지 못한 것이며, 실감은커녕 상상조차 해본
적 없는 비개념이다. '죽음'은 아이들의 사전에 없는 단어다.

　어린 화자가 물속에서 본 것은 '죽음'이 아닌 "물 밑에도 물이 흐르고
있"는 광경이다. 이 뜻밖의 직시는 하나의 상징으로 각인되어, 성인이 된
훗날 "나는 나이고 너는 너"라는 잠언을 환기시킨다. 이 잠언은 "멀어지
는 너"를 통해, "물을 보려고 인공호수 측선을 따라 늘어선 사람들"을 통
해 깨닫게 된 인간관계의 속성이다. 하나의 물로 흐르는 것 같아도 수면
과 물속은 제각각이다. 표면에 나타나는 것 말고, 보이지 않는 속에서 출
렁거리는 것들이 본질이다. 얼굴이 수면이라면 진심은 물 밑에서 흐르는
물이다. "아무도 수면을 가리키며 제 것이라 말하지 않는"다. "고개를 들
면 내가 먼저 죽을 것"이라던 유년의 두려움은, 진심을 들키면 내가 먼저
상처받을 것이라는 오늘의 불안으로 전환된다.

　　술래를 꽃으로 보는 훈련을 받았습니다

　　들키고 싶지 않은 표정을 훔치고
　　시간을 탈출하려다 술래를 잃어버렸습니다

　　식물의 육체는 어둠에서 빛으로

맹목적이니까
밝은 곳에 서서 기다립니다

거기서 여기까지
혼자서
눈꺼풀 속에서 쉬지 않고 부르던 노래
잠에서 깨면 목소리에 그늘이 엉겨 붙었다가 사라지는 이유

누가, 아주 잠깐 만지고 간 거라고

꽃이 피었습니다
꽃이 자꾸 피었습니다
전부 죽고
다시 사는데

십에 십을 곱해 다시 십을 포개고 더 크게 세어도
움직이지 않는 당신과
계속 눈을 감았다 뜨는 나

누가 꽃이 되었을까요

　　　　　　　　　　　　　　　―최현우, 「스톱모션」 전문

　최현우의 시는 '무궁화 꽃이 피었습니다' 놀이를 소재로 삼고 있다. 이
놀이는 숨바꼭질의 응용놀이이다. 술래가 벽을 보고 "무궁화 꽃이 피었습
니다"를 외치다 구호가 끝나는 동시에 뒤를 돌아봐서 움직이는 사람이 있
으면 잡아낸다. 술래를 제외한 참여자들은 움직임을 들키지 않고 술래 근
처까지 접근, 술래의 등을 치거나 잡힌 친구들을 포박하고 있는 술래의

손을 쳐낸 뒤 원점으로 무사히 도망치면 이긴다.

'무궁화 꽃이 피었습니다' 역시 아이들에겐 막연한 추상이자 미지의 영역인 '죽음'과 '부활', '구원'의 메타포를 함의하고 있다. 죽음이 뭔지도 모르면서, 술래에게 잡히는 걸 아이들은 '죽는다'고 표현한다. 죽으면 술래의 손에 붙들린 채 놀이에 참여할 수 없다. 술래에게 붙잡힌 곳이 곧 저승이다. 그러나 끝까지 들키지 않고 다가가 술래의 손을 쳐내는 한 용감한 아이에 의해 죽었던 아이들이 살아난다. 한 명의 메시아가 죽음의 사슬을 끊어 모두를 구원하는 것이다. "꽃이 피었습니다 꽃이 자꾸 피었습니다 전부 죽고 다시 사는" 놀이는 죽음―부활의 형식이자 연습이다.

"술래를 꽃으로 보는 훈련을 받았습니다"라는 고백은 이 놀이에 대한 매혹적인 은유다. 술래가 곧 무궁화 꽃이다. 시인은 유년 시절의 놀이를 '당신'과 '나' 사이의 문제로 옮겨온다. 요즘 말로 '밀고 당기기'라고 할 수도 있고, 자꾸만 어긋나는 인연의 고리라고도 할 수 있겠다. 처음엔 '당신'이 술래였는데, 화자는 "들키고 싶지 않은 표정을 훔치고 시간을 탈출하려다 술래를 잃어버"리고 말았다. '들키고 싶지 않은 표정'이란 아마도 수줍은 진심, 사랑의 감정일 것이다. 화자는 '당신'의 마음을 훔친 채 어떤 특수한 '시간', 즉 '무궁화 꽃이 피었습니다' 놀이로 함의되는 인연의 굴레에서 벗어나려다 결국 '당신'을 잃어버렸다. 그땐 '당신'이 마음에 차지 않았는데, '당신'을 잃고서야 비로소 화자는 '당신'의 소중함을 깨닫는다.

이제 처지가 뒤바뀌어 술래가 된 화자는 "식물의 육체"로서 "어둠에서 빛으로 맹목적이니까 밝은 곳에 서서 기다"린다. '당신'을 되찾으려면 '꽃'이 피는 순간, 즉 화자가 진심을 표현하는 순간 '당신'이 움직여주어야 한다. 그러나 꽃이 피고, 꽃이 자꾸 피고, 그 사이 무수한 계절과 풍경들, 숱

한 감정들이 "전부 죽고 다시 사는데" '당신'은 "십에 십을 곱해 다시 십을 포개고 더 크게 세어도 움직이지 않는"다. '나'는 당신이 움직이길 기대하며 계속 눈을 감았다 뜬다. 그러나 당신은 내가 눈감으면 움직이고, 눈 뜨면 거기 그대로 멈춰 있다. 잡을 수 없다. 인연이라는 것이 이토록 얄궂다.

이 시는 '무궁화 꽃이 피었습니다' 놀이에 대한 낯선 상상력을 제시하는 한편 놀이의 형식으로 연애라는 특별한 인간관계를 해석해내고 있다. '꽃'의 식물성을 '술래'의 맹목적 기다림으로 옮긴 은유도 탁월하지만, '무궁화 꽃이 피었습니다'가 죽음과 부활 놀이이듯, 연애도 죽음과 부활, 에로스와 타나토스의 반복임을 간파한 시인의 통찰은 더욱 빛난다.

2. 놀이, 미적 원형

선선한 날에는 선해 져야 한다,
고 생각한다.

창 밖, 빗금 치는 빗줄기들.
나는 생선의 배를 가르고
살점을 하나 씩 뜯어 먹을 때마다
생선의 뼈마디가 기찻길 같아서
목으로 걸리는 몇 개의 선들,
오래된 속도를 생각한다.

타일과 타인 사이
우리는 운동화 끈을 고쳐 맨다.
비가 내렸고

전선줄이 하늘을 뒤 덮었다.

우리가 엄지를 감당하지 못할 때
집게손가락으로 잡지 못하는 선들을 떠올리며
일정한 경계선을 따라
선을 맞대지 않고 달렸다.
선이 선을 앞지르고
차로는 언제나 반대 방향일 것.
그렇게 배워야 할 것.

놀이터 앞에서 돌아가는 팽이를 보곤,
역주행하는 별들을 본적 있지
두 눈을 감으면
자전하지 못하는 선들 몇 개,
나는 잠깐 죽은 사람,
죽어본 적 있냐고 나무가 물었다.
나의 바깥을 잘라내는 일은 어제의 날씨.
나뭇가지는 선, 나뭇잎은 선이거나 점.

선에서 선으로 가는 경계가 기약이 없을 때,
나무에겐 무표정한 직선이 어렵다.
우주의 점들 몇 개,
꽃잎 몇 장 떨어지는 일처럼
다시 이어질 수 없는 선들,
새들은 둥글게 곡선을 날아오른다.
그것은 덜 자란
나의 눈썹들,
선으로 남아 있는 나무들이

써지지 않는 손글씨를 떨구고
나는 나무의 자세로 앉아
낮아지는 선들을 생각한다.

선 하나로 무엇이든 그릴 수 있다,
고 생각하다
넘기지 못한 선처럼
쿵,
책장이 넘어진다.

—정현우, 「선」 전문

　앞서 살펴본 유계영과 최현우의 시가 유년기 놀이에 막연히 깃든 죽음과 부활 등 관념의 흔적들을 그리면서 인간 그리고 인간관계의 속성을 통찰하고 있다면, 정현우의 시는 어릴 적 놀이가 시인 자신의 미적 원형이자 시의 기율이 되어간 흔적들을 추적하고 있다.

　정현우는 면과 선, 점, 여백 등 공간, 즉 세계를 구성하는 형태적 요소에 대해 유난한 호기심을 지닌 시인이다. 시인은 한 산문에서 "세상은 점, 선, 면으로 이루어져 있고 그렇게 풍경들을 점과 선 그리고 면으로 나누다 보면 이 세상의 이방인 같다는 생각이 든다"고 고백한 바 있다. 등단작에서부터 그는 "면과 면이 뒤집어질 때, 우리에게 보이는 면들은 적다"(「면」)는 걸 밝혀내기도 하였고, "여백은 둥근 모양이거나 둥글어지는 모양일 것"(「여백」)이라는 가능성을 제시하기도 하였다. 면, 선, 점, 여백에 대한 정현우의 관심은 일찍이 그의 내면에 각인된 세계의 형상 원리에서부터 비롯된 것으로 보인다. 이 시는 그 최초의 각인이 유년 시절의 놀이에서 시작되었음을 짐작하게 한다.

놀이터는 온갖 도형들로 채워진 공간이다. 정사각형들로 쌓아올려진 정글짐과 사다리꼴의 철봉, 삼각형 미끄럼틀, 원형 회전뱅뱅이들이 하나의 작은 세상을 이루고 있다. 아이들은 거기서 오르내리고, 건너고, 떨어지고, 회전하고, 미끄러지면서 세계를 구성하는 형상 원리와 운동 법칙들을 이해한다. "놀이터 앞에서 돌아가는 팽이를 보곤, 역주행하는 별들을 본적 있"다는 시인의 회상은, 어린 시절 놀이에의 체험이 천문학적 상상력으로 확장되었음을 증언하고 있다.

그네와 구름다리, 철봉, 시소, 정글짐, 밧줄 등 놀이터를 구성하는 기본 요소는 선이다. 놀이기구뿐만 아니라 '운동화 끈'과 '전선줄', '비'까지 전부 선이다. "비가 내렸고 전선줄이 하늘을 뒤덮었"던 유년의 이미지들, "일정한 경계선을 따라 선을 맞대지 않고 달렸"던 기억들이 시인 내면에 미적 원형이 되어 시인은 "다시 이어질 수 없는 선들"과 "낮아지는 선들", "넘기지 못한 선", "선으로 남아 있는 나무들"을 통해 이 세계를 묘사한다. 어릴 적 '선'들이 이룬 놀이터, 그 완벽한 유희의 세상에 대한 기억이 "선 하나로 무엇이든 그릴 수 있다"는 믿음으로 자라난 것이다.

3. 놀이, 존재와 시간

함수를 배우고 y=f(x)를 이해하기 시작하면서 1에 대하여 31에 이르는 뫼비우스의 띠를 살아야 한다는 게 희극처럼 여겨질 때면 단 한 번 태어난 네가 내 세계에는 너무 많이 살았다고 울었다 기념하고 싶은 것들은 입속에 눌러 담는다 우리가 한쪽 귀로 나누어 들었던 석봉이와 어제의 진담을 오늘의 농담으로 바꾸는 마술사를 집어넣었다 마

술사가 석봉이를 장님으로 만드는 묘기를 선보이자 우리는 배가 가려
워 실실 웃었지 휴가를 맞이하면 제주도에 가자고 약속했지만 이발소
에 취직한 나는 내일 수염을 깎으러 가야 해 너는 새 면도칼을 쥐어줬
는데 나는 네게 없는 것을 달라고 떼를 쓰면서 호주머니 속 몇 푼의 동
전을 달그락거렸지 다른 사람의 차에 치여 놓고 끝내 받지 못한 보험
금 같은 거 그때 우리의 새 다짐은 구레나룻을 다듬고 그 사람의 차에
박혀 죽는 것이었고 수고양이들의 수염을 열심히 훔쳐서 장례식 비용
을 마련하는 거였어 이발소 문을 닫고 다른 게 돼보고 싶다 스팀 타월
을 낭비하는 졸부이거나 식탁 위에 올라간 해녀의 물고기 반찬이 돼
도 좋을 거야 그러니 오늘은 살아있는 너를 위해 거짓말 해줄게

— 석지연, 「만우절」 전문

유계영, 최현우, 정현우의 시가 각각 '물속에서 오래 참기', '무궁화 꽃
이 피었습니다', '놀이터' 등 특정한 놀이의 형식을 소재로 하고 있는 데
비해 석지연의 시는 어떤 한 존재와 공유했던 시간들 전체를 '놀이'로 호
명한다. '너'와 함께 한 말장난, 음악 듣기, 수학 공부, 온갖 망상의 나열,
동전 달그락거리기 등 사소한 행위들이 전부 놀이이다. 이는 '너'라는 존
재가 '나'에게, 또 '나'가 '너'에게 서로 충만한 기쁨과 만족감, 정신의 고조
를 불러일으키는 대상이기에 가능하다. 존재 자체가 '놀이'가 되는, 그런
사이인 것이다.

「만우절」은 "함수를 배우고 $y=f(x)$를 이해하기 시작"했던 시인의 고교
시절 이야기이다. "1에 대하여 31에 이르는 뫼비우스의 띠"처럼, 매월 1
일부터 31일까지 반복되는 공교육의 일상 속에서, "내 세계에는 너무 많
이 살았"던 '너'와의 장난은 '나'에게 유일한 즐거움이었다. "우리가 한쪽
귀로 나누어 들었던 석봉이"는 이어폰을 한쪽씩 나눠 꽂고 밴드 '불나방

스타쏘세지클럽'의 노래 '석봉아'를 듣던 추억을 암시하는 듯하다. '너'와 '나'가 함께 하는 시간은 몹시도 즐거워 "우리는 배가 가려워 실실 웃었"다.

시인이 쓴 한 산문에는 '너'와의 추억이 구체적으로 나타난다. '너'는 "고등학교 시절 같은 수학 학원을 다니던 다른 학교 남학생"이었고, 별명은 '오이'였다. 둘 다 공부에는 관심 없어 마냥 철없는 장난과 농담만 주고받았다. 그런데 오락실 가기, 만화책 읽기, 초인종 누르고 도망치기, 남의 등에 포스트잇 붙이기 따위 '놀이'들은 '오이'의 부재와 함께 종료되었다. 어느 날부턴가 만남이 뜸해지고 연락이 끊겼다. 내심 서운해 하다 훗날 전해들은 이야기는, '오이'가 뺑소니 사고를 당해 하늘나라로 갔다는 것이다.

'너'와의 놀이가 종료되었을 때, 그것이 다시 재현될 수 없는 영원한 끝임을 알았을 때 '나'는 이미 어른이 되었다. 어른도 물론 호모 루덴스이지만, 어른은 놀이를 인지할 뿐 감각하지는 않는다. 가만히 있어도 배가 가려워 실실 웃던, '필터링' 없는 자극 반응은 다시 일어날 수 없는 것이다.

만우절은 거짓말을 하는 날이다. 만우절에만큼은 거짓말도 하나의 유쾌한 놀이가 된다. 시인은 우선 스스로에게 '너'가 살아 있다고 거짓말을 한다. 그러고는 "오늘은 살아 있는 너를 위해 거짓말"한다. '너'가 살아 있을 때, '나'와 '너'의 놀이 대부분은 거짓말의 형식이었을 것이다. "스팀 타월을 낭비하는 졸부"가 되고 싶다거나 "식탁 위에 올라간 해녀의 물고기 반찬이 돼도 좋을 거"라던 말들은, 그게 불가능한 꿈임을 알면서 발화한 것이므로 거짓말이다. 시인에겐 매일이 만우절이다. '너'의 부재도 거짓말이고, '너'가 세상에 존재한다고 믿는 것 또한 거짓말이다. 시인은 '너'와 주고받던 그 모든 망상과 상상, 거짓말들을 이제는 시 안에 들여놓는다. 시는 본래 거짓말이다. 시를 통해서 '너'와 헛소리하며 논다. 앞서 언급한 시인의 산문에서, '오이'가 죽었다고 쓰는 대신 하늘나라에 갔다고 한 마음의 여린 결이 아름답다. 그 말마저도 거짓말이고, 놀이이다.

내게도 이제 각주가 필요하다

나이가 들면 숨구멍마다 호스를 주렁주렁 매달고
처음 시한폭탄 앞에 선 남자처럼 우물쭈물하다가 무너지고 말겠지

내 이야기인 줄도 모르고

피부병에 걸린 개의 털을 매달 밀어주며
알러지 때문에 재채기를 하고 눈물을 흘리면서 십 년을 함께 살았다

나의 개는 평생 사람이란 건 자기 때문에 울고 아파하는구나 생각
하며 죽게 될 것이다

사람이 끼니를 거르는 건 견디기 힘든 슬픔을 느끼고 있다는 뜻이
지만
개도 가끔은 밥을 앞에 두고 끼니를 거른다

나는 손을 달라면 손을 주는 시절을 지났고
앉으라면 앉고 짖으라면 짖고 물라면 무는 시절을 지났다

개는 사람이 보이지 않으면 영영 사라진 줄로 안다

나는 개가 아니어서
내게서 영영 사라진 사람이 다시 돌아올 줄 안다

지나간 시절은 각주 없이 읽어야 아름답다 설명하면 망가진다

개의 이데아는 사람이고
나의 이데아는 주인보다 먼저 늙어 무덤에 누워있다

---

*

　　　　　　　　　　　　　　　 ─김종연, 「나의 이데아」 전문

　　김종연의 시 역시 석지연과 마찬가지로 어떤 한 대상과 함께 보냈던 시간 전체를 '놀이'로 명명하고 있다. 석지연과 다른 점은 그 대상이 반려견이라는 것이다. 물론 사람이나 반려견 모두 사랑과 연민의 대상으로서 그 가치가 절대적이므로, 사람이든 동물이든 그와 공유한 '놀이'에의 기억은 똑같이 소중하다. 다만 석지연의 시에 '너'와의 놀이들이 구체적 내용들로 제시되고 있는 데 비해 김종연의 시에는 "손을 달라면 손을 주는 시절", "앉으라면 앉고 짖으라면 짖고 물라면 무는 시절" 정도로만 묘사되어 있다.

　　시인이 "나의 개"와 함께 했던 놀이들을 구체적으로 그리지 않은 이유는 명백하다. 개의 삶 전체가 '놀이'이기 때문이다. 반려견은 평생 동안을 사람과 놀기 위해 산다. 주인을 기쁘게 해주는 것으로 스스로를 기쁘게 하고, 주인이 자신과 놀아줄 때 행복감을 느낀다. 그래서 "개의 이데아는 사람"이다. '이데아'는 비물질적인 영원한 실재이지만, "개는 사람이 보이지 않으면 영영 사라진 줄로 안"다. 사람이 사라지면 놀이가 성립될 수 없으므로, 개의 삶 또한 이뤄질 수 없다. 다시, 개의 이데아는 눈앞에 보이는 물질적인 영원한 실재로서의 사람이고, 놀이다.

주인에게도 개는 이데아다. "손을 달라면 손을 주"고, "앉으라면 앉고 짖으라면 짖고 물라면 무는" 순종의 환희는 오직 개만이 줄 수 있다. 반려견과의 놀이는 현재진행형의 이상향이다. 일상이면서 일상과 분리된 꿈이다. 그러나 "나의 이데아는 주인보다 먼저 늙어 무덤에 누워있"다. 시인은 어느 글에선가 이렇게 적었다. "키우던 개가 죽었고 그 개가 키워준 어린 날의 나도 죽었다"고. 반려견 '미카'가 죽던 날, 시인의 일부도 함께 죽어버린 것이다. 반려견의 죽음은 곧 시인에게 '놀이'의 종료와 소멸을 의미한다. 시인은 이제 다시는 미카와 했던 것처럼 놀 수 없다.

'놀이'가 사라진 자리는 '지나간 시절'이라는 흔한 이름이 채운다. 그 예사로운 이름에 시인은 어떤 의미부여나 해석도 하지 않는다. "지나간 시절은 각주 없이 읽어야 아름답다 설명하면 망가진다"는 시인의 잠언은 담담한 듯 하지만 그 어떤 말보다 애틋하고 뜨겁다. 반려견과 함께 했던 '놀이'의 날들은 그 자체로 완전한 이데아다. 이데아는 불변하는 항구적 아름다움이며 이미 완료된 이상이다. 어떤 언어도, 해석도, 평가도 거기 개입할 수 없다.

4. 놀이, 시

시계가 없는 방
장난감이 있는 방
또를 생각하고 척을 생각한다

또 지붕을 만들고, 이제 구름이 나올 시간이군요, 하면 구름이 구름

인 척 나오고, 또 작은 문을 만들고 잠이 들면, 도둑이 도둑인 척 몰래
문을 열지

　　오로지 자신만을 위해서
　　거대한 도시를 만들고 또
　　한방에 무너뜨리고 또

　　가장 위대한 척은 죽어 있는 척
　　오로지 자신만을 위해서 죽는다

　　시체인 척, 이제부터 나는 또 시체야, 하면서 나는 가벼운 영혼인
　　척 웃다가, 잠이 들면 또 사람인 척 옆으로 돌아눕지

　　그리고 처음 태어난 척
　　블록을 또 쌓는 것이다

　　시체가 가득 쌓인 방
　　장난감이 사라진 방
　　자꾸 차가워지는 손목에 시계를 차고 밖으로 나간다
　　　　　　　　　　　　　　　　　　—박세미, 「또와 척」 전문

　박세미의 시는 앞의 시들과는 또 다른 층위에서 자신만의 '놀이'를 이
야기하고 있다. 화자의 놀이가 이뤄지는 공간은 "시계가 없는 방"이면서
"장난감이 있는 방"이다. 이곳에서 화자는 "또를 생각하고 척을 생각한"
다. 시계가 없고 장난감이 있는 방은 놀이에 최적화된 환경이다. 그야말
로 '시간 가는 줄 모르고' 놀 수 있기 때문이다.

　이 방에서 화자는 장난감들을 가지고 "지붕을 만들고", '구름'을 만들

고, "작은 문을 만든"다. "오로지 자신만을 위해서 거대한 도시를 만들고 또 한방에 무너뜨리"는 놀이를 한다. 만들고 또 만들고, 무너뜨리고 또 무너뜨리는 반복과 망각을 통해 끊임없이 새로움을 추구한다. 이 놀이를 '또 놀이'라고 명명할 수 있을 것이다.

'또 놀이'가 지루해지면 그땐 '척 놀이'를 한다. '또 놀이'가 장난감 등 사물을 가지고 하는 놀이인데 비해 '척 놀이'는 스스로를 도구이자 수단으로 삼아 이루어진다. "시체인 척", "가벼운 영혼인 척", "사람인 척", "처음 태어난 척" 등 계속해서 자기 자신에게 다른 역할과 캐릭터를 부여하며 거기서 즐거움을 찾는다. 그러다 '척 놀이'마저 지루해지면 다시 "블록을 또 쌓는"다.

'또'는 부사이고, '척'은 의존명사다. "또와 척"은 시 쓰기의 품사형 메타포다. 그래서 이 시는 한편의 재미있는 메타시로 읽힌다. '시계가 없고 장난감이 있는 방'은 곧 시의 방일 것이다. 습작은 '또'를 동력으로 한다. 반복 또 반복해서 쓰고, 지우고 쓰고, 고쳐 쓰고, 다시 쓰고, 새로 쓰고, 더 쓰고, 또 쓴다. '또'가 이뤄지는 과정에서는 '척' 역시 필수불가결이다. 새로운 시가 쓰일 때마다 시인의 퍼스나도 새로운 것으로 변화하기 때문이다.

다양한 역할 모델들에 자아를 이입하던 유년이 종료되는 순간, 놀이방에는 수많은 '척'들이 '시체'처럼 뒹굴고, 장난감들은 사라진다. 유년의 놀이 공간처럼 완벽했던 '시의 방' 역시 습작기가 종료되는 순간 그 많던 시의 재료들, '장난감'은 사라지고, 시편마다 생생하게 살아 숨 쉬던 퍼스나들도 '시체'가 되어 가득 쌓인다. 이제 시인은 "자꾸 차가워지는 손목에 시계를 차고 밖으로 나간"다. '놀이'와 '습작'에의 뜨거운 열망이 사라진 손목에 '시계'를 차고, 시계초침이 주는 현실감의 불안과 강박을 맥박에 편입시킨 채 살아가야 하는 것이다. 그게 어른이다.

5. 부채감 없는 놀이

아이들의 놀이에는 어떤 부채감도 없다. 놀이를 통해 무언가를 짓지도 않거니와 지어도 금방 허물어버리기 때문이다. 이전 세대 시인들과 비교해서 2010년대 젊은 시인들은 확실히 잘 논다. 이데올로기나 시대를 주도하는 경향 등 담론을 의식하지 않고 스스로를 기쁘게 하기 위해 시를 쓴다. 시로서 놀이를 성취하고, 놀이로서 시에 닿는다.

젊은 시인들의 시는 이미 놀이이지만, 굳이 '놀이'라는 테마에 주목한 것은 이들 시에 나타난 다양한 형태의 놀이들이 시인 내면에 어떤 풍경으로 각인되었는지 엿보고 싶어서였다. 그게 나에게도 유쾌한 놀이가 될 거라고 생각했다. 기대했던 대로, 시인들이 저마다의 사소한 놀이를 통해 정신을 고조시키고 감각을 쇄신한 기록을 확인하는 것은 무척 즐거운 작업이었다. 이 충만한 기쁨 너머에서 또 다른 호기심이 생기기 시작한다. 놀이라는 게 대개 그러하듯이. 나는 참을 수 없는 호기심으로, 새로운 놀이를 하듯 이 젊은 시인들의 시를, 그 부채감 없는 유희를 계속 읽어나가고 싶다.

이식된 개인, 이식되지 못한 개인

―이진희 시 읽기

우리는 '개인'을 잃어버린 채 '개인'을 회복하길 갈구하는 개인들이다. 우리는 이진희의 시에서 '개인'을 본다. 그 개인은, 철저한 단독자이지만 다른 개인을 연민할 줄 아는 개인, 그러나 결국 개인인 개인, 개인 집단인 사회에 속한 개인, 사회에 의해 이방인이자 이주자, 또는 주변인이 되어 버린 개인, 개별이면서 별개인 개인, 빠르게 흘러가는 세상에서, 자기공간에 웅크린 채 느린 감정들을 혼자 붙잡고 있는 고립된 개인이다. 키에르케고르에 의하면 단독자인 개인은 고독과 불안, 절망을 통해 자신을 들여다본다. 이진희의 시편들에는 21세기 '도시형 개인'의 고독과 절망이 배어있다. 우리는 그녀의 시에서 나이면서 너이고 또 우리인 개인을 만난다. 그 개인을 통해 스스로를 들여다보는 체험을 하게 된다.

현대 자본주의 사회는 악덕 마트와 같다. 시간, 노력, 감정 등으로 이뤄진 '개인의 삶' 전체를 지불하면, 질소 포장된 급여에다 손톱만한 여가를

'원 플러스 원'으로 붙인 '개인의 생활'이라는 부분을 내어준다. 이 사회는
개인의 생활을 볼모로 개인이라는 삶 전체를 착취하는 것이다. 이진희는 이
러한 부당거래에 충실하게 길들여진 오늘날 '개인'의 초상을 그려내고 있다.

연한 송아지 고기는 더욱 부드럽게
대화는 한 모금 포도주를 굴리듯 우아하게
건배는 건배에서 건배로 이어 이어져 건배

아무리 아름다웠을지라도
이곳 눈부신 정원에 이식된 꽃들은
지친 표정을 들키는 즉시 뽑혀나가고

오늘 아침 고용된 앳된 악사들은
좀처럼 어두워지지 않는 밤의 전경을
노련하게 연주해야 하는데

남아도는 우유처럼 버려질 물질을 생산하느라
한밤중에도 과도하게 불 밝힌 먼 곳의 공장들

태어난 이유도 성장하는 목적도 알지 못한 채
좁은 철창에 갇혀 피둥피둥 사육되는 시간들

깊은 절망의 땅속으로 뻗어나가는 뿌리를
싱싱한 가지라고 선포한 것에 동의하지 않으면
눈물도 계량되어 무거운 세금이 매겨질 듯하다
　　　　　　　　　　　　　　　　　─「재의 맛」 전문

개인들은 경제 활동을 해야만 경제 활동 이외의 시간을 얻을 수 있다. 종일 일을 하고 얻은 '저녁'에 낮 동안 자신들이 생산해낸 상품을 소비한다. '송아지 고기'를 먹고 '포도주'를 마시는 짧은 향락은 하루를 고스란히 바쳐 얻어낸 대가이다. 이 여가를 통해 개인은 다른 개인들과 "우아하게" 대화와 건배를 나누며 스스로를 위무한다. 과거에 "아름다웠"던 별개의 개인을 희구한다. 그러나 다음날 아침이면 다시 사회라는 전체의 개별 위치로 돌아간다. 그 자리는 "지친 표정을 들키는 즉시 뽑혀나가"는 폭력적 갑을관계의 현장이다. 그곳에서는 지난날 또 어젯밤 "아무리 아름다웠"던 개인일지라도 "태어난 이유도 성장하는 목적도 알지 못한 채 좁은 철창에 갇혀 피둥피둥 사육되"어야 한다. 그렇게 해서 "남아도는 우유처럼 버려질 물질을 생산"한다. "눈부신 정원"으로 표상되는 자본도시의 "어두워지지 않는 밤"은 별개의 개인마저 아주 포기시킨 채 "한밤중에도 과도하게 불 밝힌"다. 이 눈부신 정원에서 개인은 "깊은 절망의 뿌리"를 "싱싱한 가지"라고 말해야만 한다. 그렇지 않으면 '눈물'과 감정을 갖는 것마저 대가를 지불해야할지 모른다. 정원 밖으로 쫓겨나 경제 활동에서 소외되면 살아있는 것, 숨을 쉬는 것조차 전부 '세금'이기 때문이다. 이진희는 이러한 현대 사회에 환멸과 회의를 느낀다. 그래서 "돈의 맛"이 아닌 "재의 맛"이다. 돈은 '개인'을 태워 없앤 자리에 남은 재일뿐이다.

'이식'은 이진희가 현대 사회의 개인에 부여하고 있는 정체성이다. 우리는 옮겨 심어진 자들이다. 이주노동자다. 이식은 개인에게 고독과 소외, 고립을 강제한다. 자본사회에 속해 별개의 자리에서 전체의 개별 위치로 이식된 개인들은 저마다 돌아가야 할 이상향을 꿈꾼다. 그곳은 단순히 휴식과 여가가 보장되는 사적 공간일 수도 있고, 이식되기 이전의 상태일 수도 있다. 혹은 한 번도 체험해보지 않은 아득한 세계일 수도 있다.

　　수첩과 일기를 불사르고
　　친구들에게서 온 모든 편지를 태우고
　　부모에게도 애인에게도 알리지 않고 출국했다는 얘기를
　　너의 입술로 들을 수 있게 되어 좋았다

　　잊지 않으려고 친구들의 얼굴과 전화번호를
　　머릿속에만 새기고 새기면서 밤을 또 낮을 견뎠지
　　떠나기로 마음먹으면서부터 못 돌아갈 각오는 했지만

　　그때에도 나는 말 못했다
　　정확한 주소지도 모르면서 얼핏 들은 짐작으로
　　네가 살았다던 네가 없는 동네를 찾아가
　　때때로 배회했었다는 것을

　　네가 드나들던 대문은 파란색일까 초록색일까
　　넝쿨장미 점점이 늘어진 저기 어디쯤이
　　네가 고개 내밀어 바깥의 기미를 살피던 담장일까
　　끝까지 말 안 하길 잘했다

　　너를 찾으려고 씩씩하게 배낭을 꾸렸던
　　이제는 너의 아내인 너의 애인과 오랜 친구처럼 어울려
　　저녁을 먹고 술을 마시고 노래를 부르던 밤에도
　　나의 너는 베를린에 머물러 있었다

　　나는 용기내지 못한 그 후미진 골목
　　불 켜지 않은 그 다락방에 홀로 앉은 네가

베를린, 하고 중얼거릴 때마다
베를린이라는 머나먼 입술이 부드럽게 빛났다

—「베를린」 전문

　이 시에서 '너'는 "수첩과 일기를 불사르고 친구들에게서 온 모든 편지를 태우고" "출국했다." 수첩과 일기, 편지에는 매우 사적인 '너'가 기록되어있었을 것이다. 이를테면 음식과 날씨에의 취향이라든가 연애의 기억, 표정과 말투, 어떤 감정이나 생각 따위일 텐데, 오늘날 개인은 자신의 사적 영역을 모두 불태워 재로 만들어야 '출국'할 수 있다. 출국의 목적지는 개별자를 벗어버리고 보편자를 입어야만 입국이 허용되는 삼엄한 나라이기 때문이다. '출국'은 익숙한 세계에서 낯선 세계로의 옮겨감, 즉 '이식'이다.

　'너'는 "친구들의 얼굴과 전화번호"를 "새기고 새기면서 밤을 또 낮을 견뎠"다. 옮겨간 곳에서 시간은 "견뎌"야 하는 속성의 고독과 절망, 불안이 된 모양이다. 떠남 이전의 세계와 단절되지 않기 위해, 태워 없앤 사적 영역들을 영영 잃어버리지 않기 위해 친구들의 얼굴과 전화번호를 끊임없이 되새기는 동안 예전의 '개인'은 돌아가야 할 이상향이 되었을 것이다. '나'는 그런 "네가 살았다던 네가 없는 동네"를 더듬는다. 그곳은 파란색, 초록색 대문의 집들 사이로 "넝쿨장미 점점이 늘어선" 골목이 놓인 아름다운 장소다. 이는 '너'가 '출국'하기 이전, '이식'되기 이전의 세계로서 '나'에게도 역시 회복해야 할 이상공간이다. 왜냐하면 '나'에게는 '출국' 이전의 '너'가 마음의 고향이기 때문이다. '나'의 내밀한 개인으로서의 기억들이 모두 '너'와 관계된 것이므로, '너'를 환기시키는 '넝쿨장미'와 '담장'과

"이제는 너의 아내인 너의 애인과 오랜 친구처럼 어울려 저녁을 먹고 술을 마시고 노래를 부르던 밤"은 당연히 회귀와 복구의 대상이 되는 것이다.

'나' 역시 "눈부신 정원"에 이식된 존재이지만, '너'의 '출국'을 연민한다. '너'의 고독과 불안을 염려한다. 그런데 그 연민은 곧 부러움으로 바뀐다. '나'에게는 없는 다른 차원의 이상향을 '너'가 꿈꾸기 때문이다. 바로 '베를린'인데, '너'가 출국'해서 도착한 곳은 베를린이 아니라 베를린을 소망하는 자리다. 원래 머물던 이상공간으로 어차피 돌아갈 수 없다면 차라리 제3의 세계로 떠나겠다는 의지다. "용기내지 못한" 채 과거만을 회구하는 '나'로서는 '너'의 베를린이 마냥 아름다워 보인다. 그런데 왜 하필 베를린일까. 그것은 순전히 부드러운 음가 때문이다. 발음했을 때 "입술이 부드럽게 빛"나지 않는 뮌헨이나 뉴욕, 모스크바, 부다페스트는 이상공간이 될 수 없다. 파열음에 이어 연속된 치조음이 유려한 진동을 만들어내며 무언가 흘러가고 밀려오는 듯한, 마치 달빛 같고 강물 같은 '베를린'은 얼마나 침울한 희망인가. 또 얼마나 사소한 환각인가.

우리는 이식된 현재에서 '개인'을 잃어버린 고독을 벗어나기 위해 이식 전의 '개인'으로 회귀하기를 꿈꾼다. 또는 아예 새로운 세계를 동경한다. 그래봤자 우리는 '베를린'이라는 상상조차 쉽게 가질 수 없는 피폐한 개인이거나 '베를린'이라는 소극적 발화로만 대상없는 지각을 몽유하는 초라한 개인일 뿐이다.

나는 무얼까
어떤 숙제도 제대로 한 적 없는데
어떤 통과의례도 차분히 겪은 적 없는데

(……)

성장 속도가 현저히 느린 나는 무엇이 아니면 좋을까
태어났으므로 죽음에 분명 가까워지고 있는데
사람으로서 살아가고자 애쓰는 이들에 대한 무례
무례함만이라도 조금 지워보자

나 혼자 체험했던 사소한 부끄러움과
당신이 애써 펼쳐 보여준 슬픔의 커다란 뺨이
동일하다고 쉽사리 단정 짓지 않기 위하여

　　　　　　　　　　　　　　　　　　　　　—「탐구생활」 부분

　　현대 사회는 '이식'된 자들을 이주노동자로, 이식되지 못한 자들을 주
변인으로 만든다. 이진희는 이식된 자들의 외로움과 절망에 주목하면서
도 그 자신 이식되지 못한 주변인으로서 번민한다. 다수가 이식되는 "눈
부신 정원"에 심겨지지 못한 개인은 자아정체감의 혼란을 겪는다. 이식된
자들은 모두 '숙제'와 '통과의례'를 해냈는데 자신만 그러지 못했다는 자
괴감 때문이다. 이 혼란과 자괴감은 결국 개인을 자폐적 고립으로 몰아간
다. 자기존재를 소극화하면서 삶에 대한 의미, 또 의지를 축소시킨다. "성
장 속도가 현저히 느린 나"라는 인식은 이식된 자들에 비한 무력감인데,
자기 가치에 대한 불신은 결국 스스로에게 '무엇'이 되기보다는 "무엇이
아니면 좋을까"를 강요하기에 이른다. 어디로도 이식되지 못한 채 "태어
났으므로 죽음에 분명 가까워지고 있는" '나'는 그저 타인들에게 무례한
자가 아니면 좋겠다고 생각한다. 그렇게 "무례함만이라도 조금 지워보
자"며 선택한 태도는 "나 혼자 체험했던 사소한 부끄러움"이 "당신이 애

써 펼쳐 보여준 슬픔"과 "동일하다고 쉽사리 단정 짓지 않"는 것이다. 이 처연한 자기 비하와 패배주의는 주변인으로 살고 있는 오늘날 개인들에게 보편적으로 학습된 무력감이다.

> 아낀다
> 적을 친구처럼
> 실패를 성공처럼
> 상처를 거울처럼
> 폐허를 장미처럼
> 외면당한 모든 것들과 손잡으려 애쓴다
> 네가 아니라 나를 위하여
>
> 사랑한다
> 친구를 적처럼
> 구름을 명예처럼
> 돌멩이를 법처럼
> 나뭇잎을 왕관처럼
> 무한히 파기되는 하찮음을 무용하게 기록한다
> 내가 아니라 모두를 위하여
>
> 그리고 끝내
> 아무도 사랑하지 않고 아무것도 하지 않는다
> 나의 그것을 망치고 나서 완성하기 위하여
>
> —「그곳의 그것」부분

주변인인 개인은 갈수록 심화되는 패배주의를 결국 자기 위안으로 갱신한다. 그렇지 않으면 현실을 도저히 견딜 수 없기 때문이다. 이때 자기 위안은 자신과 주변에 대해 애써 긍정하고 의미를 부여하는 방식이다. "적을 친구처럼/ 실패를 성공처럼/ 상처를 거울처럼/ 폐허를 장미처럼" 여기는 '정신 승리'를 통해 자신처럼 "외면당한 모든 것들과 손잡으려 애쓴"다. 그 연대는 오직 '나'를 위한 것이다. 이식된 '너'가 아니라 이식되지 못한 '나'들과의 연대다. 거기서 더 나아가 "모두를 위하"는 방식은 개인마다 다른데, 시인은 "무한히 파기되는 하찮음을 무용하게 기록"하는 걸 택한다. "무례함만이라도 조금 지워보자"던 태도에 비하면 매우 적극적인 행위다. 그러나 이 능동은 오래 가지 못한다. '무용'하기 때문이다. "눈부신 정원"에서 무용함은 악(惡)이나 마찬가지다. 무용함은 누구에게도 유용함이 될 수 없기에 '나'는 다시 "아무도 사랑하지 않고 아무것도 하지 않는" 개인으로 돌아간다. 고립된 유폐의 자리로 되돌아간다. 타인에게 "무한히 파기되는 하찮음"을 줄 바에야 "나의 그것을 망치고 나서 완성하"는, 모래성 놀이처럼 혼자 무용한 것을 세우고 허무는 편이 낫다고 여기는 것이다.

셔터부터 내려지는 감정에 대해 얘기하는 동안
찻집 유리문 너머 지나치는 아무 행인들 속에
네가 있고 내가 있고 그렇다 우리들이

크게 넘어져도 곧장 울지 않는
나중도 아주 나중 혼자일 때에야 헤아려보는 아픔
하나같이 우리는 넘치거나 모자라는 존재

아끼는 물건이 저마다 다르듯

슬픔의 물결에 뒤늦게 울컥 작은 손을 차갑게 담그고
여러 겹 어두운 커튼을 걷지 않는 너를

완전히 이해할 수 없을지라도
충분히 사랑할 수 있는, 그런 사랑을 믿는

—「느린 슬픔」 부분

오늘날 개인들은 "셔터부터 내려지는 감정"을 지닌 "아무 행인들"이다. 누군가 "크게 넘어져도" 일으켜 세워주기보다는 무심코 지나가거나 재밌는 풍경을 봤다며 히죽거리는 데 익숙해진 자들이다. 내 갈 길 바쁜 사람들이다. 넘어진 이 역시 "곧장 울지 않는"다. 사적인 아픔을 타인과 공유하고 싶지 않기 때문이다. 이제 개인들은 "나중 혼자일 때에야" 아픔을 헤아려본다. "눈부신 정원"에서 뽑혀 나가지 않기 위해 이기적이 되고, 정원에 이식되지 못했다는 박탈감으로 자폐적이 된 것이다. 이기와 자폐는 더이상 집단적 슬픔, 집단적 공감이 기능할 수 없도록 만들었다. 잠깐 같이 슬퍼하다가도 개인들은 어느새 개인으로 돌아가고 만다.

그럼에도 이진희는 '개인'을 끌어안는다. 이식된 개인, 이식되지 못한 개인 모두를 '우리'로 호명하며 "하나같이 넘치거나 모자라는 존재"들인 '우리'의 새로운 가능성을 확인한다. "슬픔의 물결에 뒤늦게 손을 담그고" 아직 오래 아프고 슬플 줄 아는 개인들의 통각을 신뢰한다. 이기이든 자폐이든 "여러 겹 어두운 커튼을 걷지 않은 너"를 "완전히 이해할 수 없을지라도 충분히 사랑할 수 있"다고 믿으면서, 그녀는 끝내 사랑한다.

새롭고 낯선 목소리들

─박정은·변선우·이원하·윤여진의 시

2018년 신춘문예에서 심사자들은 다듬어지지 않은 가능성보다 세련된 능숙함의 손을 더 들어준 듯하다. 당선작들을 살펴보니 오랜 시간 시와 싸워 온 저력이 엿보이는 작품들이 많았다. 시인으로 계속 활동해나갈 수 있는 '준비된 안정감'은 신춘문예 심사의 중요한 한 기준이기도 하다. 하지만 조금 불안정하더라도, 어딘지 미흡하더라도 새롭고 낯선 목소리를 내는 시들이 더 반가운 것은 미완의 아름다움에 거는 기대가 언제나 가슴을 뛰게 만들기 때문이다. 아니, 그들을 미완이라고 부를 수도 없다. 기성과 차별화된 개성으로 이미 이뤄낸 자기 세계를 이제 인정받고 세상에 내보인 것뿐이다.

여러 당선작들 중 새롭고 낯설게 읽힌 네 편의 시를 골라보았다. 공통적으로 기성의 유행에 물들지 않은 개성을 보여주며 '나'를 담아내고 있다는 점이 좋았다. 1980~90년대에 태어난 2030세대로서 현실원칙에 주저앉아 패배를 수용하기보다 고립과 고독, 상처를 자신만의 독특한 에너지로 전유하여 현실의 절망을 극복하고자 하는 힘이 느껴졌다. 이들의 시는 사유의 단단함, 활달한 상상력, 자기 목소리 그대로 노래하는 발화법, 다채로운 이미지의 변주와 확장을 두루 갖추고 있었다.

　　와자지껄함이 사라졌다 아이는 다 컸고 태어나는 아이도 없다 어느 크레바스에 빠졌길래 이다지도 조용한 것일까 제 몸을 깎아 우는 빙하 탓에 크레바스는 더욱 깊어진다 햇빛은 얇게 저며져 얼음 안에 갇혀 있다 햇빛은 수인(囚人)처럼 두 손으로 얼음벽을 친다 내 작은 방 위로 녹은 빙하물이 쏟아진다

　　꽁꽁 언 두 개의 대륙 사이를 건너다 미끄러졌다 실패한 탐험가가 얼어붙어 있는 곳 침묵은 소리를 급속 냉동시키면서 낙하한다 어디에서도 침묵의 얼룩을 찾을 수 없는 실종상태가 지속된다 음소거를 하고 남극 다큐멘터리를 볼 때처럼, 내레이션이 없어서 자유롭게 떨어질 수 있었다 추락 자체가 일종의 해석, 자신에게 들려주는 해설이었으므로

　　크레바스에 떨어지지 않은 나의 그림자가 위에서 내려다본다 구멍 속으로 콸콸 쏟아지는 녹슨 피리소리를 들려준다 새파랗게 질린 채 둥둥 떠다니는 빙하조각을 집어먹었다 그 안에 든 햇빛을 먹으며 고독도 요기가 된다는 사실을 배운다 얼음 속에 갇힌 소리를 깨부수기 위해 실패한 탐험가처럼 생환일지를 쓰기로 한다 햇빛에 발이 시렵다
　　　　　　　　　　　　　─박정은, 「크레바스에서」 전문(경향신문)

"햇빛은 얇게 저며져 얼음 안에 갇혀 있다" 같은 섬세한 묘사와 "추락

자체가 일종의 해석", "고독도 요기가 된다" 등의 해석적 잠언이 돋보이는 박정은의 시는 현실원칙에 의해 '크레바스'로 상징되는 고독 속에 유폐된 한 젊은 영혼의 존재론적 고백이다. 화자는 크레바스로의 추락을 "찾을 수 없는 실종상태"라고 말한다. 이는 세계와의 완전한 단절, 누구도 자신을 찾을 수 없는 유사 죽음의 상태나 마찬가지다. 이를 현실에 대한 패배적 수용으로 읽기 쉬울 것이다. 하지만 박정은은 "얼음 속에 갇힌 소리를 깨부수기 위해" "생환일지를 쓰기로 한다"며 크레바스에서 탈출하려는 의지를 보인다. 현실원칙에 의해 유폐된 자기존재를 고독 바깥으로 밀고 나가려는 것이다.

'크레바스'는 아무리 발버둥 쳐도 벗어날 수 없는 절망적 현실이다. 자신의 의지대로 할 수 있는 일이 아무것도 없는 구렁이지만 단 한 가지 "자유롭게 떨어질 수 있"다. 더 깊은 추락으로 스스로를 끌어내리는 것만큼은 가능한 곳이 바로 크레바스다. 이 자발적 침잠과 유폐에는 반복된 좌절과 실패로부터 학습된 무기력이 작용하고 있다. 아무리 몸부림쳐봤자 크레바스에서 벗어날 수 없음을 깨닫고는 그저 적응하며 사는 쪽이 덜 고생스럽다는 사실을 받아들이는 것이다.

이러한 태도는 오늘날 청년들에게 공통으로 나타나고 있다. '수저계급론'과 '헬조선'이 심화된 불평등, 부조리의 사회에서는 든든한 배경 없이 혼자서 아무리 노력해도 기득권의 장벽에 가로막힐 수밖에 없다. 그래서 아예 취업, 연애, 결혼, 내 집 장만을 포기하고 냉소적인 태도로 세상을 살아간다. 패배를 수용하고, 더 나은 삶을 향해 나아가려는 의지 없이 크레바스에 머무른다. 타자와의 그 어떤 교류도 원치 않은 채 크레바스에 갇혀 고독 속에 침잠하는 것이다. 반지하 원룸, 옥탑 등의 삶이 바로 그러하다.

그러나 위 시의 화자는 "크레바스에 떨어지지 않은 나의 그림자가 위에서 내려다본다"는 것을 한순간도 잊지 않는다. 육체는 고독 속에 있어도 정신은 크레바스 바깥의 높은 곳을 지향하는 것이다. "얼음 속에 갇힌" "햇빛을 먹으"면 "고독도 요기가 된"다. 그 힘으로 현실의 절망을 "깨부수기 위"한 "생환일지를 쓰기로 한"다. 그 생환일지가 '시'라는 것은 자명하다.

> 　　나는 기나긴 몸짓이다 흥건하게 엎질러져 있고 그렇담 액체인걸까 어딘가로 흐르고 있고 흐른다는 건 결국인 걸까 힘을 다해 펼쳐져 있다 그렇담 일기인 걸까 저 두 발은 두 눈을 써내려가는 걸까 드러낼 자신이 없고 드러낼 문장이 없다 나는 손이 있었다면 총을 쏘아보았을 것이다 꽝! 하는 소리와 살아나는 사람들, 나는 기뻐할 수 있을까 그렇담 사람인 걸까 질투는 씹어 삼키는 걸까 살아있는 건 나밖에 없다고 고래고래 소리 지르는 걸까 고래가 나를 건너간다 고래의 두 발은 내 아래에서 자유롭다 나의 이야기가 아니다 고래의 이야기는 시작도 안 했으며 채식을 시작한 고래가 있다 저 끝에 과수원이 있다 고래는 풀밭에 매달려 나를 읽어내린다 나의 미래는 거기에 적혀있을까 나의 몸이 다시 시작되고 잘려지고 이어지는데 과일들은 입을 지우지 않는다 고래의 고향이 싱싱해지는 신호인 걸까 멀어지는 장면에서 검정이 튀어 오른다 내가 저걸 건너간다면… 복도의 이야기가 아니다 길을 사이에 두고 무수한 과일이 열리고 있다 그 안에 무수한 손잡이
>
> 　　　　　　　　　　　　　　　　　　　　　　—변선우, 「복도」 전문(동아일보)

　　"나는 기나긴 몸짓이다"라는 낯설고 독창적인 상상력으로 시작하는 변선우의 시는 유려한 리듬감과 함께 시적 사유가 매우 속도감 있게 전개되고 있다. '기나긴 몸짓'이 "흥건하게 엎질러져" "어딘가로 흐르고", "힘을

다해 펼쳐"지다가 '고래고래' 지르는 소리가 '고래'가 되면서 존재의 성격이 새롭게 전환되는 연속적인 힘은 '복도'를 현실법칙의 중력이 사라진 몽상의 장소로 바꿔놓는다. 몽상의 장소란 상상력과 시적 사유가 탄생하는 자리, 현실원칙의 지배를 받지 않는 무의식과 직관의 세계다.

진부하고 낡은 관념과 현실원칙의 금기로 가득한 기존의 의미 세계에서 시적 화자는 "힘을 다해 펼쳐져"도 "드러낼 자신이 없고 드러낼 문장이 없"는 실패와 좌절을 경험한다. 그곳에서 "어딘가로 흐르"는 사유는 설명적 언어인 '일기'를 벗어나지 못하고, 이 거듭된 패배에 화자는 "손이 있었다면 총을 쏘아보았을 것"이라며 분노를 표출한다. 이 분노가 기존 세계를 전복하려는 혁명과 모반의 열망이 되는 순간, 화자는 자기존재의 비약적인 전환을 경험한다. 획일화와 몰개성의 현실 세계를 떠나 몽상과 무의식, 상상력의 차원으로 이어지는 통로인 '복도'에 진입하자 그 어떤 왜곡과 굴절도 입지 않은 온전한 시니피에인 '고래'가 "나를 건너가"는 체험을 하는 것이다. "고래의 두 발은 내 아래에서 자유롭"다. 이제 화자는 시적 몽상의 세계로 완전히 미끄러져 들어간다.

"고래의 이야기는 아직 시작도 안했"다. 이야기가 시작되지 않은 지점, 어떠한 의미도 개입하지 않은 곳, 롤랑 바르트가 말한 '영도의 에크리튀르(ecriture)'는 기존의 모든 의미체계가 해체되어 무한한 새 이야기가 시작될 수 있는 열린 글쓰기의 지점이다. 영도의 완전한 침묵 속에서 화자는 새로운 상상력들로 꿈틀거리는 "나의 미래"와 '과수원'을 예감한다. 그 어떤 이데올로기나 현실원칙도 간섭할 수 없는 '복도'에 "무수한 과일이 열리고 있"음을 확인한 화자는 이제 "무수한 손잡이"를 잡아 한 번도 존재하지 않았던 낯선 세계의 문을 열어젖히려 한다. 그 세계에서 길어 올릴 변선우의 시들이 궁금하다.

유월의 제주
종달리에 핀 수국이 살이 찌면
그리고 밤이 오면 수국 한 알을 따서
착즙기에 넣고 즙을 짜서 마실 거예요
수국의 즙 같은 말투를 가지고 싶거든요
그러기 위해서 매일 수국을 감시합니다
저에게 바짝 다가오세요
혼자 살면서 저를 빼곡히 알게 되었어요
화가의 기질을 가지고 있더라고요
매일 큰 그림을 그리거든요
그래서 애인이 없나봐요
나의 정체는 끝이 없어요
제주에 온 많은 여행자들을 볼 때면
제 뒤에 놓인 물그릇이 자꾸 쏟아져요
이게 다 등껍질이 얇고 연약해서 그래요
그들이 상처받지 않았으면 좋겠어요
앞으로 사랑 같은 거 하지 말라고
말해주고 싶어요
제주에 부는 바람 때문에 깃털이 다 뽑혔어요,
발전에 끝이 없죠
매일 김포로 도망가는 상상을 해요
김포를 훔치는 상상을 해요
그렇다고 도망가진 않을 거예요
그렇다고 훔치진 않을 거예요
저는 제주에 사는 웃기고 이상한 사람입니다

남을 웃기기도 하고 혼자서 웃기도 많이 웃죠
제주에는 웃을 일이 참 많아요
현상 수배범이라면 살기 힘든 곳이죠
웃음소리 때문에 바로 눈에 뜨일 테니깐요
—이원하, 「제주에서 혼자 살고 술은 약해요」 전문(한국일보)

은유와 상징이 많이 쓰여 다소 난해하게 읽히는 앞의 시들과 달리 이원
하의 시는 쉽게 읽힌다. 심사자들로부터 이미 "거두절미하고 읽게 만드는
직진성의 시"라는 호평을 받은 바 있다. 하지만 쉽게 읽힌다고 해서 담아
내고 있는 세계 인식마저 간단한 것은 아니다. "앞으로 사랑 같은 거 하지
말라고 말해주고 싶어요"에서처럼 천진하고 발랄한 진술부터 "제 뒤에
놓인 물그릇이 자꾸 쏟아져요/ 이게 다 등껍질이 얇고 연약해서 그래요"
와 같은 은유적 이미지를 오가는 비약의 폭이 넓어 활달한 사유가 막힘없
이 펼쳐진다는 점이 이 시에서 돋보인다.

화자는 "제주에서 혼자 살고" 있다. '혼자'는 고독의 상태이므로 화자에
게 '제주'는 앞서 박정은의 시에 제시된 유폐 공간인 '크레바스'와 마찬가
지다. 하지만 크레바스가 유사 죽음의 형식으로 세계와 완전히 단절된 공
간인 것에 비해 제주는 "제주에 온 많은 여행자들"과 교류할 수 있는 가능
성이 열린 장소다. 그러나 "화가의 기질을 가"진데다가 "얇고 연약"한 감
수성을 지닌 화자는 타자와 좀처럼 어울리지 못한다. "그래서 애인이 없
나봐요"라는 혼잣말은 보편적 인간이 되지 못해 고독해진 "웃기고 이상
한 사람"의 자기고백이다.

그럼에도 화자는 "남을 웃기기도 하고 혼자서 웃기도 많이 웃"는 자신
만의 방식으로 자기존재성을 유지한 채 타자와의 소통을 끊임없이 시도

한다. 사회 집단에 속하기 위해 자신의 개성과 취향, 생각을 포기하고 타인과 비슷하게 스스로를 맞춰가는 대신 "나의 정체는 끝이 없"음을 있는 그대로 내보이며 "저에게 바짝 다가오세요"라고 손짓하는 것이다. 이 건강하고 활달한 소통의 방법론은 개인을 획일화되고 일률적인 틀에 종속시키려는 제도 사회를 무력화한다.

고독을 견디기 힘들 때면 보편적이고 평범한 교류 사회인 '김포'로 도망가거나 그곳을 훔치는 상상을 하기도 하지만, "그렇다고 도망가진 않을 거예요/ 그렇다고 훔치진 않을 거예요"라고 이내 마음을 고치는 순간, "제주에는 웃을 일이 참 많아"진다. 남들과 다르기 때문에 고독할 수밖에 없지만, 고독을 해소하기 위해 자신의 라이프 스타일을 버릴 수 없다는 유쾌한 태도가 동력이 되어, '제주'라는 '혼자'의 장소에 새로운 유대의 가능성을 움트게 한다.

　　있잖아 이 붉은 지퍼를 올리면 그녀의 방이 있어 내가 구르기도 전에 발등을 내쳤던 신음, 그녀의 손가락을 잡으면 구슬을 고르듯 둥근 호흡이 미끄러져 들어왔지 켜켜이 나를 쌓던 그녀는 더는 미룰 수 없는 걸 알았는지, 나는 그녀의 배를 뚫고 나왔어 처음으로 말똥하게 울었는데 날 내려다보는 그녀의 눈이 선명해, 입 다물었지

　　노을을 오래 눈에 담으면 모든 결심이 번지고 마는 거, 아니? 나는 거꾸로 앉아 바깥을 노려봤어 배꼽 언저리를 돌리면 꿈속에서 잠드는 그녀의 집이 있어, 내가 모를 남자와 나만 한 아이가 있다는 그 집, 문지방을 넘기도 전에 접질리는 호흡. 쌓아둔 라면이 떨어질 때마다 잘 살고 있었네? 그녀는 내게 돌아와 물었지 발가락 사이엔 어설프게 부러뜨린 빛이 한가득이었어

　　난 그녀가 쏟아낸 그림자를 받아먹고 하루가 다르게 자랐어 뒤통수

에 부러진 그녀의 날개를 밀어놓고, 기껏 고른 어둠을 양발 가득 쥐고 매달렸지 그럴 때마다 그녀는 말해 이젠 멀리 못 날아가겠네, 힘껏 닳은 발톱을 내밀다 조용히 멀어지는 그녀의 남은 날개를 내려다봐, 떨어진 돌조각을 씹어 삼키며 불현듯 나는 놀라곤 해 다시 멀어진 저 지퍼, 똑 닮은 저 곡선이 내 배에도 들어차 있었거든 흉터를 밝히는 건 촘촘히 밀려가는 증오, 잘 보이도록 내가 나온 자국을 저무는 해에게 붙여두지

귀소본능은 박쥐의 지긋지긋한 버릇, 몸살처럼 돌아올 그림자를 향해 긴 잠을 자둬야지 나는 늘 거꾸로 앉아 말해 어서 와 엄마

　　　　　　　　　　　　—윤여진, 「박쥐」 전문(매일신문)

2018 신춘문예 당선작들 중 이 시가 가장 탁월하다고 생각한다. 임신과 출산, 여성의 몸에 대한 낯선 상상력은 물론 박쥐의 생태적 습성을 개인의 서사로 끌어들여 '모성'을 노래한 솜씨가 대단하다. 태아에서 출발해 성년에 도달하는 화자의 이동을 통해 독특한 성장서사를 기록하고 있는 점 역시 매우 인상적이다. "노을을 오래 눈에 담으면 모든 결심이 번지고 마는 거"라든가 "내가 나온 자국을 저무는 해에게 붙여두지"와 같은 해석적 잠언과 매혹적인 은유는 기성의 어떠한 유행에도 물들지 않은, 오롯이 자기 내부에서 길어 올린 이미지로서 시인의 언어감각과 남다른 세계관을 신뢰하게 한다.

'나'는 엄마의 원치 않은 임신과 출산으로 탄생했다. 무책임한 혹은 상처 입은 엄마가 "내가 모를 남자와 나만 한 아이가 있다는 그 집"에 갈 때마다 모성으로부터 버림 받은 소녀는 "그녀가 쏟아낸 그림자를 받아먹고 하루가 다르게 자랐"다. 개인적 삶의 어느 한 때를 이토록 구체적이고 고

통이 선명하게 드러나도록 쓸 수 있다는 데 또 한 번 놀란다. "쌓아둔 라면이 떨어질 때마다 잘 살고 있었네? 그녀는 내게 돌아와 물었지"와 같은 대목은 기억의 선명성과 입말의 생동감이 시를 한 편의 영화로 만들고 있다. "이젠 멀리 못 날아가겠네"에서도 그렇듯 구어의 활용은 시를 더욱 날카롭게 벼리며 문장마다 예각의 모서리가 빛나도록 하고 있다.

누구의 새끼라도 상관하지 않고 젖을 먹이는 습성과 포유류임에도 조류처럼 귀소본능을 지닌 박쥐의 생태적 특징을 가족사라는 자신의 구체적 체험에 입혀 박쥐 이미지로 형상화해낸 이 시는, 친절하고 온화한 기존의 모성 관념을 뒤흔들며, 모성을 아무리 멀리 떠나도 다시 돌아올 수밖에 없는 "지긋지긋한" 본능으로 재해석하고 있다. 윤여진 시인은 "시는 나를 짓는 일"이라고 당선소감에서 말했는데, 이 시는 정말 '나'를 짓고 있다. 고통스러운 '나'를 외면하지 않고 흩어진 기억들을 그러모아 한 편의 모노드라마로 만들어 낸 용기에 박수를 보낸다.

빛이 차단된 캄캄한 동굴에서 외부세계와 단절된 채 '거꾸로' 고독을 삼키는 박쥐는 가족 해체로 인한 1인 가구 시대를 살아가는 청년들의 초상이다. 부모 세대로부터 얻은 것은 '흙수저'와 '헬조선'으로 상징되는 현실의 고통뿐이라는 점에서, 모성의 돌봄을 제대로 받지 못한 시적 화자의 음성은 오늘날 2030세대를 대변하는 목소리가 된다. 그러나 기성세대에 분노하고 제도 사회의 불합리성을 원망하는 대신 "이젠 멀리 못 날아가"는 엄마를 연민하며 "어서 와"라고 기성세대의 실패와 무능력을 용서하는 순간, 모성의 그늘에서 벗어나 홀로 동굴 밖으로 날아갈 수 있는 새로운 성장서사가 쓰이기 시작한다.

2018 신춘문예의 주인공들이 평론가와 대중, 제도의 눈치를 보지 않

고, 평판이나 주목, 상업적 성공을 의식하지 않고 크레바스와 캄캄한 복도, 동굴에서 마치 박쥐처럼, 외로운 단독자가 되어 내면에서 꿈틀거리는 시를 본능적으로 쏟아내면 좋겠다. 누가 알아봐주지 않으면 어떤가. 시는 타자와의 관계를 필요로 하는 '욕망'이 아니라 나 혼자 갈망하고 해소하는 '욕구'다. 수사와 운율은 계산해도 평가와 반응을 계산해선 안 된다. 스스로 생각하는 그 좋은 시를 쓰면 될 것이다. 외로워도 할 수 없다. 가장 강하고 아름다운 동물은 대개 단독자다.

상승을 꿈꾸는 시인들

—최유리·김해선·박혜경의 시

봄은 상승의 계절이다. 기온이 오르고, 싹이 오른다. 땅 깊은 곳에서 개구리가 오른다. 나무마다 새순과 꽃이 오른다. 얼음 밑 깊은 물속에서 동면하던 물고기들이 산란을 위해 얕은 물가로 오른다. 봄비는 마중물이 되어 대지의 약동하는 힘을 끌어 올린다. 모든 것이 오른다. 솟고 돋으며 비상한다. 상승하고 또 상승한다.

깊은 땅 밑이나 물속으로 숨어드는 짐승처럼 시인들도 골방에서 월동한다. 그 월동은 항구적이다. 시인들은 인정(認定)과 주목 없는 소외의 냉골에서 월동한다. 그곳은 먹을 것 없는 혹독한 궁핍의 자리이며, 빛이 들어오지 않는 음지다. 시인들은 극지에 유폐된 자들이다. 서정주의 아호가 미당이기 전에 궁발(窮髮)이었음을 기억한다. 과연 시인들에게는 쉴 만한 물가와 푸른 초장이 없다. 사계(四季)가 없다.

그러나 그 유폐에는 자발적인 데가 있다. 자본주의와 대중의 몰이해라는 환경이 떠밀기도 했지만, 스스로의 내면을 고드름처럼 날카롭게 갈아 낯선 감각과 새로운 감수성을 이루려는 차고 맑은 정신성에서부터 유폐는 출발한다. 시인은 현실의 불모를 풍요로운 예술의 자리로 전환하는 자다.

언제나 겨울을 사는, 특히 더욱 춥고 어두운 응달에 고립된 젊은 시인들도 봄의 기운을 감지한 것일까. 기록적인 한파가 들이닥친 지난겨울, 젊은 시인들—최유리·김해선·박혜경—의 시에는 봄에 대한 예감이 상승에의 열망으로 이미 표출되고 있었다.

이제 살펴볼 세 편의 시들은 서로 비슷하면서도 각기 다른 상승의 열망을 나타내고 있다. 젊은 시인들의 상승 운동은 어떠한 방식으로 그들의 예술성, 정신성과 관계 맺고 있는지, 그들이 지향하는 상승의 자리에는 무엇이 존재하는지를 확인해보고자 한다.

놀이터에서 가장 높은 곳으로 올라간다
휘청거리는 게 좋아서 페달을 밟아댄다
자전거를 아래로 던진다
외발로 뛰어다니는 아이들
그곳으로 흔들다리를 끊어버리는 상상을 한다
참새떼가 날아오른다
올라오려는 아이들에게 겁을 준다
버찌를 씹던 이빨을 드러낸다
내가 지나갈 때마다 빤히 쳐다보는 할머니와
그네 아래로 깊이 팬 땅처럼 앉아있는 아저씨
나는 노란 오줌이 마려운 걸 참는다

술래가 제자리에 서서 십 초를 센다

아이들은 도망가고 비명이 달려온다

엄마가 데리러 오지 않는 아이를 노린다

피가 통하지 않는 발을 주무른다

붉은 땅 위로 깨금발이 번져간다

괴사한 열매가 떨어진다

저 멀리 어둠이 저벅저벅 무너지면서 온다

두 팔로 온몸을 껴안는다

자꾸 웃음이 나왔다

웃다가 입이 귀에 걸린다는 말

나는 겁이 많았다

　　　　　　　　　　　　　　　—최유리, 「헤모글로빈」 전문

　최유리는 2015년 겨울 『서정시학』 신인상을 받으며 등단했다. 「헤모글로빈」은 이제 막 문단에 진입한 신인이 가질 만한 자신감과 패기를 보여주는 한편, 시인이라는 자기존재가 감당해야 할 세계의 비극적 양상들을 예감하고 있다.

　이 시는 유년의 술래잡기 놀이를 통해 상승 이미지를 그려낸다. '놀이터'는 또래의 아이들이 모여 노는 장소다. 그곳에서 화자는 "가장 높은 곳으로 올라간"다. 가장 높은 곳은 단 한 명의 아이만 오를 수 있는 곳이다. 시는 궁극적으로 놀이이므로, '놀이터'를 시인들이 모인 시단 내지는 문학판으로 볼 수도 있다. 경력이 비슷한 또래의 시인들 중 자신이 가장 높은 곳에 올라 주목을 받고 싶은 열망은 신인이라면 누구나 가질 만한 것이다. 그러나 이 상승의 욕망은 인정과 주목에 대한 욕심이라기보다는 다른 누구보다도 '좋은 시'를 쓰겠다는 예술가적 집념에 더 가까워보인다. 화자는 "외발로 뛰어다니는 아이들", 즉 자신처럼 불구적 존재인 시인들이 자신이 선취한 높은 곳에 올라오지 못하도록 "흔들다리를 끊어버리는 상상을 하"고, "올라오려는 아이들에게 겁을 준"다.

조금 더 시야를 넓힌다면, '놀이터'는 평범한 대중들이 모여 이룬 사회 공동체이고, '가장 높은 곳'은 오히려 대중으로부터 멀리 떨어진 곳, 주목과 인정으로부터 먼 높은 예술성과 정신성의 자리라고도 할 수 있다. "노란 오줌이 마려운 걸 참는" 태도는, 배설하듯 아무 문장이나 시로 써내지 않겠다는 시인의 고집으로 읽힌다.

'가장 높은 곳'은 멀리 볼 수 있는 곳이다. 술래로부터 잡히지 않고 놀이를 즐기기에 유리하다. 낮은 곳의 획일화와 평범함에서 홀로 벗어나 낭만과 정신적 고취를 만끽할 수 있다. 그러나 발 디딜 자리가 협소하고, 바람의 영향을 많이 받으므로 위태로운 거처이기도 하다. 하지만 이 시의 화자에게는 그 위험성마저 '가장 높은 곳'만이 지닌 매력이 된다. "휘청거리는 게 좋아"라는 고백에선 당돌함이 느껴진다.

그런데 '가장 높은 곳'은 가장 외로운 곳임이 곧 판명난다. 홀로 도드라진 개성은 몰개성들에 의해 따돌림을 당하는 법이다. 참된 예술은 평범한 대중에 의해 언제나 소외된다. 아이들에게는 '엄마'와 집이 있지만 '나'는 그 어떤 주류와의 연대도 할 수 없다. 아이들이 하나 둘 집으로 돌아가면서 집단의 놀이는 종료되고, 혼자서만 놀이를 계속 한다. "엄마가 데리러 오지 않는 아이"인 화자는 놀이터의 '가장 높은 곳'에서 "피가 통하지 않는 발을 주무르"며 '비명'을 지른다. 혼자 남았다는 두려움은 자기 이름을 불러줄 보호자도 연대자도 없는 자기존재의 근원적 외로움을 환기시킨다.

그러나 화자는 그 외로움을 이내 수용한다. "어둠이 저벅저벅" 올 때 "두 팔로 온몸을 껴안는"다. 자기 스스로를 껴안는 것은, 외로움을 숙명으로 받아들인 자의 전향적 행위다. 그러자 "자꾸 웃음이 나"온다. 외로움이나 위태로움에도 불구하고 '가장 높은 곳'은 상상력과 예술적 영감, 창작의 에너지로 충만한 정신적 풍요의 장소이기 때문이다. "나는 겁이 많"다는 자각은, 자신이 외부적 자극에 금방 반응하는 예민한 감각의 소유자, 즉 타고난 시인임을 깨달은 것이며, 그 운명을 받아들이겠다는 선언이다.

나는 물고기를 키운다

노란 물탱크 옆에 만든 큰 수족관
튼튼한 알루미늄 기둥을 세우고 유리벽 위로 검은 그물막을 씌웠다
그물막 사이로 작은 해들이 물고기처럼 파닥거린다
건너편 옥상 빨랫줄에 빨래가 펄럭인다

날마다 새끼 치는 물고기들 덕분에 나는 옥상이라는 사실을 자주
잊는다
언젠가는 수천 마리가 될 거라는 꿈을 꾸다 눈을 뜬다
하늘이 푸르다

호랑나비무늬 지느러미들을 왼쪽으로…
입안에 풍선껌을 가득물고 있는 물고기를 그 옆으로… 불러 모았다

왜 날마다 월요일 아침인가요
나의 모든 세포들이 은비늘을 달고 번쩍거린다
모기 소리도 고양이 소리도 아닌 소리들이 질문을 던진다
갑자기 흰 눈이 내리면 눈송이를 붙잡고 공중에서 몇 바퀴나
회전할 수 있나요

새로운 환경을 위해

우리 모두 숨을 참고 날아오르면 파도가 사라지나요

그 밑에서 계단들이 왜 달려오는 거예요

—김해선, 「옥상의 신분」 부분

2015년 『실천문학』 신인상으로 등단한 김해선의 「옥상의 신분」도 상승에의 열망을 나타내고 있다. 이 시에는 시인인 자기 자신에 대한 애정과 연민, 예술가로서의 자기세계 구축을 향한 열정과 고뇌가 담겨 있다.

'물고기'는 곧 시인 자신이다. 위 시의 화자는 어항 속 물고기에게 자신의 자아정체감을 투영시키고 있다. 재미있는 것은 물고기를 키우는 장소가 옥상이라는 설정이다. 오늘날 젊은 시인들은 옥상 아니면 지하에 산다. 옥상은 물리적으로는 상승의 장소이지만, 사회에서 떠밀려 간 유폐지라는 점에서 지하나 마찬가지다. 시인은 옥상에서 자신을 둘러싼 사회적 상황과 개인의 형편이 상승하기를 꿈꾼다. 또 자신의 예술 세계와 정신의 상승을 도모한다. 그러면서 "노란 물탱크 옆에 만든 큰 수족관"에 사는 물고기에게 동질감을 느낀다.

시인이 물고기라면, 수족관은 곧 시의 산실이다. 그곳은 "작은 해들이 물고기처럼 파닥거리"는 감각적 이미지의 공간이며, "건너편 옥상 빨랫줄에 빨래가 펄럭이"는 걸 볼 수 있는 열린 관찰의 장소이다. "날마다 새끼 치는 물고기"는 매일 시를 써내는 시인 자신이다. 가열찬 시작(詩作)은 시인으로 하여금 "옥상이라는 사실을 자주 잊"게 한다. 세상으로부터 소외된 격리 장소라는 사실, 그 외로움과 궁핍함마저 잊게 할 만큼 시의 획득과 성취는 정신적 풍요를 가져다준다. 그렇게 써낸 시들이 "언젠가는 수천 마리가 될 거라는 꿈"도 꾼다. 자신만의 시 세계를 완성하는 것은 모든 시인의 염원이다. 그 꿈을 떠올리면 "하늘이 푸르"다.

"호랑나비무늬 지느러미들"과 "입안에 풍선껌을 가득물고 있는 물고기"는 활달한 상상력과 시적 영감을 의미한다. 그것들을 "불러 모으"자 "나의 모든 세포들이 은비늘을 달고 번쩍거린"다. 낯선 이미지로 수렴된 새로운 세계와의 조응을 통한 감각의 갱신이 일어난 것이다.

그런데 현실적인 어려움들은 잊는다고 해서 사라지지 않는다. "날마다 월요일 아침" 같은 곽곽한 세상살이가 닥쳐온다. "갑자기 흰 눈이 내리면 눈송이를 붙잡고 공중에서 몇 바퀴나 회전할 수 있을까" 스스로에게 묻는다. 예술은 궁극적으로 정신의 고조 행위이므로 유희와 닮아 있다. 공중제비는 곧 시의 은유다. 갑작스런 폭설로 상징된 현실의 절망마저도 활달한 시적 사유로 바꿔낼 수 있을 것인지, 시인은 스스로에게 묻는다.

시인은 상승을 향한 정신적 공간인 옥상에서 "새로운 환경"을 꿈꾼다. 새로운 환경이란 예술에 대한 대중의 몰이해, 시가 외면 받는 현실, 경제적 궁핍 등으로부터 벗어난 자리를 의미하는지도 모른다. 그 자리는 더 높은 예술의 경지다. "숨을 참고 날아오르면" 현실의 거센 '파도'에서 멀리 떨어져 안전할 수 있을 거라 생각하는 것이다. 그러나 정신적 상승을 도모할수록 세속적 상승의 은유인 '계단들'도 자꾸만 달려온다. 좀처럼 벗어날 수 없는 굴레다.

> 나는 아주 많은 하늘을 날았어요
> 하늘을 다 셀 수도 있었어요
> 상자 속엔 작은 양이 있고

기억나지 않는 밤이 있었어요
밤은 어두운 단층처럼
자꾸만 나를 가위로 오려냈어요
나는 종일토록 푸드덕이는
새 한 마리를 키웠어요
약간의 모이로도 잘 자라는
종이새 한 마리를 키웠어요
종이새를 오리면
날개 달린 실밥들이 하늘 가득
날아다녔어요
내가 있는 곳은
빙벽처럼 고요해서
멀리서 지나가는 하얀 코끼리떼도
다 볼 수 있었어요

작은 양은 종일토록
상자에서 나오지 않고

기억 속엔 꺼지지 않는
눈동자가 있었어요
누군가 작은 양이 죽어 있는 상자를 닫고
뚜벅뚜벅 눈동자 속으로 걸어들어간
밤이 있었어요
어린 양들은 작은 상자 안에서
그 밤을 보고 또 보았어요

　　　　　　　　—박혜경, 「상자 속엔 작은 양이 있고」 전문

박혜경은 2015년 『작가세계』 신인상으로 등단했다. 그녀의 등단작 「상자 속엔 작은 양이 있고」는 김해선과 비슷한 층위에서 상승을 그리고 있다. 김해선이 '물고기'에 시인 자신의 정체감을 투영시켰다면 박혜경은 '종이새'와 '작은 양'에게 시인으로서의 자기존재성을 대입한다. 김해선의 유폐장소이자 상승을 열망하는 공간은 '옥상'과 '수족관'인데, 박혜경도 그와 비슷한 '작은 방'과 "빙벽처럼 고요"한 곳에 유폐된 채 '하늘'을 소망한다.

"나는 아주 많은 하늘을 날았어요"라는 고백은 상상력과 새로운 감각들로 채워진 예술의 풍요를 누렸던 날들의 회상이다. '상자 속 작은 양'은 옥탑방이나 반지하 원룸 속 시인을 연상시킨다. 그 '상자 속'에는 "기억나지 않는 밤이 있었"다고 시인은 말한다. '기억나지 않는 밤'이란 어떤 무의식이나 몽상의 경험으로 볼 수 있다. 예술을 촉발시키는 무의식적 직관인 '밤'은 "자꾸만 나를 가위로 오려냈"다. 자아와 초자아, 즉 의식으로부터 무의식을 자유롭게 독립시켜 활달한 상상력과 욕망들, 무수한 상징들을 발견케 한 것이다.

시인은 "종일토록 푸드덕이는 새 한 마리를 키웠"다. '새'는 곧 시의 은유다. "약간의 모이로도 잘 자라는 종이새"라는 진술은 '새'가 시의 메타포임을 더욱 친절하게 귀띔해준다. 시 쓰기란 먹지 않아도 배부른 행위, 즉 정신의 허기를 채우는 일이다. "종이새를 오리면 날개 달린 실밥들이 하늘 가득 날아다녔"다. 한편의 시를 완성하면 '실밥'이 함의하는 부드러움, 온기 같은 평온함과 고취감이 충만했다.

"빙벽처럼 고요"한 혼자만의 공간에 있으면 "멀리서 지나가는 하얀 코끼리떼도 다 볼 수 있었"다. 예술 행위가 이루어지는 고립된 공간에서는 육안으로 볼 수 없는 것, 비가시적이고 미시적인 세계를 볼 수 있는 상상력의 눈이 밝아지는 법이다. 그 즐거움을 누리느라 "작은 양은 종일토록 상자에서 나오지 않"았다.

"꺼지지 않는 눈동자"는 '모이'가 없는 현실의 궁핍과 절망 속에서도 결코 꺼뜨릴 수 없었던 예술에의 순수한 정념을 의미하는 것이 아닐까. 그런데 어느 날, "누군가 작은 양이 죽어 있는 상자를 닫고 뚜벅뚜벅 눈동자 속으로 걸어들어간 밤"을 보았다. "작은 양이 죽어 있는 상자"는 대중과 사회, 제도의 외면과 무관심 속에 골방에서 죽어간 젊은 예술가의 비극을 연상케 한다. 사회적 이슈가 되었던 최고은 작가의 죽음도 대중들에게 망각된 지 오래다. '어린 양'들인 젊은 시인들은 죽음을 맞이한 예술가의 골방과 조금도 다르지 않은 유폐지에서 "그 밤을 보고 또 보았"다. 예술의 소외와 위축, 예술가의 아사(餓死)와 고독사로 어두워진 심연 같은 절망만을 확인할 뿐이다.

최유리, 김해선, 박혜경 시인이 펼쳐놓은 시적 공간은 주로 '옥상', '하늘', '공중', '가장 높은 곳' 등 높이 지향의 장소이며, 거기서 행위를 하는 주체들은 '참새떼', '종이새', '새', '호랑나비무늬' 등 비행 능력을 지닌 대상들이다. 젊은 시인들은 현실의 침잠 가운데서도 시를 통해, 이미지를 통해 끊임없이 상승을 꾀한다. "시적인 이미지들은 따라서 모두 상승 활동을 일으키는 존재들인 것이다."[1]

상승은 어떠한 속박이나 제약에서 벗어난 상태, 즉 자유로움의 상태이며 그것은 곧 낭만적 작용이자 상상력의 발현이다. "대지의 인간에게는 모든 것이 대지를 떠남과 동시에 흩어지고 소멸되는 반면, 공기의 인간에

---

1) 가스통 바슐라르, 『공기와 꿈』, 정영란 옮김, 이학사, 2000, 91쪽.

게는 위로 올라감과 동시에 모든 것이 모여들고 풍부해진다."[2] 바슐라르가 말하는 '대지의 인간'은 범인(凡人)이며, '공기의 인간'은 예술가, 즉 시인이다. 그러므로 '상승'이란, 인정과 주목을 받는 위치로의 사회적 신분 이동이나 부와 명예의 축적 등 물질적 작용만을 의미하지 않는다. 상승은 곧 하나의 정신이다. 마침내 땅 밑에서 솟아오른 봄이 젊은 시인들에게도 끝없이 날개 쳐 올라가는 상승의 계절이 되길 소망한다.

---

[2] 위의 책, 105쪽.

영도(零度)로 향하는 여행

―안희연의 「백색공간」

이누이트라고 적혀 있다

나는 종이의
심장을 어루만지는 것처럼
그것을 바라본다

그곳엔 흰 개가 끄는 썰매를 타고 설원을 달리는 내가 있다

미끄러지면서
계속해서 미끄러지면서
글자의 내부로 들어간다

흰 개를 삼키는 흰 개를 따라
다시 흰 개가 소리 없이 끌려가듯이

누군가 가위를 들고 나의 귀를 오리고 있다
흰 개가 공중으로 흩어진다

긴 정적이
단 한 방울의 물이 되어 떨어지는
이마

나는 이곳이 완전한 침묵이라는 것을 알았다

종이를 찢어도 두 발은 끝나지 않는다 흰 개의 시간 속에 묶여 있다
―「백색공간」 전문

안희연의 시는 자꾸 어디론가 가려 한다. 이미 가고 있다. 도착한 시도
있고, 기착지에 멈춰선 시도 있다. 그녀는 시를 통해 여행한다. 시가 곧 여
행이다. 이국의 장소와 생경한 지명들이 등장한다고 해서 시가 여행이 되
지는 않는다. 상투성과 관념, 설명에 길들여진 정신을 낯설고 척박한 은
유와 해석의 세계로 내몰 때, 거기서 퇴화된 감각들로 하여금 새로운 감
동과 충격을 받아들여 눈과 코와 입을 갱신하게 할 때 시는 여행이 된다.
안희연은 우리를 편리하고 익숙한 일상의 자리에서 떨어져 나와 사나운
눈빛이 도사리는 거리의 이방인이 되게 한다. 그녀의 시는 얻어 탄 자동
차였다가 야간열차였다가 경비행기가 되고, 장화였다가 어깨끈 떨어진
배낭이었다가 일인용 천막이 된다. 바람을 수직으로 깎아내는 빙벽, 달빛
이 우물을 내린 사막, 해산물 스튜가 끓는 항구로 우리를 데리고 간다. 안
희연의 시를 읽는 것은, 보편 공감의 영역에서 시에 나타난 장소의 이국
적 분위기와 정서를 향유하는 간접체험이 아니다. 개별의 뒷골목에서 상

점의 불빛과 음식 냄새와 바이올린 소리, 살갗에 피어나는 두려움과 호기심을 감각으로 전유하는 행위다. 패키지 단체 관광이 아닌 단독 자유 여행이다. 떠나온 자리로 다시 돌아가지 않는 편도 여행이다. 좋은 시는 어떤 식으로든 독자의 내면을 변화시키기 마련이다.

시집 『너의 슬픔이 끼어들 때』에는 리스본, 고트호브, 화산섬, 수도원, 소인국, 끄룽텝, 러시아, 장미정원, 극지방의 고산지대 등 다양한 장소들이 나온다. 그중에서도 특히 '백색 공간'에 눈길이 오래 머문다. 시집에는 '백색 공간'이라는, 같은 제목의 시가 세 편 실려 있다. 그중 두 번째 「백색 공간」은 이누이트가 개썰매를 달리는 설원의 이야기다.

이 시는 "**이누이트**라고 적혀 있다"라는 문장으로 여행을 출발한다. 빈 종이에 이누이트, 네 글자를 적어놓고 시인은 "종이의 심장을 어루만지는 것처럼 그것을 바라본"다. 그러자 정말 심장을 가진 듯 종이와 글자가 호흡하기 시작한다. '이누이트'라는 단어가 시인의 극지방에의 지식적 기억과 상상력을 환기시킨 것이다. 이제 백지는 설원이 되고, 거기 조그맣게 쓰인 활자 '이누이트'는 기의라는 뼈와 살을 입고 눈 위를 걷는다. '이누이트' 한 단어에 담겨 있는 북극해의 기후와 풍경, 원주민들의 생활 및 풍습, 끝없는 설원을 헤매는 자의 고독과 침묵이 시인의 지향적 상상 속에 일제히 펼쳐지고 있다. 상상은 언제나 체험의 욕망을 전제하므로, 시인은 "흰 개가 끄는 썰매를 타고 설원을 달리는" 자신을 본다. 그는 "계속해서 미끄러지면서 글자의 내부로 들어간"다. 시적 몽상 속으로 완전히 침잠한 것이다.

'이누이트'라는 시니피에 속에서는 "흰 개를 삼키는 흰 개를 따라 다시 흰 개가 소리 없이 끌려간"다. '흰 개'는 '이누이트'에서부터 촉발된 어떤 생각, 즉 시상이나 영감을 상징한다. 최초의 이미지는 확장된 후속 이미지에 편입된다. 그리고 가장 뚜렷하고 매혹적인 이미지가 다른 이미지들을 거느린다. 그런데 돌연 "누군가 가위를 들고 나의 귀를 오린"다. 그 가위질에 "흰 개가 공중으로 흩어진"다. 가위로 귀를 오리는 자는 대체 누구일까? 앞서 안희연의 시를 여행이라고 했다. 여행의 가장 큰 적은 외로움도 소매치기도 저질 체력도 아닌 '현실'이다. 돌아가야 할 일상, 두고 온 '그물'이 끊임없이 손짓하면 여행은 이미 망친 것이다. 예수를 쫓아 위대한 여행길에 올랐던 베드로도 결국엔 갈릴리 해변으로 돌아갔지 않은가. 시적 몽상을 환상과 초현실로의 여행이라고 한다면, 가위질로 그 여행을 조각내는 난봉꾼은 합리를 강요하는 이성과 일상적 사고일 것이다. 또 '이누이트'에 대한 자유로운 상상을 제한하는, '이누이트'라는 상투적 관념일 것이다.

그러나 시인의 상상력은 견고하고, 그 여행은 의지가 세서 요란한 가위질 소리도 잠시 뿐이다. 계속해서 더 깊은 글자의 내부 속으로 미끄러져 들어가는 시인의 이마엔 "긴 정적이 한방울의 물이 되어 떨어진"다. 그 순간 시인은 "이곳이 완전한 침묵이라는 것을 알았"다. 완전한 침묵의 자리, 그곳은 어떤 주장도 부정도 없이 순수 언어에 다다른 '영도'(零度)다. 사전에는 "온도, 각도, 고도 따위의 도수(度數)를 세는 기점이 되는 자리"라고 명시되어 있다. 이 영도의 영(零)이 '조용히 오는 비'인 것은 우연이 아니다. 시인의 이마에 떨어진 한방울의 정적은 극지방의 눈이나 서리를 연상시키지만, '영도'의 표식이기도 하다. 롤랑 바르트가 말한 '영도의 에크리튀르(ecriture)'는 기존의 모든 의미체계가 해체되어 무한한 새 이야기가 시작될 수 있는 열린 글쓰기의 지점이다. 그러므로 영도는 순백의 세계다. 백색 공간이다. 사방이 투명한 얼음과 흰 눈으로만 가득한, 그래서 모든 걸음이 첫 발자국으로 찍히는 극지방의 설원이야말로 영도로서 적합하다.

영도의 완전한 침묵 속에서 시인은 새로운 시 쓰기를 향한 의지를 나타낸다. 가위가, 억센 손이, 그 어떤 '이즘'(ism)과 법칙이 "종이를 찢어도" 글자의 내부를 향해 걸어가는, 시적 몽상의 크레바스 속으로 스스로 내려가는 시인의 "두 발은 끝나지 않는"다. 새롭게 태어나고 죽는, 또 다시 태어나는 수만의 생각들, 그 수만 마리 "흰 개의 시간 속에 묶여" 설원을 달린다. 그리고 마침내 풍요로운 상징과 이미지의 세계에 당도한다. 그러나 시인은 이내 그것들을 버리고 그 자리를 떠난다. 떠나면서, 발자국과 이정표와 지도마저 다 지워버린다. 그러고는 우리를 텅 빈 영도, 백색 공간으로 초대한다. 자신의 시 역시 기존의 낡은 의미이므로, 독자로 하여금 그것을 해체하고 주체적 읽기를 통한 새로운 가능성의 사유와 글쓰기를 할 수 있도록, 진공상태의 침묵만 시 안에 남겨 둔 채로 다시 먼 길을 떠난다.

하상욱 같은 시인이세요?

　시인이라고 나를 소개하면 대부분의 사람들은 생소하다는 반응을 보인다. 교과서나 영화 스크린에서 말고는 시인을 만난 경험도 없거니와 그들에게 시인은 아직도 빵모자에 바바리코트, 파이프 담배 같은 상투적 기호들로 각인된 탓이다. 사람들 중에는 더러 이렇게 묻는 이도 있다. "하상욱 같은 시인이세요?" 그럴 때마다 난 마땅히 대답할 말을 생각해내지 못한다. 어이가 없어 말문이 막힌다.

　하상욱, 이환천, 최대호 등 SNS 인기 유저들의 이름이 '시인'의 연관검색어로 등장한 지 서너 해쯤 된 것 같다. 그들이 쓴 몇 글자의 짧은 문장을 읽어봤다. "이게 뭐라고 이리 힘들까"(하상욱, 「메뉴 선택」), "언제부터 내 위상이 소주 깔 때 타서 먹는 탄산수가 되었는가"(이환천, 「맥주」), "너의 뇌는 시킬지 말지 고민하는 것처럼 보이지만 너의 손은 이미 전화번호를 누르고 있다"(최대호, 「치킨」) 따위다. 그냥 그렇고 그런 넋두리와 말장난, 그 이상도 이하도 아니다. 이렇게 말하면 대중들은 나더러 독선과 아집으로 뭉쳤다고, 요즘 말로 '시인부심'(시인 자부심) 부린다고 욕할 것이다. 그래도 어쩔 수 없다. 돌을 보고 금이라고 할 수는 없기 때문이다.

페이스북과 트위터, 인스타그램에는 제2의 하상욱을 꿈꾸는 사람들이 넘쳐난다. 유행가 가사나 초등학생 글짓기 수준도 안 되는 문장 한두 줄에 팔로워들은 '좋아요'와 리트윗으로 공감을 표시한다. 그들은 자기 스스로를 시인, 작가로 당당히 소개한다. 글의 편의상 이제부터 그들을 'SNS 작가'라고 호명하기로 한다. 그들이 쓴 글은 'SNS 유사 문학' 내지 '사이비 시'로 부르겠다.

SNS 유사 문학의 유행을 두고 많은 사람들은 기존 문학이 대중을 외면한 결과라고 이야기한다. 소통을 거부하고 난해함과 복잡함, 현학적 포즈만 추구하다보니 한국문학이 자폐적 혼잣말처럼 되어버렸다는 것이다. 그 견해에 일부 동의한다. 어렵고 가독성이 떨어지는 글을 대중은 읽지 않는다. 나는 여기서 '독자'와 '대중'을 철저히 구분하고 싶다. 하상욱 류 사이비 시의 주요 소비자들은 대중이다. SNS 유사 문학의 힘이란 대중을 독자로 만드는 흡인력일까? 아니다. 사이비 시 읽는 것을 두고 제대로 된 문학 읽기, 독서라고 할 수는 없다. 화장실 유머나 개똥철학 낙서는 언제나 있었다.

그냥 하나의 대중문화 현상일 뿐인데, 그걸 문학과 연계시켜 한국시의 위기와 대안의 문제로까지 생각하는 건 과민한 반응이다. 그럴 필요가 없다. 솔직히 지금 이 글을 쓰면서도 이게 가당키나 한가 자꾸 의아하다. SNS 유사 문학은 대중문화로서 충분히 가치 있다. 많은 사람들의 관심과 공감을 얻는 데는 그만한 이유가 있다. 짧은 글에 담긴 재치, 시대상에 대한 가볍고 발랄한 통찰은 영상과 음악에 치우친 젊은 세대의 정서 취향을 문자 쪽으로 조금이나마 돌리며 문화의 다양성을 확장시켰다. 신선하고 재미있다. 많은 사람들이 공유하고 참여할 수 있다. 그러므로 대중문화다. 애초에 문학하곤 다르다.

하상욱 등 SNS 유사 문학의 유행을 진지하게 수용할 것도 아니지만 그렇다고 무조건 폄하하고 외면할 일도 아니다. 대중들이 왜 거기 반응하는지 곰곰이 생각해 볼 필요가 있다. 하상욱 류 사이비 시의 유행은, 짧은 몇 줄로 일회성 공감을 얻으면 그만인 요즘 젊은 세대들의 감성과 부합한 결과다. 대중의 정서와 세대 취향이 일회적이고 휘발하는 성질로 바뀌었다. 이제 사람들은 무거운 것, 단단한 것, 진지한 것을 '오글거린다'며 거부한다. 스마트폰을 고르듯 '읽기'에서도 가볍고 유연하고 빠른 것을 찾는다. 거기 어필하려고 하상욱 류의 단순 유치한 역설적 문장을 시에 집어넣는다면 그건 '하상욱 플러스 원'이 되는 짓이다. 왜 문학이 대중을 지향해야 하는가? 시는 단조로운 소통의 예술이 아닌데, 자꾸 쉬운 소통만을 찾다 보니 습작 수준의 작품들뿐만 아니라 하상욱 류의 SNS 말장난이 만연해지는 것이다.

이런 시대에서 시인들은 그냥 묵묵히 쓰면 된다. 시의 위기라고 하지만, 젊은 시인들부터 원로까지 다양한 개성의 시인들이 시단의 스펙트럼을 채우고 있는 지금처럼 풍요로운 시절이 또 있던가 싶기도 하다. SNS 유사 문학이 어떻든 간에 신경 끄고 그냥 하던 대로 계속 쓰면 그만이다. 한국시는 특별했던 몇 시절의 황금기를 제외하곤 늘 '그들만의 리그'였다. 하루아침에 대중의 관심을 바라는 건 언감생심이다.

기존 문학에 실망과 환멸을 느껴 새로운 대안 문학으로 SNS 사이비 시를 주목한다는 사람들의 말은 궤변이다. 정지용과 서정주, 황지우와 이성복, 최승자를 읽던 사람이 황병승, 김경주, 이제니, 황인찬, 송승언에 실망해서 하상욱, 이환천, 최대호를 읽는다는 희대의 헛소리는 들어본 일이 없다. '읽기'에의 경험이 거의 없거나 있어도 원태연, 귀여니 정도가 전부인 사람이 하상욱을 읽으며 한국시가 어쩌고저쩌고 한다면, 그는 우물 안 개구리가 아니라 우물 안 개구리 내장 속의 하루살이다.

하상욱 시집을 맹렬히 소비할 만큼 이 시대를 살아가는 사람들이 공감과 위로에 목말라 있다고 생각하니 슬퍼진다. 하지만 그 공감과 위로의 역할을 문학에 기대하는 것은 처음부터 어불성설이다. 그런 문학은 꾸준히 있어 왔지만 꾸준히 외면 받았다. 원래부터 대중은 시를 읽지 않았다. 시는 언제나 안 읽히고 안 팔리는 것이었다. SNS 유사 문학을 시와 비교할 것이 아니라 <힐링캠프>나 <개그콘서트> 같은 티브이 프로그램과 견주는 게 마땅하다. 대중은 '힐링'과 '유머'를 추구하기 때문이다.

경향이나 유행은 다 지나간다. 대중의 관심도 마찬가지다. 젊은 시인들의 시만 골라 올리는 '젊은 시' 트위터와 페이스북 계정이 있고, 인스타그램에서는 켈리그라피로 꾸민 시구 이미지들을 심심찮게 볼 수 있다. 하지만 한번 보고 '좋아요' 누르면 그걸로 끝이다. 금방 범람하는 다른 게시물들에 파묻혀 보이지도 않는 저 아래로 유실된다. 그것이 시든 SNS 사이비 시든 간에 '좋은 글귀'라는, 온라인 대중문화의 한 형태로 싸잡아 소비된다. SNS 유사 문학도 이제 대중의 시야에서 조금씩 벗어나는 중이다. 앞으로는 아마 의성어나 의태어, 비논리를 넘어 아예 무논리 문장이 인기를 끌 것이다. 제2의 하상욱을 꿈꾸는 사람이라면 이 예측을 눈여겨보기 바란다.

SNS 작가들이 '시인'으로 호명되는 것을 도저히 인정할 수 없다는 문인들이 더러 있다. 신경 쓸 일이 아니다. 노인정 회장도 부녀회장도 이건희 회장도 다 회장이다. "하상욱 같은 시인이세요?"라는 질문에 나는 "어떻게 제가 감히. 그는 대중문화 스타이고 저는 가난한 무명 시인"이라며 몸을 낮춘다. 대충 알아듣고 입 다물면 좋을 텐데 상대는 기어코 "하상욱처럼 시 쓸 수 있어요?"라는 후속질문을 한다. 나는 "파리 잡는 데 대포 쏘는 거 봤습니까?" "조용필이 '일 더하기 일은 귀요미' 노래 부르는 거 봤습니까?", "포르쉐가 아무리 천천히 달린다 한들 리어카보다 느리겠습니까?"라고 대답한다. 좀 더 참신한 비유가 없을까? 하상욱, 이환천, 최대호 시집 좀 읽어봐야겠다.

제2부

빛의 시인들

빛의 시인이 있다

—송재학의 『검은색』 읽기

이 글은 한국어로 표현할 수 있는 가장 섬려하고 초극세적인 이미지를 오랜 세월 조탁해온 한 시인에게 바치는 헌사가 될 가능성이 높다. 그의 시를 읽고 전율했던 스무 살 무렵의 정념적인 몰입, 그 최초의 사로잡힘은 이후 십여 년 동안 끝없는 추종과 모방을 부추겼으며, 마침내는 내가 욕망하지만 가질 수 없는 것에 대한 분노와 질투, 애증에 가까운 복잡한 심경마저 두루 일으키기에 이르렀다. 그 시절로부터 그의 시는 내 내면에 금각사처럼 우뚝 솟아 있어 나는 거기서 벗어날 수 없다. 어떤 시인의 시를 읽고 참을 수 없는 탄성이 뱉어진 것은 서정주와 송재학의 경우뿐이다.

이 글은 송재학 시인에 관한 것이고, 나는 시가 이미지의 예술임을 굳게 믿는다. 옥타비오 파스가 "이미지는 진정성을 갖는다. 이미지는 시인이 본 것이며 들은 것이고, 세계에 대한 시인의 비전과 경험에 대한 진솔한 표현이다. 이미지는 심리학적 차원의 진리를 다루는 것이며, 논리적인 문제와는 아무런 관계가 없다. 이미지들은 그 자체로 유효한 객관적 실재를 구성한다. 즉, 시적 이미지들은 스스로의 논리를 가지며, 이미지들은 작품이다."1)라고 한 것을 떠올리면, 송재학의 시를 두고 수사와 이미지 등 외피의 화려함으로 내부의 혼란과 무질서 또는 공백을 감추고 있다고 말하는 일부의 비판에 더욱 동의하기 힘들어진다.

　이토록 장황한 고해성사를 먼저 하지 않고서는 글을 써내려갈 수 없다. 사실 이 말들로도 부족하다. 현란한 수사와 중층적 은유, 복잡다단한 이미지들의 유기적 관계를 통해 그가 성취한 미적 완결성을 마주하면 언제나 짓눌리는 듯하다. 그 이미지의 무게에 내가 철저하게 짓눌려질 때 묘한 쾌감이 발생한다. 그런 면에서 송재학의 이미지는 가학적이다. 아름다움은 때때로 폭력이기 때문이다.

1. 빛의 시인 - 색의 덧칠, 감각의 갱신

　근작 시집 『검은색』까지를 경유하여, 많은 이들은 송재학 시인이 색채에 대해 유난한 호기심과 집요하리만큼의 사유적 긴장을 늦추지 않는다고 평한다. 그 말들에 동의하면서도 조금 다르게 생각하는 것은, 송재학은 색채의 시인보다는 빛의 시인에 가깝다. 색채는 빛의 하위 계통일 뿐이다. 그는 빛의 시인이다. '빛의 시인'이라는 말에서 어떤 사람들은 아마도 모네, 마네, 르누아르 같은 인상파 화가들을 떠올릴지 모른다. 빛의 변화에 따라 그 모습을 달리 하는 자연과 사물을 묘사한다는 점에서는 비슷하지만, 내면의 주관과 상징, 감각의 구체성, 현란한 색채감을 중시하는

---

1) 옥타비오 파스, 『활과 리라』, 김홍근·김은중 역, 솔, 1998, 141~142쪽.

것으로 볼 때 송재학 시인은 고갱이나 고흐 같은 후기 인상파 쪽에 가깝다. 그러나 그마저도 성급한 오류인 것은, 그의 시가 어떤 그림보다도 선명하고 세밀한 묘사의 미시성을 보여주기 때문인데, 송재학 시인의 시를 읽으면 오히려 이슬람 세밀화가 떠오르곤 한다.

분홍 나비 떼 속으로 들어갔다 스크린 속이기도 하다 커튼을 젖히는 것처럼 손쉽다 결국 들어갈 수 없는 곳으로 들어갔다 그 안에서 내가 들어왔던 입구는 그만 닫혀서 스크린처럼 보인다. 외부가 내부로 바뀌었다 현실과 몽상이 가까워졌다 몇 걸음 앞에 다시 빛의 산란 같은 스크린이 보인다 그 깊이가 희미한데도 어둡다 몸도 마음도 점차 굳어간다 누군가 중얼거리면 어둠이 있다는 것을 알게 된다. 그리하여 두 눈을 숨기고 수천 번 덧칠한 유화가 완성되는 것이다.
―「유화 - 내부 8」 전문

"흰색은 햇빛을 따라간 질서이지만 그 무채색마저 분홍과의 망설임에 속한다 분홍은 흰색을 벗어나려는 격렬함이다"(「흰색과 분홍색의 차이」)라고 그는 일찍이 노래한 바 있다. 분홍색을 흰색에서부터 파생된 색채로 본 것인데, '흰색'으로 함의되는 익숙함과 관성, 감각의 퇴화나 다름없는 평범함의 상태에서부터 "벗어나려는 격렬함"이 결국 '분홍색'이라는 새로운 감각의 탄생으로 이어진다는 것이다. '일곱 색깔 무지개'라는 안온한 세계 인식을 거부하고, 무지개가 무수한 빛의 파장으로 이루어진 스펙트럼임을 받아들이는 일, 32색의 단조로운 팔레트를 던져버리고 이름 붙일 수도 없는 총천연색과 조흔색, 중간색조들로 이루어진 이 빛의 세계를 자세히 들여다보는 일이 곧 '분홍색'으로의 귀의일 것이다.

위에 인용한 송재학 시인의 신작은 「흰색과 분홍색의 차이」의 연장선 상에서 해석된다. '유화'라는 제목에서 인상파니 후기 인상파니 하는 화가들의 작업이 연상되기도 한다. "수천 번 덧칠한 유화"는 감각의 끊임없는 갱신을 의미한다. 그에게 색채, 빛은 곧 감각이기 때문이다. 송재학은 빛을 통해 사물과 현상을 파악한다. 「흰색과 분홍색의 차이」에서 '분홍색'은 신생의 감각이다. 하지만 「유화 - 내부 8」에 와서는 "분홍 나비 떼 속으로 들어"가는 일이 "커튼을 젖히는 것처럼 손쉽"게 되었다. 한때 "흰색을 벗어나려는 격렬함"이었던 '분홍색'도 익숙한 감각으로 퇴화되어버린 것이다. 여기서 '분홍 나비 떼'는 분홍색만을 의미하지 않는다. 무채색과 원색에서 각각 파생된 수많은 갈래의 색채들을 모두 아우른다고 할 수 있다.

"내가 들어갔던 입구는 그만 닫"히고, "외부가 내부로 바뀌었"다. 새로운 감각으로 향하던 입구는 편안함과 익숙함이라는 덧문에 의해 폐쇄되고, 낯설고 척박한 만큼 미지의 색채로 가득했던 '외부'가 '내부'의 안온한 일상성으로 전환되어버렸다. 이제 시인은 '분홍색', 즉 이미 익숙한 것이 되어버린 다채로운 빛의 세계를 벗어나 또 다른 감각의 첨단, 감각의 갱신을 꾀한다. "몇 걸음 앞에 다시 빛의 산란"이 나타날 때, '빛의 산란'은 "그 깊이가 희미한데도 어둡다"고 느껴지는 '어둠'이다. "수천 번 덧칠한 유화"는 바로 '어둠'이었다. 색의 덧칠을 거듭하면 결국 '검은색'에 이른다.

다시 한 번, 송재학은 빛의 시인이다. 그의 대표 시집인 『푸른빛과 싸우다』에 이미 나타난 바, 그는 '빛'과의 싸움을 시작(詩作)의 목표로 상정하여, 빛으로 구성된 세계의 윤곽들을 묘파하는 작업을 통해 시인으로서의 항존성을 유지하려 해왔다. 송재학은 이 세계를 '빛'으로 인식한다. 빛을 가지고 사물과 현상을 해석한다. 그가 맹문재 시인과의 대담에서 "사물의 외형은 사물의 내면"이며, "감각이야말로 사물의 본질에 가장 가깝게 다가가는 방식"[2]이라고 말한 것에 주목할 수밖에 없다. 그의 말대로라면, 빛은 곧 세계의 전부다. 사물의 외형, 즉 상(象)이라는 것도 빛이 없으면 존재할 수 없기 때문이다. 빛에 의해 선과 점과 색이 태어나고 죽는다. 이 빛이 이루어내는 무수한 상과 다채로운 색채를 정밀한 언어로 그려냄으로써 대상의 외부를 통해 내부의 본질을 투시하는 방법론이 송재학의 '이미지'였는데, 이제 그는 외형을 지우고 색채를 무화시키는, 그 자체로 모든 형상이며 또 모든 색채인 '검은색'을 향해 눈을 돌리고 있다. 그의 시가 지닌 색채의 '격렬함'과 '섬세함', '화려함'을 기억하는 이들에게는 충격적으로 받아들여질 수도 있는 이 전향은 이미 오래 전에 예고되었던 것이다. 그러므로 전향이 아니라 다음 단계로의 이동이다. 엄격한 자기갱신이자 협소한 오솔길을 통과해 높은 산정으로 향하는 나아감이다.

2. 검은색으로 나아가다 - 빛의 시작과 끝

『푸른빛과 싸우다』는 송재학 시인의 시력(詩歷)에 있어 전환점이 된 시집이다. 이 시집에서부터 그는 빛이 감각이자 곧 세계라는 인식을 나타낸다. 감각으로서의 빛을 시에 수용하면서, 빛에 따라 시시각각 모습을 달리 하는 풍경들, 빛이 만들어내는 색채의 온기와 냄새와 소리들을 이미지화하기 위해 그의 수사는 불가피한 복잡성과 중층 구조를 지니게 되었다.

물상(物象)은 끊임없이 움직이면서 변화하는 것이고, 이미지는 사진이 아니라 동작이며 찰나적 순간들의 연속이다. 단층 구조의 언어로는 그것

---

2) 『서정시학(2013년 가을호)』, 서정시학사, 2013.

을 시로 옮겨올 수 없다. 옮겨온다고 하더라도 그것은 이미 박제화 된 사진에 불과하다. 살아서 꿈틀거리는 빛의 현현은 선과 점과 색으로 나타난다. 빛의 질감과 곡률은 결코 단순하지 않다. 빛은 판단하고 해석할 수 있는 성질의 것이 아니라 오직 감각할 수밖에 없는 외부적 자극이다. 빛이 사물의 외형을 이룰 때, 송재학은 그것을 감각한다. 그 감각들이 수사를 이루어 이미지를 완성한다.

그의 절창 중 한 구절인 "리아스식 해안이 내 귀가 사로잡은 어느 하루의 명암이다"(「와시표 일츅죠선소리반―가야금 독주 진양됴 안기옥 장고 이홍원」)는, 눈에 보이지 않는 가야금 소리의 고저장단을 들쑥날쑥한 리아스식 해안의 이미지로 은유한 것이다. 한국시사에 소리에 대한 수많은 묘사가 있었지만 이처럼 감각적이고 그 진폭이 넓은 문장은 보지 못했다. 송재학은 소리마저 빛으로 인식했다. 가야금 소리가 리아스식 해안의 형상이 되고, 또 '하루의 명암'이 될 수 있는 것은 그가 세계의 모든 현상을 빛으로 해석한 까닭이다.

　검은빛은 죽음이 아니다, 비애가 아니다 검은빛은 환하다 때로 파도와 맞물리면서 新生의 거품을 떠밀거나 버려진 돌들을 이끌고 바다 깊이 담금질하며 주전의 검은 돌들은 더욱 맑아져 사람의 삶을 부추기고, 그때 검은빛은 심연의 입구이다

　검은빛을 세계라 부를 수 있을 것이다, 모든 빛이 그로부터 비롯된다면
　　　　　　　　　　　―「주전」 부분 (『푸른빛과 싸우다』, 문학과지성사, 1994)

빛, 그 감각의 세계를 쫓는 여정이 '검은색'으로 귀결될 것을 20년 전에 이미 예고한 「주전」을 보면, 송재학 시인의 빛에 대한 철학을 읽을 수 있다. 그가 "검은빛은 죽음이 아니다, 비애가 아니다"라고 한 것은 빛이 그 어떤 상투적 관념이나 추상도 될 수 없음을 지각한 통찰이자 선언이다. "검은빛은 환하다"라고 했을 때, 빛은 감각이다. 검은빛이 "파도와 맞물리면서 新生의 거품을 떠밀거나 버려진 돌들을 이끌고 바다 깊이 담금질하"는 이미지는 시인이 빛의 운동을 감각으로 쉼 없이 포착한 결과물이다.

송재학은 빛이 이 세계의 물상들을 이루었다가 흩어버렸다가 다시 새롭게 탄생시키는 광경을 본 것이다. 그리고 그 때 깨닫는다. 세계는 빛으로 구성되어 있으며, 모든 빛은 '검은빛'으로부터 비롯된다는 것을, 검은빛인 어둠 위에 다른 빛이 입혀질 때 색色과 상象이 태어난다는 사실을 말이다. 그러므로 "검은빛은 심연의 입구", 즉 알파이자 오메가로서의 '세계'다. 검은빛에서부터 무수한 빛이 파생되고, 파생된 빛은 결국 검은빛에 종속된다. 검은색은 모든 색을 돋우는 바탕색이자 모든 색을 삼키는 압도적인 덧칠색이다. 송재학의 빛에 대한 탐구는 '푸른빛'에서 시작되었고, 그 탐구의 종착지는 '검은색'이다.

『푸른빛과 싸우다』 이후 다섯 권의 시집을 거쳐『검은색』에 이르기까지 송재학은 '검은빛(색)'에 대한 몰두와 집중을 놓치지 않았다. "나는 검은색이 숨쉬는 소리를 들을 작정이다"라고 선언한 「검은색의 음악회」(『기억들』)에서는 '콘트라베이스 독주곡'의 소리와 그 소리가 빚어내는 묵직함, 짙음, 어두움 같은 감각적 인상들을 '검은색'으로 보았다. 그때 '검은색'을 입은 콘트라베이스 소리는 단순한 청각과, 아직 추상의 단계에서 다 벗어나지 못한 '인상'을 넘어 구체적이고 직접적인 뜻밖의 감각, "대리

석처럼 차가워진" 촉각으로까지 전환되는 것이다.

'검은색이 숨쉬는 소리'에의 도달은 결국 수많은 색채들에 대한 탐구를 통해 완성된다. 송재학은 「닭, 극채색 볏」(『날짜들』)에서 단순히 '빨강'이라고 정의할 수 없는 계관(鷄冠)의 색에 대한 새로운 해석을 내놓는다. "좁아터진 뇌수에 담지 못할 정신이 극채색과 맞물려 톱니바퀴 모양으로 바깥에 맺힌 것"이라는 진술은 닭의 볏에 관한 것이지만 동시에 자신의 시 세계를 암시하는 일종의 메타시이기도 하다. 이성과 합리, 관념과 상투성의 '좁아터진 뇌수'에 담지 못할 정신이 '매우 정밀하고 짙은 빛깔'을 뜻하는 '극채색'과 어우러질 때, 즉 활달한 사유가 극채색처럼 화려하고 세밀한 수사와 만날 때 '톱니바퀴' 같은 유기체가 되어 마침내 이미지로 "바깥에 맺히"게 된다는 것이다.

이러한 탐구의 과정들을 거치며 '검은빛(색)'까지 나아가는 여정의 기착지로 송재학이 경유한 곳은 '진흙'과 '죽음'이다. 검은색과 진흙과 죽음은 동질성을 바탕으로 상호유기적 관계를 이룬다. 이때 진흙은 형상 이전의 상태를 의미하는데, 관념화된 형상에 구속된 사물의 본질을 자유롭게 풀어놓아 낯설고 새로운 모습으로 재창조하기 위한 잠재태라고 할 수도 있겠지만, 진흙은 그 자체로 탄생이고 죽음이며, 검은색이다.

여섯 번째 시집 『진흙 얼굴』은 모든 사물의 최초 상태로서 형상을 받아들여야만 비로소 일정한 존재가 되는 질료인 '진흙'과 '모래'에 주목하고 있다. 그런데 진흙과 모래는 형상 이전의 상태인 동시에 형상 이후의 상태이기도 하다. 검은빛에서부터 모든 빛이 비롯되고, 그 빛들이 다시 검은빛으로 되돌아가는 것을 생각하면, 형상을 만들고 결국 그 형상을 회수하는 진흙과 모래는 탄생과 죽음, 즉 존재의 심연으로서의 '검은색'과

밀접한 관계를 맺을 수밖에 없다.

> 뎅그렇게 얼굴만 자꾸 진흙으로 빚어내는 조각가에겐 제 목을 잘라 얹어놓은 흰 접시가 있다 술과 고기는 창자를 지날 뿐 몸에는 여전히 부처가 있다라는 건 사막에서 떠도는 이야기이다 조각가의 목은 너무 길어서 칼로 베기가 안성맞춤이지만 너무 자주 접시 위에 얹어졌다 전봇대가 직렬 연결에 열중한다면 조각가는 자신의 얼굴을 비춘 거울을 굽는 데 집중한다 앙다문 입8 바로 안쪽의 동굴에 가득 찬 것이 모래라면, 뱉어낼 것이 아니라 모래로 쓰여지는 글자를 찾아야 한다 그러니까 내 얼굴도 흩어지는 모래를 감싸고 여민 흔하디흔한 비닐봉지인 셈이다 금방 터져 내용물이 흘러나올 것을 알고 있는 듯 울음은 두 손을 끌어당겨 급한 것부터 가린다 피할 수 없는 운명이 새겨지는 점토판, 얼굴
>
> —「진흙 얼굴」 전문 (『진흙 얼굴』, 랜덤하우스코리아, 2005)

성서를 빌면 모든 인간의 원형은 진흙이므로, 조각가가 진흙으로 얼굴을 빚어낼 때 그는 어쩌면 창조주의 은유인지도 모른다. 우리는 신(神)에 의해 진흙 얼굴로 세상에 던져진 자들이다. 진흙 얼굴은 탄생이고 죽음이며 시간의 현상들과 희로애락이 형상화되는 생의 '점토판'이다. 신체의 감각운동을 주도하는 눈코입이 얼굴에 있다. 태어나서는 얼굴로 세상을 감각하고, 죽어서는 얼굴에서부터 감각을 버린다. 진흙이 외부적 자극에 의해 그 모습을 바꾸며 형상을 받아들이듯 얼굴도 주름과 근육, 표정을 통해 인상 또는 관상이라는 것을 만들어낸다. 관상은 때로 "피할 수 없는 운명"이 되기도 한다. 송재학은 자신의 진흙 얼굴 안쪽에 "가득 찬 것이 모래라면, 뱉어낼 것이 아니라 모래로 쓰여지는 글자를 찾아야 한다"면서

시인으로서의 자기 운명을 적극 수용한다. 진흙 얼굴들은 저마다 표정과 주름, 낯빛으로 새겨지는 다채로운 운명을 통과한 후 다시 아무 형상도 없는 진흙 덩어리로 되돌아온다.

이처럼 『진흙 얼굴』은 형상 이전과 이후의 질료인 진흙과 모래를 통해 빛이 담보하는 사물의 외형에 대한 은유적 탐구를 시도한 시집으로 읽을 수 있다.

송재학 시인이 '진흙'을 거쳐 '죽음'으로 눈을 돌렸을 때, 그 고민의 흔적들은 『내간체를 얻다』의 행간마다 빼곡히 기록되어 있다. 이 아름다운 시집은 장례라는 죽음의 수사법을 통해 빛에 대한 이야기를 들려준다. '검은색'을 향해 가는 도정의 종반부에서도 여전히 '빛'은 화두로 유효한 것이다. 『내간체를 얻다』에서는 시간으로서의 빛이 부각된다.

「늪의 내간체를 얻다」는 이미 사장된 우리말 고어(古語)를 복원하여 겨울 늪의 선연한 이미지와 시대에 구애되지 않는 자매간의 보편적 정서를 더없는 아름다움으로 그려낸 명작이다. 과거의 언어가 현재에 감동을 일으킬 수 있는 것은 시인이 겨울 늪의 풍경을 화려한 수사로 이미지화하면서 구체적 물상, 즉 빛이 발생했기 때문이다. 빛은 시간을 넘나든다.

물리학에서, 빛은 곧 시간이다. 빛이 시간이라면, 삶은 빛으로 이루어진 여정이다. 검은빛에서 와서 검은빛으로 사라져가는 과정 가운데 다채로운 빛에 의해 생겨나고 변화하며 또 소멸하는 이 세계의 상(象)과 시간의 현상들을 감각하는 것이 인간의 생이다. 그 감각 행위의 최종 단계이자 종말인 죽음을 빛으로 채색하는 행위가 장례다. 시인에 의해 다양한 장례의 형식들이 죽음의 수사법으로 제시될 때, 죽음마저도 감각적 풍경으로 전환된다.

사막의 모래 파도는 연필 스케치 풍이다 모래 파도는 자주 정지하여 제 흐느낌의 像을 바라본다 모래 파도는 빗살무늬 종종걸음으로 죽은 낙타를 매장한다 모래葬을 견디지 못하여 모래가 토해낸 주검은 모래 파도와 함께 떠나닌다 모래 파도는 음악은 아니지만 한 옥타브의 음역 전체를 빌려 사막의 목관을 채운다 바람은 귀가 없고 바람 소리 또한 귀 없이 들어야 한다 어떤 바람은 더 많은 바람이 필요하다 모래가 건조시키는 포르말린 뼈들은 작은 櫓처럼 길고 넓적하다 그 뼈들은 모래 속에서도 반음 높이 노를 저어 갔다 뼈들이 닿으려는 곳은 모래나 사람이 무릎으로 닿으려는 곳이다 고요조차 움직이지 못하면 뼈와 櫓는 증발한다 물기 없는 뼈들은 기화되면 이미 내 것이 아니다 너무 가벼워 사라지는 뼈들은,

—「모래葬」 전문 (『내간체를 얻다』, 문학동네, 2011)

진흙처럼, 모래가 존재의 형상을 거두어간다. 주검을 부패시키고 해체하는 수행주체가 무엇이냐에 따라서 장례의 형식이 좌우된다. 위 시에서는 사막의 모래 파도가 장례를 집도한다. 모든 존재는 모래로 되돌아간다. 결국 모래 파도는 삭막하고 황폐한 죽음의 환유가 된다. 송재학 시인은 그 모래 파도, 즉 죽음을 감각화한다. 시각 및 청각 이미지를 부여하는 것이다. 모래 파도를 연필 스케치로 묘사하며 거칠음이라는 시각적 질감을 전달하고, 관악 연주의 형식을 차용해 청각 이미지를 입힌다. 이 작업을 통해 죽음이 다채로운 빛을 지닌 감각적 정경으로 바뀔 때, "검은빛은 죽음이 아니다, 비애가 아니다 검은빛은 환하다"라는 선언은 "죽음은 검은빛이 아니다, 비애가 아니다 죽음은 환하다"로 다시 씌어진다.

버려둔 시골집의 안채가 결국 무너졌다 개망초가 기어이 웃자랐다

하지만 시멘트 기와는 한 장도 부서지지 않고 고스란히 폭삭 주저앉
았다 고스란히라는 말을 펼치니 조용하고 커다랗다 새가 날개를 접은
품새이다 알을 품고 있다 서까래며 구들이며 삭신이 다치지 않게 새
는 날개를 천천히 닫았겠다 상하진 않았겠다 먼지조차 조금 들썩거렸
다 일몰이 깨금발로 지나갔다 새집에 올라갈 아이처럼 다시 수줍어하
는 기왓장들이다 저를 떠받쳤던 것들을 품고 있는 그 지붕 아래 곧 깨
어날 새끼들의 수다 때문이 아니라도 눈이 시리다 금방 날개깃 터는
소리가 들리고 새집은 두런거리겠다

—「지붕」 전문

위의 시에서 송재학 시인은 폐허가 환유하는 죽음의 풍경을 '새'로 함
의되는 '생명'으로 변화시킨다. 그가 이미지로 수식해내는 죽음은 완전한
소멸이 아니라 새로운 생명의 시작을 품고 있는 부활과 재생의 선행단계
였음이 밝혀졌다. 이는 '진흙'과도 일맥상통한다. 진흙은 유기물과 미생물
들이 발효와 부패를 거듭하는 조화로운 생태계다. 진흙은 생명의 징후와
예감으로 가득 찬 태초의 대지이자 삶과 죽음이 상호작용하는 세계, 신생
과 소멸의 반복이라는 리듬을 통해 협화음을 이룬 조화의 우주다.

그러나 이때 부활과 재생, 신생은 생명이 아니라 감각에 대한 것이다.
죽음의 풍경이 현란한 이미지로 전환되었을 때 발생하는 작용들의 적용
대상은 색채와 빛이다. 송재학 시인이 '진흙'과 '죽음'을 경유하여 마침내
도달한 '검은색'은 기존의 색채들이 떠밀려와 퇴적을 이룬 해변이자 아직
태어나지 않은 빛으로 우글거리는 핵이다. 시력 30년을 통해 무수한 색채
와 빛을 경험한 시인은 또 한 번 감각의 갱신을 위하여 새로운 빛의 창고
를 찾아냈다. 바로 '검은 창고'다.

3. 빛의 시인이 원했던 검은색

들판의 창고는 대체로 회색이다 녹색 창고만 해도 들판과 어울리지 않기에 적재가 쉽지 않다 회색 창고라면 편하겠지만 내가 본 것은 검은 창고, 고산족(族)의 다랑이논 옆에 있다 반추동물처럼 엎드렸는데 귀도 눈도 없이 느리기만 하다 먹거리 쟁여놓은 창고가 아니다 높이와 깊이가 필요한 고산협곡에서 바람을 선택한 검은색이니까 바람은 쉬이 창고의 기별과 겹친다 내가 원했던 검은색이다 야크의 털이 검은 게 아니라 그 시선이 어둡다 이목구비가 없는 것들에게 검고 깜깜하거나 거무죽죽하며 거무스름하면서 꺼뭇꺼뭇한 얼룩은 때로 몸이고 생각이다 또한 검은색은 늙은 손바닥의 색이다 산을 넘어야 하는 우편낭도 검은색이지만, 유서를 남기는 편지의 감정마저 검은색이다 밤의 결혼식을 보았다면 산과 저녁의 어름은 검은색 청혼을 먼저 지나왔겠다 입을 한껏 벌린 검은 짐승의 하품까지 모두 검은 창고에 보관된 유물이다

—「검은 창고」 전문 (『검은색』, 문학과지성사, 2015)

송재학은 마침내 '심연의 입구'에 섰다. 감각의 갱신을 위해 끊임없이 빛과 색채를 탐사한 긴 여정의 종착점에 도달한 것이다. "대체로 회색"인 획일화와 몰개성, 상투성의 시대를 지나 "들판과 어울리지 않"는 '녹색'의 모호함과 불가해성의 풍경들도 지나왔다. "흰색을 벗어나려는 격렬함"으로 분홍색이라는 감각을 획득하고, "푸른빛과 싸우"며 "좁아터진 뇌수에 담지 못할 정신"을 극채색과 맞물리게 했던 그가 이제 검은 창고 앞에 서 있다. 창고의 문을 열면 "감정마저 검은색"인 시공時空이 나타난다. 모든 빛이 그로부터 비롯되므로, 검은색은 세계다. 거기서 '빛의 산란'이 일어난다.

검은 창고는 감각의 창고다. 그 검은빛의 세계에서 시인의 감각은 초미세입자처럼 증식하고 세분화한다. 흰색에서 갈라져 나온 하위 계통으로서의 분홍색을 감각해내던 때보다 훨씬 민감한 촉수를 지닌다. 그는 말한다. "내가 원했던 검은색"은 "야크의 털이 검은 게 아니라 시선이 어둡"다는 것을 느끼는 감각이라고, 검은색에서 파생된 검은색, 그러니까 육안으로 쉽게 파악할 수 없는 "검고 깜깜하거나 거무죽죽하며 거무스름하면서 꺼뭇꺼뭇한 얼룩"을 분별해내는 눈빛이라고 말이다.

이제 그는 검은색에서 '늙은 손바닥의 색'과 '편지의 감정'과 '저녁의 청혼'과 '검은 짐승의 하품'까지 볼 수 있게 되었다. 빛에 의해서 수없이 많은 색채로 그 모습을 바꾸는 검은색을 총 지휘하는, 검은색의 마에스트로가 되었다.

모든 색의 시작이자 끝임에도 검은색은 예술의 역사에서 소외되어 왔다. 검은색은 검은색이라는 관념을 벗지 못 한 탓이다. 검은색이 죽음과 비애의 색이라는 오해를 걷어내는 순간, "검은빛은 환하"다. 그 환한 검은빛의 세계, 무수히 새로운 감각의 발원지에서 송재학 시인이 앞으로 길어낼 빛은 그 어떤 색상표에도 기재된 적 없는 최초의 색이 될 것이다. 그 색채의 목록을 기다리는 일은 처음 그의 시를 읽었을 때의 전율만큼이나 나를 흥분케 한다.

리듬과 빛, 그리고 사라질 것들

— 이제니의 『왜냐하면 우리는 우리를 모르고』 읽기

빛은 파동이다. 파동은 곧 리듬이다. 그러므로 빛은 리듬이다. 일정한 리듬으로 나아가는 빛은, 나아가면서 휘어지기도 하고, 소멸과 신생을 거듭한다. 그러면서 우리를 어디론가 데리고 간다. 오늘, 또 오늘, 끊임없이 우리 앞에 놓이는 오늘로 데리고 간다. 더 이상 오늘이 나타나지 않을 때까지, 마지막 오늘인 죽음에까지 우리를 데리고 간다. 그렇게 한시도 머무르지 않고 나아가는 것, 머무르지 않고 나아가게 하는 것이 빛의 속성이고, 이는 곧 시간이다.

이제니는 리듬을 통해 빛을 만들어낸다. 그 빛은 우리를 자꾸 어디론가 데리고 간다. 몇 개의 낯선 감각과 이미지의 행성들을 지나, 새로운 노래로 이뤄진 은하를 경유하면서 우리가 마침내 닿는 곳은 바로 오늘, 연민의 강가다. 흐르는 시간에 의해 사라질 것들을 바라보며 '소리 없는 아우성'을 하는 지금 이 순간이다. 이제니는 우리를 "빛보다 빠른 오늘의 너"

(헌사)로 규정한다. 빛보다 빠른 존재는 시간의 중력을 벗어난다. 빛보다 느린 것들이 소멸해가는 동안 다른 시공간에서 방부 처리된다. 빛보다 빠르면, 영화 <인터스텔라>에서처럼 미래에서 온 내가 과거의 나를 바라보는 장면이 가능해진다. 우리는 이제니의 시가 펼친 낯선 차원 안에서 "개가 있고. 새가 있고. 내가 있고. 네가 있고. 이제는 없는 네가 있고. 이제는 없는 오늘의 네가 있"(「거실의 모든 것」)는 거실을 바라보고 있다. "빛보다 빠른 오늘의 너"는 빛보다 느린 오늘의 우리, 즉 이제는 없는 허상으로서의 우리를 바라보는 우리다. 우리는 지금 단 일초도 멈추지 않고 계속해서 과거로 흩어져가는 우리를 보고 있다. "우리는 우리로 존재하지 않았다/ 나는 너로 너는 나로 존재하지 않았다"(「작고 검은 상자」). 오늘의 너와 나는 너와 내가 아니다. "우리는 우리를 모른"다.

이제니의 두 번째 시집은 리듬과 빛에 대한 천착의 결과물로 보인다. 첫 시집에서 보여준 특유의 리듬을 유지한 채 빛과 시간을 포함한 물리학적 상상력을 펼쳐놓고 있다. "입자와 파동의 형태로 번져나가는 관악기의 통로를 여행하듯 걸어간다"(「구름 없는 구름 속으로」)라든가 "사물이, 그 물질 고유의, 보이지 않는 소립자적인 차원에서, 물성을, 불성을 지니고 있다는 건 거짓말이야. 사물은 다만 거울처럼 반영할 뿐"(「유령의 몫」) 같은 대목에서 그 고민과 성찰의 흔적들이 엿보인다.

빛은 입자이면서 파동이고, 에너지를 가진다. 이제니의 시는 빛과 유사한 속성을 지니고 있다. 리듬을 통해서 빛의 속성에 근접하는 것이다. 시의 언어에서 음소들을 입자라고 한다면, 이제니는 이 입자들을 가지고 동어반복과 동음이의어 및 유사어의 연속된 사용, 두운과 각운, 대구의 연쇄작용을 통해 리듬을 생성한다. 이렇게 생성된 리듬은 에너지를 갖게 되어 독자를 낯선 차원의 세계, "초다면체의 시간"(「초다면체의 시간」)인 '오늘'로 이동시킨다. 이때 감각과 정서는 언제나 언어와 의미보다 앞서기에 우리는 "빛보다 빠른 오늘의 너"가 되어 '오늘'에 먼저 도착하게 된다. 이제니 시가 우리를 데려다 놓는 '오늘'은 의미와 사유의 세계가 아니다. '오늘'은 모든 사라질 것들과 그에 대한 허무, 연민만이 부유하는 시공간이다. 정확히 말해 우리가 위치하게 되는 곳은 그 시공간을 관조하는 '오늘'의 바깥이다. 우리는 바깥에서 "잿빛을 향해 나아가는 잿빛"(「나선의 감각— 잿빛에서 잿빛까지」)으로 가득 차 있는, "백색의 슬픔"(「가지 사이」)과 "죽은 감정"(「수요일의 속도」)과 "이제는 없는 오늘의 네가 있"(「거실의 모든 것」)는 "순간의 안쪽"(「분실된 기록」)을 들여다본다. '시(詩)'라는 다른 차원에 있는 우리가 현실 차원 속의 우리를 바라보는 것이다.

누군가의 손이 누군가의 손을 잡았을 테고. 누군가의 마음이 누군가의 마음을 두드렸을 테고. 누군가의 눈이 누군가의 눈을 지웠을 테고. 누군가의 말이 누군가의 말을 뒤덮을 테고. 노을은 우리의 뒤쪽에서부터 서서히 몰려왔고. 서서히 물들였고. 서서히 물러났고. 우리는 서로가 누구인지 보려고 서로의 얼굴을 바라보았다. 마치 처음 보는 사람처럼. 마치 죽어가는 사람처럼. 언덕. 둔덕. 언덕. 둔덕. 언덕. 둔덕. 한 걸음씩 내디딜 때마다 진창에 빠지는 기분으로. 울음. 물음. 울음. 물음. 울음. 물음. 한 마디씩 내뱉을 때마다 점점 더 물러나는 기분으로. 그때에도. 이미. 벌써. 여전히. 아직도. 이것이 우리의 끝은 아니라고 믿는 마음이 있었을 테고. 순도 높은 목소리 사이사이로 몇 줄의 음이 차례차례로 울렸을 테고. 뒤가 없는 듯한. 이미 뒤가 되어버린 듯한. 어떤 나지막한 목소리 사이사이로. 어떤 풍경이. 어떤 얼굴이. 어떤 기억이. 어떤 울음이. 점점이 들렸을 테고. 귀신에 들리듯. 바람에 날리듯. 어딘가에서 어딘가로. 너는 지금 사라져가는 무언가를 보고 있다고. 너는 지금 사라져가는 무언가를 듣고 있다고. 사라지는 것과 사라지는 것 사이. 그 사이와 사이. 다시 그 사이와 사이 사이의 사이. 사라지는 이 순간만이 오직 아름답다고. 우리가 우리의 목소리로 사라질 때 저 너머에서 다가오는 것은 무엇인가. 밤은 밤으로 다시 건너가고 있는데. 하루는 하루로 다시 기울고 있는데.

　　　　　　　　　　　　　　　　　—「이것이 우리의 끝은 아니야」 부분

　위 시는 이제니의 시가 음소에서 리듬으로, 리듬에서 빛으로 변환되어 독자를 다른 차원으로서의 '오늘', 즉 '순간의 안쪽'을 들여다보는 자리로 데리고 가는 과정을 잘 보여주고 있다. '누군가의'와 '서서히' 등의 동어반복, 그리고 "언덕. 둔덕", "울음. 물음" 등 유사어의 연속적인 교차를 통해 생성된 리듬은 우리에게 이미 환하고 익숙한 의미의 세계가 아닌 낯설고 캄캄한 감각과 이미지의 세계, 즉 어떤 미지의 공간을 비추는 빛으로 변환한다. 이때 독자들은 그 빛의 에너지에 의해 '손'에서 '마음'으로, '마음'에서 '눈'으로, 또 '눈'에서 '말'로, 그리고 '노을'로 공감각 이미지가 폭 넓게 옮겨가는 차원 이동을 체험한다. 이 과정에는 "진창에 빠지는 기분"과 "점점 더 물러나는 기분" 같은 정서 작용이 동반된다. 이 차원 이동을 통해 마침내 독자는 "어떤 나지막한 목소리"와 "어떤 얼굴"과 "어떤 기억"과 "어떤 울음"이 혼재되어 있는, "사라지는 것과 사라지는 것 사이"에 위치하게 된다. '순간의 안쪽'을 들여다보는 바로 그 자리다. 거기서 "사라져가는 무언가를 보고", "사라져가는 무언가를 듣"는데, 이때 사라져가는 것은 우리 자신이다. 우리 자신을 구성하고 있는 무수한 인연과 기억, 감정들, 끊임없이 과거가 되며 소멸 중인 오늘의 시간이다.

이처럼 리듬이 빛의 속성을 지니게 되며 독자를 새로운 감각과 정서의 지점으로 이동시키는 단계별 변화는 이제니 시의 구성 원리이다. [리듬의 생성 → 공감각 이미지의 다양한 변화 → 주체의 위치 이동 → 사라진 것, 사라지고 있는 것, 사라질 것에 대한 연민]이라는 일정한 패턴이 작동하는 것이다. 표제작인 「왜냐하면 우리는 우리를 모르고」에서도 이러한 패턴이 등장한다. '매일매일'과 '꽃'과 '우리는 우리만'과 '녹색의' 등의 동어 반복, "다시 멀어지는 것은 꽃인가 나인가. 다시 다가오는 것은 나인가 바람인가"와 같은 대구의 사용 등에서 생성된 리듬은 하나의 에너지가 되어 '꽃'에서부터 '입술', '눈동자', '거울', '녹색의 잎', '잿빛'으로 나아가며 공감각 이미지를 변화시키고, 이때 주체는 "매일매일 슬픈 것을 보"는 자리에서 출발해 "영영 아프게 되"고 "영영 슬프게 되"는 자리로 위치 이동한다. 그리고 마침내 "잊는다는 것은 잃는다는 것"과 "잃는다는 것은 원래 자리로 되돌려준다는 것", "내가 죽으면 사물도 죽"고, "내가 끝나면 사물도 끝난다"는 사라짐에 대한 성찰과 연민에까지 닿는 것이다.

"빛보다 빠른" 미래의 관점에서, '오늘'을 이미 사라져버린 허상의 시간으로 여기는 이제니의 인식은 "나는 내가 생각하지 않는 곳에 있다"는 라캉식 명제나 밤하늘의 별은 이미 오래 전에 소멸된 과거의 빛이라는 천문학적 증명과 맞닿아 있다. 오늘의 우리가 허상이라는 인식, 그리고 소멸에 대한 연민의 태도는 시집 전체에 걸쳐 나타나고 있는데, "우리는 우리로 놓여 있지 않았다 아무것도 아무것으로 놓여 있지 않았다 이미 그러하다 이미 그러했다"(「나무의 나무」)는 고백이나 "한 번도 만난 적 없지만 우린 이미 만났지요"(「먼 곳으로부터 바람」), "너는 이동한다. 나는 사라진다"(「나선의 감각─목소리의 여행」), "너는 여기에 있었던 적도 없었던 적도 없었어(「유령의 몫」)"와 같은 진술들은 오늘보다 앞선 오늘(시詩)에서 오늘(현실)이라는 허상을 관조하고 있는 시선을 담아내고 있으며, 허상이므로 반드시 소멸할 것들에 대한 슬픔과 연민의 정서를 이야기하고 있다.

너의 이마 위로 흐르는 빛이 나의 이마 위로 흐르고 흘러 해는 지고 새는 가고 바람은 불고 구름은 떠돌아 언덕 위로 기우는 빛이 다시 너의 이마 위로 흐르고 흘러

언덕을 지우고 구름을 지우고 얼굴을 지우고 얼룩을 지우고 물결을 지우고 눈물을 지우고 해를 지우고 새를 지우고 바람을 지우고 기억을 지우고 다시 나의 이마 위로 흐르고 흘러

왔던 길을 돌아가듯 빛은 사방으로 흩어지고 나의 이마 위로 흐르는 빛이 다시 너의 이마 위를 희미하게 물들이고

빛으로 바람으로 구름으로 나무로 번져나가는

언덕 위의 두 사람
　　　　　　　　　　　　　　—「너의 이마 위로 흐르는 빛이」 전문

'너'와 '나'는 모두 빛에 속해 있는, 시간이라는 유한함 속에 갇힌 존재들이다. 너의 이마 위로 빛이 흐를 때 나의 이마 위에도 똑같은 빛이 흐른다. 이 빛은 곧 시간이어서 시간이 흐를수록 해와 새와 바람과 구름과 얼굴과 눈물과 기억 등 '너'와 '나' 사이에 놓인 모든 것들은 지워진다. 그리고 결국은 '너'와 '나'마저 지워질 것이다. "왔던 길을 돌아가듯 빛은" 시간

으로 차곡차곡 쌓여진 "언덕 위의 두 사람"을 다시 처음처럼 흩어놓는다. 조금씩 소멸시키는 것이다. '나'는 이 광경을 '순간의 바깥'에서 바라보고 있다. '나'는 지금 '너'와 함께 '언덕 위'라는 현실의 차원에 함께 있지만, 동시에 다른 차원에서 "언덕 위의 두 사람"을 바라보는 "빛보다 빠른 오늘의 나"다. '나'는 '너'와 '나'가 "빛으로 바람으로 구름으로 나무로 번져 나가" 사라지게 될 것을 이미 알고 있다. 아직 오지 않은 이별을 미리 보고 온 연인의 눈빛은 얼마나 슬픈가. '나'가 본 소멸을 아직 보지 못한 '너'는 오늘이라는 시간을 그저 견딜 뿐이다. "언젠가 잡았던 두 손. 언젠가 나누었던 온기. 속도를 견디는 너의 두 손은 식어간다"(「수요일의 속도」).

모든 것은 소멸한다. 미래의 관점에서 오늘의 우리는 잠시 존재했다가 사라진 허상들이다. 누구도 이 빛과 시간을 피해 "어둡고 텅 빈 방에 스스로를 유폐한 사람들"(「나선의 감각―빛이 이동한다」)이 될 수는 없다. 이제니의 시는 빛과 시간 앞에 담담하게 서서 어차피 허상이고 소멸할 '오늘'을 "한 치의 여백도 없이 채우고 싶다고", "더없이 아름다운 삶을 살고 싶다고"(「파노라마 무한하게」) 외치는 이들에게 좋은 안내서가 되어줄 지도 모른다. 다만, 우주는 별빛으로 빽빽하게 채워진 은하계만이 아님을, 빈 여백이 더 아름다울 수 있음을 기억해주길 바란다.

빛의 재현과 가상성

— 이제니·김지윤·김현의 시

시는 재현의 예술이다. 자연과 인간, 삶과 죽음 등 이 세계를 텍스트로, 이미지로 재현해낸다. 비가시적인 이데아를 가시적인 것으로 모사하고 복제한다. 시만 그런 것이 아니라 모든 예술은 재현을 수단으로 삼는다. 재현은 인류가 동굴에 벽화를 그리던 먼 과거부터 근대까지를 통틀어 가장 강력하고 확실한 예술의 방법론이었다.

보드리야르는 재현의 원리를 시뮬라시옹이라는 개념으로 설명하면서, 재현이 처음부터 불가능한 것이며, 이 세계는 재현의 오브제인 오리지널이 아예 없는, 가상공간이라고 말했다. 원래 '재현의 위기'는 사진과 영화의 등장으로 인한 '아우라의 상실'에서 촉발되었는데, 상품과 미디어로 이뤄진 오늘날 시뮬라크르 세계는 '마술환등'과 다를 바 없다. 가상성의 세계에서 재현의 원리는 작동하지 않는다.

그런데 시는 가상성의 예술이기도 하다. 없는 것을 있는 것처럼 이야기하고, 상상의 영역에 사는 것들을 구체적 감각의 세계로 이주시킨다. 이미지라는 가상성을 통해 오브제의 재현을 완성한다. 여기서 아이러니가 발생한다. 시는 재현과 가상성이라는, 양립할 수 없는 두 가지 원리를 충돌시키고 또 화해시킨다.

이미지는 가상이다. 물상으로 이뤄진 현실 세계도 그러므로 가상, 시뮬라시옹이다. 어떤 양자물리학자들은 지구의 형성부터 오늘날까지 45억 년의 모든 시간이 복사본이라고 주장한다. 그게 별이든 무엇이든 물체는 블랙홀로 빨려 들어가는 순간 해체가 되는 동시에 '사건의 지평선(event horizon)'에 모든 정보가 기록된다. 그 정보를 통해 복제된 '사본'이 화이트홀로 빠져나온다는 것이다. 그들의 견해대로라면 이 지구와 전 인류와 그들 삶의 크고 작은 사건들이 모두 블랙홀과 사건의 지평선에 의해 복제된 것이다. 이 세계 자체가 가상이며, 이미 사라져버린 원본의 재현일 수 있다는 이야기다.

우리는 가상과 현실을 구분할 수 없는 세계에 살고 있다. 시인들은 그런 세계를 재현하고 모방한다. 이 세계가 이미지로 구성된 가상공간이고, 시간과 중력이라는 특별한 이벤트에 의해 복제된 재현의 결과라면, 세계의 현전과 부재를 좌우하는 것은 분명 빛이다. 시인들은 빛에 의해 나타나는 세계를 재현하면서도 빛의 세계를 가상으로 인식하고 있다. 세계가 복제본일 수 있다는 물리학적 명제를 수용하는 동시에 이 세계와는 빛의 원리가 다르게 적용되는, 다른 차원의 시공에 대한 가능성 또한 열어두고 있다.

바람이 모이는 곳에 앉아 있었다. 짧게 끊어 썼다. 볕이 좋은 날이었다. 내일의 날씨는 맑음 흐림 구름 비. 바람이 지나간 자리에는 꽃잎이 떨어져 있었다. 그림자 사라지고. 두 번 뒤집어 접고. 꽃잎이 떨어진 자리에는 고양이 하나가 있고. 얼핏 보기에도 상처는 깊고. 두 눈은 멀리 보고 있고. 눈동자 뒤로 기나긴 길이 펼쳐져 있고. 죽은 너와 함께 걷고 있었다. 길은 끝이 없었다. 나무도 끝이 없었다. 나무 사이 사이 흰 꽃이 수북했다. 나무의 이름은 묻지 않았다. 아직까지 흔들리는 것들이 있습니다. 아직까지 잃어버릴 것들이 있습니다. 고양이는 고양이의 길을 가고. 너는 너의 길을 가고. 나는 빈손으로 앉아 눈길을 주고 눈길을 주고. 어둠은 어둠이 아닌 것들을 덧입고 있었다. 여름은 새벽의 텅 빈 운동장으로 모여들고 있었다. 그늘은 그늘을 드리우고. 얼굴은 얼굴로 다시 들여다보고. 아직까지 모르는 것들이 많이 있습니다. 아직까지 묻지 못한 말들이 많이 있습니다. 너와 나와 고양이는 밑변이 없는 삼각형 속에 앉아 있었다. 조금씩 조금씩 멀어지면서 먼 눈길이 되고 있었다. 조금씩 조금씩 멀어지면서 멀리 한 점이 되고 있었다. 흰꽃은 휘날리고 휘날리고. 향기는 스며들고 스며들고. 오래된 나무는 영혼이 깃들어 있다고 너는 말했다. 나는 나무 곁에 놓여 있는 돌멩이 하나를 보고 있었다. 돌멩이 곁으로 어제의 고양이가 지나가고 있었다. 바람이 모이는 곳에 앉아 있었다. 뒤로 넘겨서 썼다. 꿈결이 그리 멀지 않았다.

　　　　　　　　　　　　　　　—이제니, 「바람이 모이는 곳에 앉아 있었다」 전문

이제니는 두 권의 시집을 통해 빛과 시간, 우주에 대한 물리학적 상상력을 보여준 바 있다. 두 번째 시집 『왜냐하면 우리는 우리를 모르고』에서는 "입자와 파동의 형태로 번져나가는 관악기의 통로를 여행하듯 걸어간다"(「구름 없는 구름 속으로」)라든가 "사물이, 그 물질 고유의, 보이지 않는 소립자적인 차원에서, 물성을, 불성을 지니고 있다는 건 거짓말이야.

사물은 다만 거울처럼 반영할 뿐"(「유령의 몫」) 등의 대목이 눈에 띈다.

　빛은 입자이면서 파동이고, 에너지를 가진다. 이제니의 시는 리듬을 통해서 빛의 속성에 근접한다. 음소들을 입자라고 한다면, 이제니는 이 입자들을 가지고 동어반복과 동음이의어 및 유사어의 연속 사용 등을 통해 리듬을 만들어낸다. 이렇게 생성된 리듬은 에너지를 갖게 되어 존재를 낯선 차원의 세계로 이동시킨다. "바람이 모이는 곳"에서 "밑변이 없는 삼각형"으로 데리고 간다. 그 이동의 과정 가운데 "고양이는 고양이의 길을 가고, 너는 너의 길을 가고", "그늘은 그늘을 드리우고, 얼굴은 얼굴로 다시 들여다보고", "흰꽃은 휘날리고 휘날리고, 향기는 스며들고 스며들고"의 리듬이 작동한다.

　빛은 곧 시간이므로 존재를 소멸로 데리고 간다. 소멸은 누구나 벗어날 수 없는 숙명이다. 그러나 이제니의 '빛'이 존재를 데려다 놓는 곳은 "내일의 날씨는 맑음 흐림 구름 비"로 예측 가능한 세계가 아니다. 삼각형 내각의 합이 180도인 세계가 아니라 "밑변이 없는 삼각형"의 세계다. 그곳은 "멀리 보는 곳"이고, "아직까지 모르는 것들이 많이 있"는 곳이며, "돌멩이 곁으로 어제의 고양이가 지나가"는 "꿈결" 같은 곳이다. 그곳의 "길은 끝이 없"다.

　로버트 란자가 주장한 바이오센트리즘에 따르면, 수많은 우주가 있고, 지금 이곳에서 일어나는 일들이 다른 우주에서 동시다발적으로 일어날 수 있다. 사람이 육체적 죽음을 맞이한 후에도 두뇌에는 20와트의 에너지가 남게 되는데, 그 에너지가 다른 우주로 이동할 수 있다고 바이오센트리즘은 이야기한다. 아인슈타인이 친구의 부음을 듣고는 "나보다 조금 앞서 이 이상한 세계에서 떠났다"고 말한 것도 같은 맥락으로 이해된다. 이제니의 리듬과 빛이 향하는 곳은 "눈동자 뒤로 기나긴 길이 펼쳐져 있고, 죽은 너와 함께 걷"는 '다른 우주'다. 복제된 재현의 공간이자 이곳에서 육 안으로는 확인할 수 없는 가상의 차원이다.

> 내 빛과 시간에 대한 기억은 열여섯 살부터
> 학교 체육대회가 열리던 오후의 운동장
> 계주를 준비하는 아이들이 벗어 놓은 운동화와 흰 양말
>
> 오후의 햇살은 정오보다 울창했고
> 그림자는 언제나 빛 위에 나타났다
>
> 어른들은 학교 아래 커다란 무덤이 있다고 했다
> 학교를 짓기 위해 모래를 높이 쌓은 거라고
> 그래서 운동장은 해가 높을 때 하얗게 변한다고 했다
> 유골을 처음 받았을 때 나는 그 말을 이해할 수 있었고
>
> 학교 앞 볼록 거울에 비친 나를 본다
> 작아진 키와 동그랗게 보이는 얼굴
> 누구든 저 거울로 나를 보지 않았으면
> 다 자란 아이의 눈이 거울에 고여 있다
>
> ─김지윤, 「빚어진 아이」 전문

'빛'과 '시간'은 물리학 명제다. "오후의 햇살은 정오보다 울창"하고, "그림자는 언제나 빛 위에 나타"난다. 이는 빛의 속성이다. "해가 높을 때 하얗게 변"하는 것은 운동장만이 아니라 모든 사물들이다. 운동장으로 표 상된 이 세계가 "하얗게 변한"다. 중력 작용에 의해 지구가 태양으로부터

멀어지면, 그만큼 물리적 시간이 흘러 모든 존재는 하얀 소멸, '유골'을 향해 가까워진다. 시인은 빛에 충실하게 속박된 현상 세계를 '운동장'의 풍경을 통해 재현한다.

'볼록 거울'은 빛을 분산시켜 상을 축소한다. 그래서 멀리 있는 사각까지 비출 수 있다. 보이지 않는 곳에서 불쑥 튀어나오는 것들을 예측하고 감지하기 위해서다. 볼록 거울은 빛의 왜곡이다. 볼록 거울을 보는 것은 아직 당도하지 않은 시간, 일어나지 않은 일을 미리 바라보려는 행위의 은유다. 그것은 빛의 질서에 위배되는 일이다. '열여섯 살'의 소년이 "다 자란 아이의 눈", 즉 미래의 자신을 거울 속에서 발견하는 일이 그렇다. 인간이 빛의 질서를 이탈할 수 있다면, 그러니까 빛보다 빠를 수만 있다면, 과거와 현재, 미래는 모두 동일선상에 놓인 하나의 시간이 된다.

김지윤은 존재를 '빚어진 아이'로 규정한다. 우리는 모두 빛에 의해 빚어진 아이들이다. 존재는 상을 지닌 물질이며, 시간에 의해 탄생하고 소멸하기 때문이다. 존재는 "언제나 빛 위에 나타"나고, 시간의 간섭을 받는다. "계주를 준비하던 아이들이 벗어놓은 운동화와 흰 양말"은 열여섯 살의 운동회라는 시간 위에, 그날의 빛 위에 분명히 있던 것이지만 지금은 없다. 나는 나로 존재하는 것 같지만, 1초 전의 나는 이미 소멸되어 없다. 나는 존재하며 부재한다. 그 빛과 시간의 횡포를 벗어나고자 하는 시인의 열망이 볼록 거울이라는 메타포를 통해 나타나고 있다. 본래 시는 볼록 거울처럼 암시와 예감, 선견으로 우글거리는 것이다.

> 두 사람이 걸어가는 것이다
> 그런 곳에서는

눈 쌓인 진부령을 넘어가며
멀리서 가만히
이쪽을
보는 것을 보았다

부모였다

민박이라는 글자가 붙은 창문
아래에서 반짝이는 것들은
도대체 무엇일까

어느 땐가 눈이 많이 와
저 숙소에 짐을 풀고
아이를 갖게 된 사람들도 있을 것이다

눈은 내리고
어둠 속에서 촛불 앞에 발가락을 모으고

두 사람은 두 사람밖에 보지 못하지만
끝없이 같은 곳을 바라본 후에
안도의 한숨을 내쉬고
그렇게 빤한 인생사를 시작했을 것이다

민박에서 해야 할 것을 하고
하지 말아야 할 것을 하지 않고
눈은 참으로 근사하여
멀리서 가만히
아무것도 없는 쪽을 보아서

슬픔에 눈을 뜨는 사람이 있고
그런 사람 때문에 탄생해
이쪽에 서 있게 되는 사람에 관하여

약속하지
남자는 말하고
약속할게
여자는 말하고
두 사람은 창문을 두 사람에게로 옮겨 왔을 것이다

그 깨지기 쉬운 것을

이것이 부모의 사랑 이야기이고
부모에게서 만들어진 이의 사랑 이야기이다

민박하였다

터무니없게도
딱 한 번 고개를 돌렸을 뿐인데

한 사람이 마침
나를 보게 되고

       —김현, 「눈앞에서 시간은 사라지고 그때
         우리의 얼굴은 얇고 투명해져서」 전문

 이 아름다운 시 역시 시간과 빛, 재현과 가상성의 문제를 다루고 있다.
화자는 지금 '두 사람'이 "눈 쌓인 진부령을 넘어가며 멀리서 가만히 이쪽
을 보는 것을 보"고 있다. 두 사람은 자신의 부모다. 화자는 현재에서 과

거를 들여다보고 있는 중이다. 자신이 태어나기 이전, 부모의 시간을 엿보고 있다.

"이것은 부모의 사랑 이야기고 부모에게서 만들어진 사랑 이야기"일 때, '나'는 부모의 사본으로서 재현의 결과물이 된다. 블랙홀을 거쳐 화이트홀로 빠져나온 사본이 이 세계라면, 우리의 몸도 비슷하다. 정자와 난자가 결합, 수정란이 자궁 착상을 거쳐 부모의 유전자를 복사해 몸을 만든다. 그렇게 만들어진 몸은 다시 복제를 반복하는데, 세포마다 유전체에 단백질을 만들 수 있는 정보가 DNA라는 암호로 저장되어 복제의 메커니즘을 완성한다.

"그런 사람 때문에 탄생해 이쪽에 서 있게 되는 사람"은 화자, 즉 시인 자신이다. 시인은 과거와 미래로 시간을 구분하지 않는다. 저쪽과 이쪽이라고 호명할 때 시간 왜곡이 일어난다. 현상 세계의 수직적 시간이 수평적 시간으로 전환되는 것이다. 그 수평의 시간 위에서 부모와 나는 같은 사건을 반복한다. 나는 부모를 재현하고, 나의 '민박'을 통해 탄생된 내 자녀가 다시 나를 재현할 것이다.

시인이 궁극적으로 바라보는 세계는 시간과 빛이 절대적 힘으로 존재를 간섭할 수 없는, 시간 밖의 시간이자 우리에게 익숙한 빛 너머의 다른 우주다. "눈앞에서 시간이 사라지"는, 빛이 사라지는 "그 때 우리의 얼굴은 얇고 투명해져서" 상의 구속에서 자유롭게 된다. "아무것도 없는 쪽을 보"는 것은 상이라는 한계를 극복하려는 태도이자 빛과 시간의 폭력에서 벗어나려는 의지의 표현이다.

우리는 '빛'이라는 획일화와 수동적 질서의 수용을 거부하는 시인들을 보고 있다. 때때로 빛은 폭력이다. 뙤약볕과 가뭄을 떠올려보라. 낮이 긴 것 역시 야행성 생물들에게는 폭력이다. 환한 대낮에 우리는 모두 빛에 갇히고 색에 갇힌다. 빛은 범람하고, 어딜 가나 원색과 단색뿐이다. 그런데 시인들은 빛과 색으로 이뤄진 물상의 세계에 편입될 수 없는 것들을 호명한다. '어제의 고양이'와 '학교 아래 커다란 무덤'과 '아무것도 없는 쪽'을 응시한다. 그것은 시인들이 빛으로 이뤄진 이 세계 자체를 불신하고 의심하기 때문이다. 물상의 자리에 상 아닌 것들을 채워 윤곽으로서의 세계를 무화시키고자 하는 까닭이다.

물상의 세계는 '눈으로 본 것은 틀림없다'는 믿음이 지배하는 확실성과 확정성의 세계다. 시인들은 그 세계에 혼란과 무질서를 일으키고 싶어 한다. 윤곽이고 사본인 '테두리' 대신 내부에 무언가 질량을 갖춘 원본의 세계를, 과거로부터 미래가 점점 멀어지는 '수직'의 시간 대신 어제와 오늘과 내일이 나란히 놓여 넘나들 수 있는 수평적 시간을 꿈꾸는 것이다.

오늘도 시인들은 일상의 평범한 풍경을 묘사하면서 이 세계를 재현하고 있지만, 자신이 재현하는 세계가 텅 빈 기호라는 의심을 한순간도 내려놓지 않는다. 빛은 세계를 분명하게 나타내는 동시에 다르게 파악될 수 있는 가능성을 거세시키기도 한다. 그러므로 시인들의 열망은 육안이 차단된 곳에서 새롭게 열리는 낯선 세계, 빛과 물상으로 파악되지 않는 '모르는 차원'을 향해 끊임없이 기울어질 뿐이다.

무한으로 가는 순간들을 향해 후진하는 언어

—안숭범의 『무한으로 가는 순간들』

1. 꺼지지 않는 영사기

관객들이 모두 빠져나간 텅 빈 영화관, 혼자 남아 엔딩 크레디트를 보는 사람이 있다. 안경 렌즈 위로 잠깐 반짝이다가 사라지는 이름들을 눈으로 쫓으면서, 그는 조금 전까지 인간의 표정들로 가득했던 스크린에 어둠이 내려앉는 것을 지켜본다. 밑에서 떠올라 위로 모습을 감추는 하얀 자막들, 영화는 끝났지만 영사기는 다음 회 상영을 준비한다. 필름을 다시 걸면서 그는 눈의 잔상 속으로 느리게 붙잡혀 들어오는 어떤 장면을 떠올린다. 색감과 구도를 기억하지만 배우의 표정은 희미해져버린, 생의 오래된 씬(scene)을 말이다.

시와 영화는 공통적으로 '다른 삶'에의 체험이지만, 흘러가거나 소멸된 시간을 되살려 반복 재생하는 부활의 레토릭이기도 하다. 안숭범의 두 번째 시집은 다시 돌아갈 수 없는 순간들을 투사(透射)하는, 꺼지지 않는 영사기다. 안숭범은 영화 연출가가 구도 안에 소품들을 배치하듯 기화(氣化)된 시간들, 상(像)이 흐릿해져 더 이상 만져지지 않는 기억들을 감각적 요소들로 전환시켜 미장센(mise en scene)의 질서 안에 배열한다. 개인적 삶의 어느 한 때를 보편성 있게 설득하면서 과거를 오늘의 매혹적인 시적 이미지로 새롭게 연출해낸다.

"당신과 반짝이는 이야기들을 꿈에 두고 빈손으로 돌아오기 일쑤"(「시인의 말」)라는 시인의 말은 시적 몽상과 활자 사이에서 발생하는 왜곡과 굴절에 대한 감응이다. 무의식의 기의들을 구체적 기표로 옮기는 일은 언제나 '빈손' 같은 무력감을 안겨주지만, 안숭범의 시에는 "반짝이는 이야기들"이 있다. 모든 시인은 최초의 언어, 몽상의 언어에 작위적으로 개입해 스스로 빈손이 되는 것을 초래한다. 그러나 안숭범의 미장센은 몽상을 의도적으로 분할하거나 거기에 과도한 수사를 입히는 대신 롱 테이크 (long-take)로 펼쳐놓는다. 지극히 섬세한 묘사의 방식으로 나열하고 호명하며, '꿈' 같은 지난 생의 장면들을 구체적으로 재생시킨다. 그때 '당신'과 '이야기'들이 지닌 몽상적 낭만이 고스란히 시로 옮겨온다.

한 편의 영화를 보고나서 우리는 마치 꿈을 꾼 것 같은 기분에 사로잡히는데, 안숭범의 시를 읽는 일 또한 그러하다.

불 꺼진 소극장을 나오면 비로소 연극을 하던 시절

예술을 살아내던 빗줄기를 듣고 맹렬하게 너를 착각하던 날들, 마지막 한 줄을 쓰지 못한 시를 닮은 너였고, 너 아닌 듯한 너만 솜털구름과 함께 비탈로 가던 날들, 오래된 시선이 눌어붙은 한 나무 곁에서, 너의 아무나가 되어보던 날들, 노트가 진심을 여닫던 힘으로, 쓰고 지우면 다시 들이치는 폭풍이 있었지만, 생활의 자식들에게 유감을 표명하면서도, 모든 순간에 다른 이름을 붙이면 다른 세상이 열린다 믿는 희열을 살다가, 시인이 되었구나, 하며 손 흔들어주던 그 여름 가난과 잎새들에게, 노트로 와 웅크리던 표정들에게, 가령 백수의 오후를 닮은 티켓부스에, 심약한 바람에도 들썽거리던 바람벽 빛바랜 포스터에, 몇 해 전 다른 간판을 달고 가난한 키스를 훔쳐보던 불법건축물에, 험악한 주차금지 문구 같던 너의 마음에, 그리하여 소극장을 불 켜는 연극이 될 수 있을 것 같던 사정에

새에게 유일한 나뭇가지가 있듯이, 어느 고래에게도 최초의 풍랑이 존재하듯이, 나에겐 북한 영화처럼 네가 걸어오던 날이 있다, 동숭동엔 후진하는 언어를 따라 되감길 새벽들이 마지막 무대를 준비 중, 하루에 한 이름씩 잊을 수 있다면, 착한 개를 위로하던 풍경이 위로받고 있는 거기 무대에서, 지금 무한으로 가는 이 마음으론 모두가 입장해도 좋은데
　　　　　　　　　　　　　　—「동숭동, 혹은 무한으로 가는 순간들」 전문

　이 시에서 시인이 '동숭동'을 대하는 태도는 진지함 이상으로 제사장의 엄숙한 제의를 떠올리게 할 만큼 극진하다. 인간의 실존적 한계를 영원무변하는 신성(神性)으로 이동시키는 것이 제사장의 역할이다. 시인은 "백수의 오후를 닮은 티켓부스"와 "가난한 키스를 훔쳐보던 불법건축물" 같이 사소하고 특별할 것 없는 소품들마저 "무한으로 가는 순간들"에 포함시킨다. 노아가 구원의 방주에 작은 들짐승들까지 태운 구약성서 한 대목이 연상된다.

　시인은 기억 속 '동숭동'을 구성하는 형상과 질료들을 일일이 호명하며 그것들을 "착한 개를 위로하던 풍경이 위로받고 있는 거기 무대"에서 "무

한으로" 데리고 가려 한다. 이를테면 "그 여름 가난한 잎새들"과 "심약한 바람에도 들썩거리던 바람벽 빛바랜 포스터" 같은 것들을 "지금 무한으로 가는 이 마음으론 모두가 입장해도 좋"다고 끌어안는 것이다. 시인에게 내면화되어 있는 '동숭동'에 대한 일종의 부채의식이 '후진하는 언어'라는 독특한 화법으로 발화되고 있다.

　"불 꺼진 소극장을 나오면 비로소 연극을 하던 시절"에는 현실의 삶이 연극보다 더 허구 같았을 것이다. 삶은 부조리극이고, 가난한 청춘의 무대에서 세상이 부여하는 온갖 배역들을 다 소화해내야 하기 때문이다. 연극 무대와 삶의 무대가 혼재돼 현실과 허구를 분간할 수 없으므로, 세계가 다 몽상과도 같아서 "예술을 살아내는 빗줄기"가 내리고, "마지막 한 줄을 쓰지 못한 시를 닮은 너"와 "가난한 키스"를 나누던 시절이다. "모든 순간에 다른 이름을 붙이면 다른 세상이 열린다"는 믿음은 당시의 궁핍을 초극하는 동시에 몽상적 낭만을 향유하는 동력이었을 것이다. 그 믿음의 "희열을 살다가, 시인이 되었"기에 시인은 '동숭동'에 부채감을 지닐 수밖에 없다.

　이미 사라지고 없는 시간들을 향해 가는 언어가 '후진하는 언어'다. "북한 영화처럼 네가 걸어오던 날"이 그 언어를 "따라 되감"기며 "마지막 무대를 준비 중"이라고 시인이 쓸 때, '마지막 무대'는 곧 '시'의 은유가 된다. 시인은 '동숭동'이라는 "유일한 나뭇가지"이자 "최초의 풍랑"과도 같던 낭만의 시절이 폐색되고 유실되는 것을 거부한다. "난 어떤 절벽 끝에 서서, 그 아이들이 절벽 끝인 줄 모르고 달리는 것을 붙잡아 줄 거야. 난 그저 호밀밭의 파수꾼이 되고자 하는 것뿐"이라던 홀든 코울필드의 심정으로, 시인은 지난날 동숭동의 풍경이 망각의 절벽에서 떨어지지 않게끔 시라는 마지막 무대에 불을 켠다.

기억은 불완전하고 선택적이며 현재를 구성하는 데에 유리한 방식으로만 호명되기 마련이다. 하지만 안숭범의 기억은 보존 상태가 무척 양호해 장면의 온전함과 상황의 객관성, 감정의 주관성을 모두 유지하고 있다. 기억에 대한 유난한 강박과 집착이 시인을 기억의 고고학자로 만들었을까. 구체적이고 섬세한 기억의 묘사는 앞서 안숭범 시의 미덕으로 언급한 '롱 테이크' 방식의 이미지 전개를 가능하게 한다.

롱 테이크는 긴 쇼트를 편집 없이 계속 진행해 씬을 구성하는 방법인데, 관객들을 카메라에 동화시켜 영화 속 장면을 현실로 받아들이게끔 하는 효과가 있다. 사실성이 극대화되기 때문이다. 다르덴 형제가 연출한 1999년 작 <로제타>의 마지막 장면에서, 카메라는 주인공 로제타가 무거운 가스통을 힘겹게 옮기는 모습을 5분여 동안 핸드헬드(handheld)로 집요하게 따라가며 보여준다. 그때 관객들은 자살을 하기 위해 가스통을 운반하다 주저앉아 우는 로제타의 슬픔과 절망에 몰입하게 된다. 사실주의 감독들이 자주 사용하는 이 구성법을 시에 적용하면서, 시인은 유려한 문장 흐름과 리듬, 섬세한 이미지 묘사, 기억의 선명성과 거기서 비롯된 구체적 체험의 진정성을 모두 확보하고 있다.

그런데 역설적인 것은 '후진하는 언어'와 롱 테이크 방식을 통한 기억의 재현이 망각에의 열망을 수반하고 있다는 점이다. 시인은 잊으려고 기억한다. "하루에 한 이름씩 잊을 수 있"기 위해 "마지막 무대"를 준비한다. 마치 장례를 못 치러 저승으로 아직 보내지 못한 원혼들을 위로하듯, 안숭범은 그동안 세월과 생활이라는 핑계로 마땅한 기념도, 의미화도 하지 못해 마음의 부채가 되어버린 '동숭동'을 온전히 수습해 "반짝이는 이야기", "무한으로 가는 순간들"로 완성시킨다. 이제 비로소 시인은 동숭동을 시간의 흐름 가운데 놓아줄 수 있게 된 것이다.

2. 움직이는 이미지

여기는 우리의 혜화동, 우체통은 매미소리를 머금고 아직 꿋꿋한가, 그 곁에서 입간판보다 먼저 구부러지고 있는 너, 객석의 빈 어둠을 덮고 자란 부조리극처럼, 십년 째 버티고 선 무대가 지난 태풍쯤 허물어진 것, 이 여름 너는 부르튼 입술과 낡은 재킷 앞섶을 앙다물고 있는가, 컵라면도 극단적으로 먹던 너, 첫 월급의 힘으로 기타교본과 바나나 우유를 건네던 너의 손, 제일 늦게 불 켜는 소극장 바닥에서 신비한 내세를 보던 손, 햇빛의 여린 끝과 슬픈 얼굴들을 문지르던 손, 어느새 쥐어짐을 당하는 데 익숙해져있는가, 여기는 그들의 혜화동, 싸구려 기타만 주인을 데리고 깊이를 알 수 없는 골목으로 사라지는, 십년을 치면 소리가 익을까 하던 기타가 있어서, 이상한 기억을 주렁주렁 단 노래를 부르면, 반만 지하라고 우리가 박수친 너의 자취방에 와 죽던 벌레들, 너의 나와 나의 너는 다시 만날 수 있을까, 어항만한 창문을 안에서 반만 열고 올려다보면, 이오네스코의 코뿔소처럼 지나던 여자들, 그 많던 쇼핑백들, 이린 게 다 생각나서 우린 지금 행복한 걸까, 그때처럼 물구나무 오래 버티기를 할까, 자취를 감춘 우리의 과녁들을 향해

—「극단적 만남」 전문

잊기 위해 기억하는 자, 시인은 이번엔 혜화동으로 눈을 돌린다. 이 시에서도 시인의 후진하는 언어는 지난날 '혜화동'을 이루던 풍경들을 롱 테이크로 펼쳐놓는다. 주목할 것은 시인이 기억 속 풍경을 이미지로 묘사하는 화법이다. 안숭범은 대상의 현실태보다 가능태에 더 주목한다. 한 대

상이 가능태에서 현실태가 되어가거나 또는 현실태에서 또 다른 가능태로 전환하는 '중간 과정'에 천착한다. 그래서 그의 언어는 유달리 "직전의 풍경"(「낙원상가(樂園喪家)-늙은 기타리스트를 위하여」) 쪽으로 기울어진다. "엄마를, 툇마루에 엎드린 엄마 이전을 본다"(「간척」)거나 "한줌 먼지들이 먼지가 아니었던 시절을 사랑하"(「무교동」)거나 "카페 문턱이 5분 전보다 10센티만큼 높아진 것"(「비행기」)을 발견하는 식이다.

시인은 "나와 나였던 것 사이의 경계"(「보길도-사연을 들(이)키다」)에서 "지구와 나 사이에서 너를 고정할 말들을 찾"(「밤·밤」)는다. 대상의 현재태와 잠재태 사이에서, 대상을 시적 이미지로 전환시킬 언어를 탐색하는 것이다. 그래서 안숭범의 문장들은 대상을 단순하게 묘사하거나 손쉽게 확정하지 않는다. 고정된 현재태가 되는 것을 거부하면서 여러 변화의 가능성을 최대한 유예시킨 채 대상을 언어화한다. 시의 이미지 안에 붙잡혀 온 대상은 확정된 기표가 될 수밖에 없다는 것을 잘 알기에 시인은 섣불리 대상에게 접근하지 않는다. "프레임에 주저앉는 미련"이라든가 "계단 오르기를 주저하는 사람"(「겨울의 절삭」) 등의 진술에서 대상 앞에 몹시 신중한 시인의 태도를 엿볼 수 있다. 때로는 "흰 종이가 그물을 펴고 그대를 오랫동안 기다"(「Punctum」)리는 신중함 때문에 그의 "셔터는 세계가 일어서는 순간을 끝내 놓"(「감각과 착념-돗토리 사구」)치기도 한다.

시인이 대상 앞에 주저하며 신중한 태도를 취하는 것은 움직이는 대상의 운동성을 해치지 않은 채 그대로 시에 옮겨올 문장을 떠올리기 위함이다. 물상(物像)은 끊임없이 움직이면서 변화하고, 이미지는 정지된 사진이 아니라 동작이며 순간들의 연속이기 때문이다. 안숭범은 어떤 대상을 시적 이미지로 형상화할 때, 그 대상만 가져오는 것이 아니라 그 주변까지 함께 '떠' 온다. 마치 나무를 이식하는 과정에서 그 둘레의 흙을 같이 옮겨 심어 나무의 생육이 자연스러울 수 있게 하는 것처럼 말이다. 대상은 결코 대상 단독으로 존재할 수 없다. 시인은 대상과 대상의 주변, 대상이 속해 있는 시간과 공간, 관계 맺은 다른 대상들까지 함께 시로 옮긴다. 그때 대상은 시 안에서 생동한다. 안숭범의 이미지들은 움직인다.

"기타교본과 바나나 우유를 건네던 너의 손"이라든가 "햇빛의 여린 끝과 슬픈 얼굴들을 어루만지던 손", "반만 지하라고 우리가 박수친 너의 자취방에 와 죽던 벌레들"과 같은 문장들은 움직이는 이미지의 전범(典範)이다. 우리 내면에 각인된 기억으로서의 과거는 물상들로 이루어져 있다. 물상은 곧 빛이다. 현상세계에서 빛은 오직 감각할 수밖에 없는 외부적 자극이지만, 의식세계에서는 감각이 아닌 관념이다. 내부에서 관념이 되어버린 빛을 다시 외부로 꺼내 감각으로 되돌려내는 작업은 호박 화석에 갇힌 모기의 피로부터 공룡을 복원하는 것만큼 어려운 일이다. 그럼에도 안숭범은 그 작업을 수월하게 해내고 있다. 스냅 사진이 되어버린 기억의 파편들을 접합해 과거를 고스란히 재생하는 필름으로 바꿔낸다. 기억이 '움직이는 이미지'가 될 때, 관념은 다시 감각으로 바뀌며 시에 생명력을 불어넣는다.

3. 롱 쇼트의 미학

모든 모래는 깨진 표면들로 자기를 이룬다

쥐며느리도 그림자를 들키는 이 시간

(중략)

안개와 해송

수첩과 기억 사이

(중략)

막막한 언어들이 야경 안에 제 집을 세우는

이즈음에서 그즈음으로 쏟아지는 비

주인 버린 고양이의 등짝을 때린다

내게로부터 젖는 마도요
　　　　—「마도요가 있는 야경-바다가 읽도록 내버려둘게」 부분

이팝나무가 게으르게 그늘을 모은다, 그늘인가 하니 자기 동냥통보
다 둥글게 말린 노인이다, 위에선 하얀 고봉밥 같은 꽃이 절정인데, 오
래 침묵하는 동냥통에 관대한 세계여서, 스산한 뽕짝을 실은 트럭이
비껴간다, 주인 따라 산책하던 닥스훈트도 제 냄새를 남기고 간다, 시
간을 펴 덮고 잘 줄 아는 노인만 남는다, 그 언젠가의 기쁨도 이미 다
빠져나간 노인의 너른 이마, 땀 한 방울이 그의 목덜미를 타고 내 등짝
으로 흐른다,
　　　　　　　　　　—「언어가 여백으로 숨는 풍경」 부분

안숭범은 대상과의 거리 유지를 통해 시적 긴장감을 벼린다. 영화 촬영 기법 중 원거리에서 인물과 배경을 함께 담는 '롱 쇼트(long-shot)'를 떠올리게 한다. 대상의 윤곽과 음영, 배경이 되는 주변을 한눈에 보기 위해선 대상과의 거리 유지가 필수적이다. 시인은 "마도요가 있는 야경"과 "시간을 펴 덮고 잘 줄 아는 노인"을 일정 거리 바깥에서 바라보고 있다. 마도요와 노인만 보고 있는 것이 아니라 대상의 그림자와 주변 풍경, 즉 '이팝나무 그늘'부터 "안개와 해송", "수첩과 기억 사이", "뽕짝을 실은 트럭이 비껴"가는 광경까지 두루 보는 중이다. 한발 떨어진 자리에서 대상을 보기 때문에 오히려 더 많은 부분을 관찰할 수 있다.

시인은 대상과 대상의 '그림자', 즉 대상의 자기(磁氣) 작용이 미치는 공간을 마주 놓는다. '아우라'(aura)라고 할 수도 있을 것이다. 대상과 대상의 그림자(아우라)는 서로 적대적이지도 않고 우호적이지도 않다. 그저 마주 놓여있을 뿐이다. 둘 사이에는 밀어낼 수도, 밀착할 수도 없는 일정한 거리가 늘 존재한다. 그 '여백'에서 시적 긴장이 발생한다. '마도요'와 '노인'이 움직일 때마다 그림자는 여러 모양으로 바뀐다. 그러나 잠깐 찌그러지거나 크기가 달라질 수는 있어도 그림자, 즉 아우라는 결국 고유의 성질로 되돌아온다. 둘 사이에 대기가 있는 한 그림자의 속성은 변하지 않는다. '마주 놓임'의 상태도 달라지지 않는다. 마도요와 마도요의 그림자, 노인과 노인의 그림자는 그대로인데, 배경만 끊임없이 변한다. 세계가 바뀌는 것이다. 둘 사이에 놓인 팽팽한 대기 속으로 '안개'와 '해송'과 '비', '이팝나무'와 '트럭'과 '닥스훈트' 등이 끼어들 때, 풍경은 시적 이미지로 활달하게 변주되며 확장과 축소를 거듭한다.

시인과 대상의 관계는, 마도요와 마도요의 그림자와 같다. 시인과 대상은 마주 놓인다. 자신의 본질을 보존하려는 대상과 그것을 시의 형질로 바꾸려는 시인 사이의 팽팽한 백중세, 그러나 시인은 섣불리 거리를 좁히거나 넓히려 하지 않는다. 자신의 힘으로 변화시킬 수 있는 성질의 것이 아님을 알고 있기 때문이다. 그래서 한발 물러선 채 '롱 쇼트'로 지켜본다. "막막한 언어들이 야경 안에 제 집을 세우"기까지 대상의 주체적·능동적 변화를 기다린다. 이 기다림의 방법론은 '롱 테이크'다. 그러다 마침내 대상이 움직일 때, 순간적으로 변형된 그 '그림자'를 옮긴다. 대상의 본질은 그대로 둔 채 수시로 바뀌는 이미지만 벗겨오는 것이다. 그러는 동안 시인과 대상을 둘러싼 세계의 풍경이 전환된다. 시인과 시적 대상이 "이즈음에서 그즈음"을 오가며 "내게로부터 젖는 마도요"가 되거나 "노인의 너른 이마, 땀 한 방울이 그의 목덜미를 타고 내 등짝으로 흐"를 때, 시인은 풍경의 여백은 물론 대상의 주변 세계가 다채롭게 변화하는 제3의 국면까지가 모두 시라는 것을 능숙하게 보여준다.

4. 영원을 업은 순간에 지어진 집

이러한 이미지 미학을 통해 안승범은 삶의 환희와 소멸이 교차하는 실존의 낙차를 그려낸다. 존재와 부재, 삶과 죽음 역시 결코 간격이 조정될 수 없는 평행선상에 놓인 대립쌍이다. 시인은 실존과 소멸이 대비되는 양상을 지켜보면서, 그 현상에 개입하지 않은 채, 또 개입하지 못한 채 죽음의 풍경들을 묘사한다.

친구여, 바람이 태어나던 집으로 돌아갔는가, 달칵달칵 굉음을 내던 파란대문, 눈감으면 거기 거실 벽시계 삼십년 전의 그대를 이고 혼

들린다, 거기서 부자여서 좋겠다, 이제는 감정과 미래를 탈루당한 표
정들에 관해,

　날파리가 손등의 각질을 문지른다, 삶에 붙은 굳은 죽음을 간질인
다, 잘 가라
―「돼지머리눌린고기-너의 빈소에서」 부분

　생동하는 대상을 '지켜봄'은 하나의 시적 방법론이지만, 소멸을 '지켜
봄'은 무기력한 방관이라서 시인에게 고통과 죄책감을 안겨준다. 친구의
죽음 앞에서 그가 할 수 있는 것은 "달칵달칵 굉음을 내던 파란 대문"을
추억하는 일과 "거기서 부자여서 좋겠다"며 애써 내세(來世)를 긍정하는
말뿐이다. "삶에 붙은 굳은 죽음을 간질"이며 "잘 가라"는 작별 인사밖에
할 수가 없다. 생몰의 법칙이라는 강제성에 의해 속수무책으로 수용할 수
밖에 없는, 세계의 온갖 소멸들을 시인은 두려워한다. 아니, 정말 두려운
것은 타자의 소멸이라는 현상이 아니라 그 소멸 앞에 아무것도 할 수 없
는 자신의 무력함인지도 모른다.
　그 두려움이 안숭범의 시에서 죽음과 소멸에 대한 착념으로 나타나고
있다. "첫 시집도 그 틈새를 찢고 성경 밖에서 죽었습니다"(「벤치에 누운
소란」), "증발된 꿈을 화장(火葬)하기에 좋은 날씨"(「분실」), "이렇게 지는
구나, 사람들아"(「생활의 북쪽」), "<영웅본색>에선 아무도 죽지 않는데,
세계는 변색되고 있었다"(「서울 느와르」), "스물 넷 동생이 죽었다"(「이
른 시」), "내 것이 아닌 모든 추억은 왜 마지막에 나를 다르게 발음하고 죽
는가"(「해고-Do! Go!」), "그런 젊음은 추모되지 않습니다만"(「화응방조
제, 2002」), "우린 이제 죽음의 다른 경향으로 추서되었다"(「당신이라는

모서리」), "아무도 죽지 않는 밤"(「아무도 죽지 않는 밤」)과 같은 문장들이 시집 전체에 걸쳐 죽음과 소멸의 냄새를 환기시킨다.

그가 "육층에서 유행이 지난 노래를 떨어뜨"(「안과 밖」)릴 때, '육층'과 바닥의 낙차는 자아가 극복할 수 없는 실존적 한계가 된다. 시인은 "기어이 간격을 만들 다음 날 아침이 공포스러워"(「두 번째 흑산도」) "미래를 먼저 만지고 온 문장에 하숙하면서 신앙을 쌓았"(「우담바라」)다고 고백한다. 그에게 시 쓰기는 타자의 소멸 앞에 무기력한 스스로를 책망하고 또 위무하는 소멸의 수용이다. 그러면서도 '시간'을 '문장'으로 고정시켜 방부처리하거나 "죽음을 딛고 오는 문장을 소각"(「이른 시」)함으로써 대상의 소멸을 유예시키려는, 소멸의 거부이기도 하다.

> 용천목이 죽었습니다, 겨울에 물을 너무 많이 줬습니다, 피망이 시들었습니다, 여름에 물을 너무 주지 않았습니다, 식물적으로 영면하는 세계가 발견됐습니다, 그 아래에서 영영 묻힌 별똥의 시체들이 수습됐습니다, 당신과 당신 아닌 것으로 갈라지던 순간들이 발굴됐습니다, '죽음'이라고 쓰니 베란다가 어른스러워집니다, '죽임'이라고 쓰니 무거운 삭선이 다가와 나를 횡으로 자릅니다, 언제든 목이 마렵던 날들이 보입니다, 오줌이 더 마려운 지금에서야
> 어머니, 빈 화분 안으로 가는 시선을 도무지 구해낼 수 없습니다
> ─「양심의 고고학」 전문

시인은 "식물적으로 영면하는 세계"와 "당신과 당신 아닌 것으로 갈라지던 순간들"을 '죽음'이라고 명명한다. 육체 기능이 멈춰 더는 움직일 수 없는 존재의 자연적·물리적 사망뿐만 아니라 세계의 현재성이 완료되어

과거가 되어버린 순간들, 더 이상 오늘의 '활동사진'일 수 없는 어제의 '정지화면'들을 죽음이라고 부른다. 시간의 유속에 의해 당신이라는 존재가 "당신 아닌 것", 즉 부재로 전환되는 '있음'과 '없음' 사이의 낙차 또한 죽음이라는 기표로 나타낸다. 그리고 그 현상들을 다시 '죽임'이라고 고쳐 부르면서 자신과 관계 맺은 모든 타자의 소멸에 죄의식을 드리운다. 용천목에 물을 너무 많이 줘서, 피망에 물을 너무 주지 않아서 죽음에 이르게 한 과실(過失)을 후회하고, "빈 화분 안으로 가는 시선을 도무지 구해낼 수 없"던, 타자의 소멸이 진행되는 동안 그것을 중단시킬 어떠한 작용도 하지 못한 채 그저 방관한 무력함을 고해하는 것이다.

용천목과 피망의 죽음 앞에서도 "목이 마렵"고 "오줌이 더 마려운" 육체의 생리적 욕구는 어쩔 수가 없다. 타자의 소멸, 시간의 흐름에 의한 자연적 소멸과 시간의 질서를 거슬러 갑작스럽게 당도한 물리적 소멸들을 안타까워하면서 안숭범은 자신의 현존을 부끄럽게 여긴다. 내 현존이 생생할수록 타자의 소멸은 더 뚜렷하게 대비되기 때문이다.

이처럼 소멸에 대한 연민과 죄의식은 안숭범의 시를 '후진하는 언어'로 끌고 가는 동력이다. 그에게 타자는 "내가 있는 화폭 안에 들어와 삼삼오오 쓰라리는 것들"(「루틴한 생활」)인데, 실재의 소멸 자체도 받아들이기 고통스럽지만, "당신들에게서 태어난 한 시선이 죽으면 내일은 다른 노래가 유행"(「다음 계절에서의 출근」)하는 기억에서의 소멸이 시인을 더욱 괴롭게 한다. "이 순간의 세계도, 저기를 잃거나, 저기에게서 잊힐 것"(「당신 책 어느 페이지로 팔려나간 노」)을 두려워하는 시인은 "모든 비껴가는 것/ 비껴가도 남는 어떤 것/ 찰나로 남을 수 있을까 하는 그런 것"(「감각과 착념-돗토리 사구」)들을 "영원을 업은 순간에 지어진 집"(「Punctum」)에

들이고자 한다. 우연한 찰나에서부터 영원을 발견하는 것이 시라면, 안숭
범이 지은 시의 집은 소멸을 유예하거나 불멸로 승화하려는 염원의 공간
이 된다.

5. 무한으로 가는 순간들

너는 그런 때 세기말을 말했고
나는 한 종교를 잃었다

아직 작별 중인 사람들이 여기 아닌 곳에도 많다고
생각했다, 생각이란 것을 해내야 했다
매미가 사라진 후에도 어떤 매미울음은 몇 개의 계절을 살아내고
종교가 사라진 이후에도 신앙은 영원을 견주곤 한다
수천의 저녁을 마신 표정으로
나를 떠난 농담들이 영영 고향을 등진 줄 알면서도
여긴 사람이 버린 사람들이 사람을 벼르는 거리
이곳저곳에서 터져 나오는 음악을 함부로 담던 네가
유난히 세게 말하던 날에 다시 이르고자 하면
나는 한줌 먼지들이 먼지가 아니었던 시절을 사랑하게 된다
나와 오늘은, 무교동 은행나무에 옹이로 숨던 상징처럼
초겨울 진열대 위에서 추위를 견디려 둥글어진다

그때 네가 움켜 딴 마지막 말에
신앙에 매달린 기적이 기울어지는 날에
— 「무교동」 전문

위 시에서 화자는 '세기말'에 '종교'를 잃었다고 말한다. 새로운 질서에 대한 불안과 초조감, 현실에 대한 환멸과 비애가 세기말의 표징들이다. 굳이 종말론적 현상이 아니더라도 한국 사회의 세기말은 온갖 소멸들로 가득했다. 소멸에 대한 슬픔과 분노, 두려움과 절망이 "수천의 저녁을 마신 표정으로" 우리 앞에 서 있었다. 희망과 이상이라는 '종교'를 잃어버린 사람들과 "사람이 버린 사람들"이 거리로 쏟아져 나오고, 그들 중 일부는 스스로를 캄캄한 소멸로 몰아가 '한줌 먼지'가 되었다.

"아직 작별 중인 사람들이 여기 아닌 곳에도 많다고" 애써 믿어야만 했다. 사랑하는 이와 작별하고, 희망과 작별하고, 삶과 작별하는 게 우리만이 아니라며 자기위안을 해야 했다. 세기말의 사회적 징후들도 견디기 힘들지만, 시인은 종말의 형식으로 "이곳저곳에서 터져 나오는" 개인적 비애들까지 감당해야 했으리라. "나를 떠난 농담들"과 "네가 유난히 세게 말하던 날"과 "초겨울 진열대 위에서 추위를 견디"는 고통 같은 것들 말이다.

구원이나 희망 따위 약속들이 사라져버리자 이데아 없이 시뮬라크르만 범람하는 '상징'과 '진열대'의 시대가 되었다. 원본인 '매미'는 사라져도 '매미울음'이라는 표상은 남아 "몇 개의 계절을 살아내"고, "종교가 사라진 이후"에도 종교를 의지했던 습관과 형식들이 텅 빈 기호에 불과한 '영원'을 견주는, 스노비즘의 세계에서 결국 시인도 종교를 잃고 말았다.

아니, 한 종교를 버리고 다른 종교를 얻었다. 일찍이 문학평론가 유성호는 안숭범의 첫 시집을 두고 "청춘을 투과해 온 참담하고도 투명한 개종의 고백"이라 말한 바 있다. 깨달음 후에는 다시 각성 이전의 삶으로 돌아갈 수 없는 법이다. 세기말 훨씬 이전부터 이미 이 세상은 원본 없는 표상의 공간임을, 신과 인간, 희망과 구원이 모두 한줌 먼지에 불과하다는 것을 알아버린 시인은 그때로부터 지금껏 새로운 이데아인 '시'의 힘을 빌려 "한줌 먼지들을 먼지가 아니었던 시절"로 부활시키고자 한다.

　세기말을 지나며 안숭범에게 시는 온갖 절망과 비애, 소멸의 양상을 기어이 돌파해내는 신앙이 된 듯하다. 그가 겪은 세기말처럼, 오늘날 세계는 여전히 불완전한 표상들로 가득 차 있지만 안숭범은 그것들이 "먼지가 아니었던 시절을 사랑하"려 한다. 원본을 잃어버려 허상이 되어버린 모든 기억들을 먼지 이전의 상태, 즉 형상과 질량, 체온과 숨결을 지닌 구체적 '너'로 되살려내기 위해 그는 시라는 신앙으로 매일 귀의하는 중이다. 이제는 구식이 되어버린 신실한 믿음을 향해 매일 후진하는 중이다. 그 "신앙에 매달린 기적"이 마침내 영원을 업은 순간, 지난날의 모든 추억과 몽상, 낭만들이 무한으로 함께 간다.

　하늘로 오르는 야곱의 사다리처럼, 엔딩 크레디트가 올라간다.

상상력의 진화론, 바벨을 꿈꾸는 녹명의 시

—이병일 시 읽기

태초에 말씀이 있었다. 생명보다 말씀이 먼저 있었다. 말씀을 통해 생명이 창조되었고, 창조된 생명들은 환경에 적응하기 위해 진화를 거듭했다. 태초는 언어가 원관념이고 대상이 보조관념인 세계였다. 그때 언어는 대상을 묘사하고 수식하기 위한 외부적 장치가 아니라 대상을 직접 창조하고 진화시키는 내재적 힘이었다. 말씀이 부여한 기질에 따라 생명들은 세상에서 살아나갔다. 그래서 이 '말씀'을 로고스(logos), 원리와 법칙이라고 했다. 이는 만물의 탄생과 습성을 결정짓는 강력한 힘이다. 그러나 언어의 에너지가 가장 충만했던 태초 이래로 인간은 조금씩 '말씀'의 힘을 잃어가기 시작했다. 말씀의 자리에는 과학과 자본이 들어앉게 되었고, 언어는 한없이 가벼워졌다. 이제는 아무나 아무 말로 떠드는 세상이다. 언어는 무용하고 힘없는 것이 되어 기화의 상태에 도달하고 말았다.

그런데 이병일의 시는 여전히 '말씀'이다. 이병일의 시를 마주할 때, 우리는 언어가 지녔던 태초의 힘, 충만한 생명력이 회복되는 것을 목격한다. 그것은 그의 시가 생명을 창조하고 진화시키는 '로고스'이기 때문이다. 이병일의 시를 두고 진화론적 상상력이라고 말하기는 쉽다. 하지만 그의 상상력은 진화론이라는 울타리 안에 갇혀 있지 않다. 우리는 이병일의 시에서 진화론을 뛰어넘는 진화론, 상상력으로 써내려간 새로운 진화론과 직면한다. 그러므로 나는 그의 시를 상상력의 진화론이라고 고쳐 부른다.

종교나 과학에서는 창조와 진화를 대립쌍이라고 하는데, 사실 이 둘은 상호 보완한다. 신이 창조한 생명들이 각각의 모습대로 진화하여 세상에 적응했다고 믿는 게 훨씬 합리적이고 또 낭만적이다. 이병일이 보여주는 상상력의 진화론에는 창조론이 선행 및 동반된다. 모든 시인은 당연히 창조자이므로 한 시인의 시적 사유를 정의하는 용어로 '창조'를 언급하는 것은 사족이라고 판단, 이 글에서는 이병일의 시를 상상력의 진화론이라고만 호명할 셈이다. 분명한 것은 이 진화론이 창조론을 이미 품고 있기에, 태초의 '말씀'이 될 수 있다는 점이다.

이제 우리는 이병일의 시 속에서 우리에게 익숙한 자연이 얼마나 낯선 것으로 바뀌는지를 살펴보고자 한다. 그는 자연에 완전히 새로운 유전을 부여한다. 먹이활동을 위해 목과 코가 길어지고, 이동에 불필요한 꼬리가 퇴화하는 상투적 진화 말고, 기린이 '사다리'가 되고, 펭귄이 '피아노 나무'가 되는 신비로운 진화의 세계가 우리를 기다리고 있다.

> 기린의 목엔 광채 나는 목소리가 없지만, 세상 모든 것을 감아올릴
> 수가 있지 그러나 강한 것은 너무 쉽게 부러지므로 따뜻한 피와 살이
> 필요하지

기린의 목은 뿔 달린 머리통을 높은 데로만 길어 올리는 사다리야
그리하여 공중에 떠 있는 것들을 쉽게 잡아챌 수도 있지만

사실 기린의 목은 공중으로부터 도망을 치는 중이야 쓸데없는 곡선
의 힘으로 뭉쳐진 기린의 목은 일찍이 빛났던 뿔로 새벽을 긁는 거야

그때 태연한 나무들의 잎눈은 새벽의 신성한 상처와 피를 응시하지

아주 깊게 눈을 감으면 아프리카 고원이, 실눈을 뜨면 멀리서 덫과
올가미의 하루가 속삭이고 있지

저만치 무릎의 그림자를 뚫고 물을 벌컥벌컥 마시는 기린의 목과
목울대 속으로 타들어가는 갈증의 숨을 주시할 때

기린의 목은 갈데없이 유연하고 믿음직스럽게 아름답지 힘줄 캄캄
한 모가지 꺾는 법을 모르고 있으니까
　　　　　　　　　　　　　　　 ―「기린의 목은 갈데없이」 전문

이병일의 상상력에 따르면 기린의 목이 길어진 것은 "세상 모든 것을
감아올"리기 때문이다. "뿔 달린 머리통을 높은 데로만 길어 올리는 사다
리"가 되기 위해서다. 또 "일찍이 빛났던 뿔로 새벽을 긁"기 위함이다. 이
제 기린은 사다리가 되었다. 새벽을 긁는 뿔이 되었다. 이 낯선 상상력, 이
미지야말로 '말씀'이다. 이병일의 로고스는 기린에게 '사다리'라는 새로운
유전을, "뿔로 새벽을 긁는" 엉뚱한 습성을 부여했다. 사다리가 되어 뿔로
새벽을 긁는 기린의 목은 "공중으로부터 도망을 치는 중"이다. 사실 기린
의 목은 공중과 친해야만 한다. "공중에 떠 있는 것들을 쉽게 잡아챌 수"

있도록 진화되었기 때문이다. 그런데 왜 공중으로부터 도망을 치는 것일까. 아마 기린은 '공중'이 진화의 목적지이자 종착점이 되기를 거부하는 듯하다. 이 '공중'은 먹이활동과 생존의 문제로서 '먹고 사는 일'에 해당한다. 먹고 사는 일을 잘 해내려면 기린은 목을 직선으로 뻗어 올려야 한다. 하지만 이 시에서 기린의 목은 "쓸데없는 곡선의 힘"으로 뭉쳐져 '세상 모든 것 감아올리기', '사다리가 되기', '뿔로 새벽 긁기' 같은 무용한 일들을 할 뿐이다. 그 결과 "목울대 속"에는 "타들어가는 갈증의 숨"이 발생한다. 유용한 것 대신 무용한 것을 택한 대가로 궁핍과 고통을 얻은 것이다.

  "나무들의 잎눈" 대신 "신성한 상처와 피"를 얻은 기린은 "아주 깊게 눈을 감"는다. "실눈을 뜨"고 "아프리카 고원"을 바라본다. 육안으로 대번 파악되는 세계가 아닌, 눈을 감으면 보이는 심안의 세계, 실눈으로 멀리 보아야 보이는 미시 세계를 바라보는 것이다. 이 또한 무용한 일이라 할 수 있다. 그러나 시인의 눈에는 이 "갈데없이 유연"한 기린의 목이 "믿음직스럽"고 "아름답"게 보인다. 그것은 아마도 현대사회에 적응하기 위한 일률적 진화를 거부한 채 물질문명이라는 공중으로부터 도망치는 중인 시인 자신의 모습과 닮아서일 것이다.

  진화는 언제나 무용함을 버리고 유용함만을 택해왔다. 그러나 이병일은 기린을 통해 유용함 대신 무용함으로 기울어지는 정반대의 진화론을 제시하고 있다. 목울대가 타들어가도 뿔로 새벽을 긁는 것에 힘쓰는, 육체보다는 정신의 풍요를 추구하는 시인의 유전이 "믿음직스럽게 아름답"기만 하다.

    나는 펭귄이 흰색과 검은 색을 키우는 피아노 나무라고 생각한다

빙산의 침묵과 발톱 자라는 속도로 건너오는 빛을 직시하는 나무는
영생을 믿는다

흙냄새가 있는 극지를 떠올리며 잠시 따뜻해지는 피아노 나무, 피
가 가려우니까 날개의 선율이 새까맣게 빛난다고 생각한다

검은 색으로 그린 흰 나무는 피아노의 첫 건반이 되기 위해, 음표보
다 눈부시고 노래보다 아름다운 바다로 뛰어든다

도돌이표가 붙어있는 민요를 연주하듯이 불협화음도 없이 흘러나
오는 음악이 수평선 어디쯤에 닿아 있을까

그러나 남극이란 악보에서 가장 먼저 떨어진 저 퍼스트 펭귄, 세상
에서 가장 부드러운 피아노 건반을 팽팽히 켜는 중이다
　　　　　　　　　　　　　　　　　　　　　—「퍼스트 펭귄」 전문

이 시를 읽으면 남극의 투명한 얼음이 눈에 어른거린다. 맑고 고운 고
음의 바람소리가 들리는 듯하다. 햇빛을 튕겨내는 얼음의 반사광, 결빙과
해빙을 거듭하는 빙하의 소리가 생생하게 보이고 들린다. 상상력의 진화
론은 이 시에서 더욱 감각적으로 펼쳐진다. 이병일이 이미지를 통해 부여
한 새로운 유전에 의해 펭귄은 이제 "흰색과 검은 색을 키우는 피아노 나
무"가 되었다. "피가 가려우니까 날개의 선율이 새까맣게 빛"나는 습성을
얻었다. 그리고 "피아노의 첫 건반이 되기 위해" "바다로 뛰어든"다. 몸
색깔이 희고 검은 이유, 그중에서도 날개가 검은 이유, 바다로 뛰어드는
이유 등 펭귄의 유전적·생태적 특징이 모두 새롭게 재편되었다. 여기에도
보호색이니 먹이활동이니 하는 '먹고 사는 일'은 끼어들 수가 없다. 펭귄

의 진화 목적은 오직 피아노의 건반이 되기 위해서일 뿐이다.

피아노인 펭귄이 추구하는 이상은 "세상에서 가장 부드러운 피아노 건반"이다. 또 "불협화음도 없이 흘러나오는 음악"이다. 이 '음악'은 생명의 소리로서 하나의 유기체적 우주다. 이병일이 펭귄을 피아노로, 피아노의 건반으로 본 것은 그가 이 세계를 '아날로지(analogy)'로 인식하고 있기 때문이다. 이 세계가 "도돌이표가 붙어있는", 리듬을 가지고 일정하게 반복되는 음악이라면 모든 생명과 사물들은 저마다 고유한 음색을 지닌 각각의 소리들이다. 이병일은 이 소리들이 "불협화음도 없이 흘러나오는" 조화로운 음악이 되기를 꿈꾼다. '먹고 사는 일'의 불협화음으로 가득한 '공중'이 아닌, "음표보다 눈부시고 노래보다 아름다운 바다"를 보여주면서 그는 "흙냄새가 있는 극지"로 상징되는 생명의 세계, 각기 다른 생명들이 하나의 음악을 이루는 상응과 교감의 세계로 우리를 안내한다. 그곳은 태초의 '말씀'이 이뤄낸 에덴과 유사한 곳이며, 인간과 자연이 하나의 유기체적 질서 속에 어우러지는 화해의 공간이다. 동시에 육체적 진화보다 정신의 진화가 우선되는 자리, 곧 시의 세계임은 애써 말하지 않아도 자명하다.

저 흰빛의 아름다움에게 눈멀지 않고 입술이 터지지 않는

나는, 눈밭을 무릎으로 밟고 무릎으로 넘어서는 마랄 사슴이야

결코 죽지 않는 나는 발목이 닿지 않는 눈밭을 생각하는 중이야

그러나 뱃구레의 갈비뼈들이 봄기운을 못 견디고 화해질 때

추위가 데리고 가지 못한 털가죽과 누런 이빨이 갈리는 중이야

그때 땅거죽을 무심하게 뚫고 나오는 선(蘚)들이

거무튀튀한 사타구니를 몰래 들여다보는, 그런 온순한 밤이야

바닥을 친 목마름이 나를 산모롱이 쪽으로 몰아나갈 때

홀연히 드러난 풀밭은 한번쯤 와 봤던 극지(劇地)였던 거야

나는 그곳에서 까마득한 발자국의 거리만큼 회복하고 싶어

무한한 초록빛에 젖은 나는 봄눈 내리는 저녁을 흘려보내듯이

봄눈의 바깥으로 흘러넘치는 붉은 목젖으로 녹명(鹿鳴)을 켜는 거야

죽을힘을 다해 입술을 달싹거리며 오줌을 태우는 건 그다음의 일이야

봄눈이 빗줄기로 톡톡 바뀌면서 뿔이 자라고 있는 건 그다음의 일
이야

—「녹명(鹿鳴)」 전문

이병일이 펼치는 상상력의 진화론은 먹고 사는 '육체'의 진화에만 열
올리는 시대성에 대한 문제제기에서 출발해 시인 자신의 시 쓰기에 대한
성찰과 다짐으로 나아가며 뚜렷한 메타시의 성향을 보인다. "눈이 작아서
늘 실물보다 큰 생각에 사로잡히는"(「백상아리」) 백상아리와 "피와 숨결
을 꿰어 꽃과 거미와 당나귀를 짜"(「아라베스크」)는 직공은 모두 시인의
은유다. 그리고 위의 시에서는 '마랄 사슴'이 시인의 메타포로 등장한다.
'녹명(鹿鳴)'은 눈에 덮인 척박한 겨울 들판에서 풀을 찾아낸 사슴이 멀

리 있는 다른 사슴들을 불러 같이 뜯어먹자고 우는 상생의 소리다. 이 시에서 이병일의 상상력은 '마랄 사슴'이라고 하는 동물의 진화 대신 시인이라는 코기토의 정신적 진화를 다루고 있다. "저 흰빛의 아름다움에게 눈 멀지 않고 입술이 터지지 않는 나"는 곧 시인 자신이다. 시인은 눈으로 아름다움을 발견하고 그걸 입술로 노래해야 하는 존재이기 때문이다. '흰빛'이 함의하는 폭설과 추위, 그로 인한 굶주림, 현실의 시련에도 '눈'과 '입'을 닫지 않겠다는 의지, "눈밭을 무릎으로 밟고 무릎으로 넘어서"겠다는 시인의 신념이 돌올하다. 양달 토끼 굶어죽어도 응달 토끼는 산다는 말이 있다. 양달 토끼는 안온함에 빠져 저쪽 응달에 눈 녹기만 기다리다 굶어죽지만, 응달 토끼는 볕들고 싹 돋는 저쪽 양달을 향해 쉼 없이 나아가므로 결국 살아남는다는 얘기다. "결코 죽지 않는 나는 발목이 닿지 않는 눈밭을 생각하는 중"이다. 응달에 있으면서도 눈 녹은 양달을 끊임없이 찾아 나서는 것이다. 마침내 혹독한 계절이 물러가 "뱃구레의 갈비뼈들이 봄기운을 못 견디고 화해질 때", 사슴에 투영된 시인은 "추위가 데리고 가지 못한 털가죽과 누런 이빨이 갈리"는 경험을 하게 된다. 묵은 털과 이빨이 빠지고 새것이 돋아나는 환골탈태는 겨울이라는 시련을 견뎌내야만 주어지는 보상이다. 한 단계 더 성숙한 존재로 업그레이드된 시인은 시의 푸른 싹들이 돋아나는 "산모롱이"에 도달한다. 그곳까지 나아간 동력은 "바닥을 친 목마름"으로 표현된 정신의 허기다. 이 산모롱이는 "한번쯤 와 봤던 극지"인데, 시인은 현실의 불모(不毛)를 풍요로운 예술의 자리로 전환할 수 있게 된 것이다. 그럼에도 양달의 토끼, 아니 양달의 사슴이 되지 않기 위해 "까마득한 발자국의 거리"인 극지의 기억을 되새긴다. 그러고는 "붉은 목젖으로 녹명을 켠"다.

녹명은 시를 발견한 기쁨의 울음이다. 또 시련을 견뎌 일궈낸 정신의 진화에 이 땅의 모든 시인들이 동참하기를 촉구하는, 그래서 같이 살아남기를 희망하는 나팔소리이기도 하다. 이 "죽을힘을 다"하는 정신성과 예술에의 천착이 결국 "오줌을 태우는" 카타르시스와 함께 "뿔이 자라"는 영광스런 변모로 이어진다는 사실을 이병일은 이미 알고 있다.

> 숙박부 속을 뒤집는다 해도 이 진흙여관 일부가 썩어간다 해도 삶
> 은 멱살잡이를 할 수가 없다
>
> 진흙여관엔 흐르는 시간 따위는 없다 미끈한 것들이 악취가 나도록
> 뒹굴지만 정작 몸과 뼛속은 차가워진다
>
> 붕괴도 낙상도 없어 헛짚는 생각마저 촉촉하고 끈적끈적하다 처참
> 히 봄의 꽃나무들이 무너질 무렵 진흙여관은 점점 물가 쪽으로 기운다
>
> 가장 더럽고 추한 곳이 진흙여관인데, 물정 모르는 것들이 텅 텅 빈
> 수렁의 방을 가꾼다 때로는 컴컴한 헛간도 징후가 없이 웅덩이 냄새
> 를 키운다
>
> 침 범벅의 아가미들이 진흙여관에서 다시 떠날 힘을 얻듯 그렇게
> 진흙 외투를 입고서 산란기를 견딘다
>
> ―「진흙여관」 전문

상상력의 진화론을 앞세운 이병일의 시적 사유는 자연 대상물에 대한 탐구에서부터 시인의 정신성에 관한 성찰을 거쳐 농촌이라는 문화·사회적 공간으로까지 확장된다. 이때 농촌은 빠르게 변하는 시대 환경에 적응

하고 살아남아야만 하는 하나의 생명체가 된다. 오늘날 농촌은 점차 도시화되며 본래의 생명력과 유전을 잃어가는 중이다. 이병일은 농촌이 시대에 적응해 생존하려면 '농촌' 자체의 본질을 회복해야한다고 생각하는 듯하다. 그는 농촌과 도시의 어쭙잖은 결합이나 온고지신 같은 상투적 기치가 아닌 농촌의 온전한 '자기보전'에 대해 노래하고 있다. 이미 진행 중인 도시화를 중단하고 본래의 농촌으로 회귀하자는 것인데, 이는 곧 역진화를 뜻한다. 환경이 바뀌었다고 해서 무턱대고 본성을 버린 맹목적 진화는 변종과 멸종을 초래하기도 한다. 이상적인 진화는 육안으로 그 과정을 확인할 수 없을 만큼 오랜 세월에 걸쳐 천천히, 세계와 조화를 이루며 완성되는 것이다. 이병일은 도시화의 물살에 휩쓸린 농촌이 자기보전에 실패한 채 고유한 본성을 잃어버리거나 아예 쇠퇴하여 사라져버릴 것을 우려하고 있다.

그런데 이병일은 대뜸 '진흙'을 내어민다. 농촌 스스로 보전해야 할 정체성을 진흙으로 본 것이다. '진흙여관'은 진흙 웅덩이다. 웅덩이의 속성은 고여서 흐르지 않는 것이다. 고여 있으므로 "일부가 썩어"가고, "흐르는 시간 따위는 없"으며, "악취가 나"기도 한다. 현대인들에게 오늘날 농촌은 "촉촉하고 끈적끈적"한 불쾌와 불편의 자리, "더럽고 추한 곳"이나 마찬가지다. 농촌도 이러한 웅덩이 상태의 고립과 정체, 부패가 싫은지 "점점 물가 쪽으로 기운"다. 시대 흐름의 물결에 합류하고 싶은 것이다. 그러나 농촌에는 여전히 "물정 모르고 텅 텅 빈 수렁의 방을 가꾸"는 것들이 있다. 가만히 "웅덩이 냄새를 키우"는 것들이 있다. 이병일은 이 '수렁의 방'과 '웅덩이 냄새'에서 농촌의 무한한 생명력과 가능성을 확인한다. 요즘 여러 농촌들이 '슬로시티'를 표방하면서 청국장 같은 '슬로푸드'를 내세우는 추세야말로 이병일이 요구하는 '진흙'으로서의 자기보전 노력에 가깝다고 할 수 있다.

진흙 웅덩이는 고여서 썩은 것처럼 보이나 실은 끊임없이 숨 쉬며 변화하는 유기농과 발효의 세계다. 진흙에는 죽음과 부패만 있는 것이 아니라 그것을 자양분 삼아 새로 태어나는 유기물과 미생물이 있다. 이 세계의 첫 생명체는 물과 공기와 흙에서 스스로 탄생한 유기물들이다. 모든 생명체는 이 유기물에서부터 진화되었다. 이는 창조론과도 통하는 바다. 신이 진흙으로 인간과 동물을 빚었을 때, 사실은 진흙 덩어리만 뭉쳐놓고 유기물 작용에 의해 알아서 생명체들이 만들어지게끔 했을 지도 모르는 일이기 때문이다.

진흙은 유기물과 미생물들이 발효와 부패를 거듭하는 조화로운 생태계다. 진흙은 생명의 징후와 예감으로 우글거리는 태초의 대지이자 삶과 죽음이 상호작용하는 세계, 신생과 소멸의 반복이라는 리듬으로 화음을 이룬 하나의 우주다. 이병일은 농촌을 진흙 웅덩이에 담아내며 모든 생명체의 시원에까지 거슬러 올라가는 웅장한 사유의 힘을 보여준다. 그가 펼친 상상력의 진화론은 '진흙여관'에서 마침내 진경을 이루었다. 그런데 왜 하필 여관일까. 여관은 휴식과 충전, 재생이 이루어지는 곳이지만 언젠가는 반드시 떠나야 하는 장소다. 인간의 생을 나그네길이라고 한다면, 여관은 잠시 머물렀다가 떠나야만 하는 이 세상의 메타포가 된다. 어차피 머물다 떠날 여관이라면, 대리석이나 시멘트 벽돌 대신 진흙으로 지어진 여관을 이병일은 꿈꾸는 것이다. 도시문명의 미친 속도로부터 멀리 떨어져 느린 삶을 영위할 수 있는 곳, 삶과 죽음이 살갑게 이웃하고, 인간과 자연이 조화를 이룬 곳, 나의 죽음마저 '진흙'의 질서로 편입되어 새로운 탄생을 예비하는 과정임을, 자연과 우주의 일부가 되는 통과의례임을 기꺼이 받아들일 수 있는 곳, 그곳이 바로 진흙여관이다.

그러나 진흙여관은 실재하는 물질로서의 공간이라기보다 무형의 정신에 가깝다. 이병일이 주장하는 '농촌'의 회복과 자기보전의 중심에는 죽음을 포괄한 삶 자체를 위대하고 아름다운 것으로 여기는 태도, 자연의 질서가 내면화된 성숙한 세계 인식이 있다. 이 땅에서의 주어진 삶을 최선을 다해 살고, 죽음의 외적 현상일 뿐인 부재와 소멸에 겁먹지 않는 의연함이 바로 정신으로서의 진흙여관이다. 이 정신이야말로 이병일이 말하는 농촌의 회복이며, 오늘날 기술과 자본문명 앞에 한없이 작아진 인간이 태초의 '거인'으로 회귀하는 역진화의 시작이다.

> 목깃이 땀에 절어가듯 이미 혈기 모자란 노모는 무덤가에 눕는다
> 짓씹은 삘기를 툭툭 뱉는다
>
> 주름 깊은 곳까지 햇볕에 그을린다 침 삼키고 팔랑이고 뒤척임이
> 빠른 바람을 쐰다 쩍쩍 벌어지는 삘기 무덤 속으로 노모 대신 화사가
> 기어 들어간다
> ─「삘기 무덤 속으로」부분

"이미 혈기 모자란 노모는 무덤가에 눕는"다. 죽음의 예행연습일까. 죽음이 가까이 와 있으면 두렵고 피하고 싶기 마련인데, 노모는 죽음을 전혀 겁내지 않는다. 오히려 죽음과 다정해보인다. 노모는 무덤가에 누워서 "짓씹은 삘기를 툭툭 뱉는"다. '삘기'는 보릿고개의 군것질거리이자 농촌 아이들의 장난감이므로, 삘기를 씹는 것은 지나간 생애를 추억하는 행위

인 동시에 정신을 유쾌하게 하는 유희이기도 하다. 무덤가에 누워 삘기를 씹는 노모야말로 '거인'이다. 가까이 다가온 죽음 앞에서도 아무렇지 않게 현재의 삶에 충실하기 때문이다. 죽음을 가까이 둔 "혈기 모자란" 육체임에도 추억과 유희를 통해 정신의 욕구를 건강하게 충족한다. 그러자 "무덤 속으로 노모 대신 화사가 기어 들어간"다. 화사가 무덤에 들어가는 것은 죽음 때문이 아니라 먹이를 찾고 은신하기 위한 역동적 삶의 행위이다. 무덤 속으로 기어 들어가는 화사는 삶과 죽음이 합일된 우주 자연의 상징적 풍경이다. 오늘은 화사가 대신 들어가지만 머잖아 노모가 무덤 속으로 들어갈 것이다. 그 죽음 역시 삶의 일부, 자연적 현상의 하나가 될 뿐이다. 그때에도 화사는 명랑하게 무덤 안팎을 드나들 것이고, 무덤가는 자연과 인간이 서로 정답게 죽음을 껴안으며 조화를 이루는 곳, 죽음을 품은 진흙에서 삘기들이 쑥쑥 돋아나는 곳, 발효와 부패가 새로운 생명을 만들어내는 태초의 대지로 전환될 것이다.

돼지의 멱을 따고 나온 피, 핏덩어리를 양동이에 받아놓고 할아비는 내장을 뒤집어 똥을 털어내고, 소금으로 씻는다

지푸라기로 묶은 피순대 가마솥에서 푹 쪄질 때, 똥오줌과 섞인 구정물이 눈부신 저녁 속으로 건너간다

허연 김에 홀린 할아비 눈가엔 눈곱이 흘렸지만, 나는 또 입술에 침발라가면서 골 때리는 생각에 젖는다

피순대는 기름지고 너무나 고소해, 저승사자도 이 피순대 앞에서 입맛을 다실지도 몰라 짚의 속검불만큼 꼬독꼬독한 촉감에 환장할지도 몰라

통곡이 후련하게 터졌다가 캄캄하게 멈춘 저녁, 이웃집의 죽음 앞
에서 할아비는 그 옛날처럼 돼지의 멱을 타고, 피순대를 만들고 한입
씩 물고 너덜너덜 웃어보는 일이 喪家라고 했다
—「피순대에 관한 기록」 전문

　이웃의 캄캄한 죽음 앞에서 마을 사람들은 "돼지의 멱을 따고 나온 피"
로 만든 순대를 먹는다. 이 색채 이미지의 대비는 죽음과 삶이 교차하는
상가(喪家)를 더욱 실감나게 그려낸다. "피순대를 만들고 한입씩 물고 너
덜너덜 웃어보는" 상가는 죽음의 그림자보다는 삶의 수런거림이 더 힘 센
곳이다. 농촌에서는 예로부터 장례를 치를 때 돼지나 개 등 동물을 잡아
문상객들에게 대접했다. 먹을 것이 변변찮던 시절이라 이웃과 함께 동물
성 단백질을 보충하는 동시에 '피'의 붉은 색으로 액운을 막아 귀신들로부
터 산 사람들을 지켜주기 위함이다. "통곡이 후련하게 터졌다가 캄캄하게
멈춘 저녁"에 이웃과 와자지껄 떠들며 피순대를 나눠 먹는 정겨움 속에는
죽음을 친근하게 수용하는 생사일여(生死一如)의 정신이 있다. 또 슬픔과
두려움에 함몰되지 않고 현재의 삶을 긍정적으로 영위하려는 건강한 생
명력이 있다. 할아비에게 가까이 온 죽음은 염려도 않고 그저 순대 먹을
생각에만 사로잡힌 어린 '나'의 순진무구함이 바로 그것이다. "저승사자
도 이 피순대 앞에서 입맛을 다실" 때, 무섭게 보이던 죽음마저 활달한 삶
앞에 무장해제가 되고 만다.
　이제는 피순대를 먹는 상가를 보기 힘들다. 아파트처럼 비좁은 방들이
다닥다닥 붙어 있는 병원 장례식장, 상조 시스템에 의해 체계적으로 진행
되는 장례는 분명 세련돼 보이지만, 망자와 산 사람 모두를 극진하게 대

접하던 우리의 옛 상가 느낌은 아니다. 장례에도 이제 속도와 기술, 효율성이 개입했다. 편리함 쪽으로 기울어진 것이다. 죽음을 충분히 슬퍼하고, 이웃과 함께 삶의 의지를 새롭게 다지기에는 시간도 장소도 너무 협소하다. 외형적 시스템은 진화했으나 내적가치는 퇴화했다. 장례의 본질은 망자에 대한 환송과 산 사람들에 대한 위로다. 죽음을 통해 삶을 더욱 뚜렷하게 확인하는 것이다. 이병일은 무턱대고 '상가'와 '피순대'를 회복하자고 말하지 않는다. 현상이 아니라 그 속의 정신을 기억하자고 제안할 뿐이다. 시대 환경에 따라 외형은 바뀔지언정 고유한 속성은 그대로 유지하는 것이 이병일이 생각하는 참된 진화인 까닭이다.

> 나는 저 백상아리를 통해 나를 기억해낸다! 공복을 달래지 못하고,
> 두서없이 난폭해지는 백상아리의 바다에 젖어있는 나는, 가시 이빨이
> 가득해서 흰 것들의 무늬가 아름다워진다고 믿는다
>
> ―「백상아리」 부분

오늘도 이병일은 자연을 통해, 생명을 통해 "나를 기억해낸"다. 그가 기억해내는 '나'는 말씀의 충만한 에너지를 지녔던 태초의 인간, 신의 언어에 근접하기 위해 탑을 쌓아올렸던 거인이다. 물질문명의 사회에서 "공복을 견디지 못하고, 두서없이 난폭해지"면서도 이병일은 여전히 "가시 이빨이 가득"한 태초의 원시적 생명력을 통해 이 세계의 "무늬가 아름다워진다고 믿"는다. 그 굳건한 믿음, 이 세계가 잃어버린 태초의 생명력을 복원하고자 하는 원대한 포부가 그의 시에서 상상력의 진화론이라는 구체적 방법론으로 펼쳐지는 것이다.

언어가 힘을 잃어버린 세상에서 시를 쓴다는 것은 어떤 의미일까. 시는

본래 언어로 오를 수 있는 바벨탑의 꼭대기다. 인간의 언어를 태초의 말씀, 곧 신의 언어로까지 끌어올리는 고밀도의 에너지다. 그러나 오늘날 시는 무너진 탑이 돼버렸다. 시인들은 저마다의 방언으로 말하는데, 이 저마다의 방언은 '바벨'이라는 본성을 망각한 채 여기저기 흩어져 구르고 있다. 이미 익숙한 대상을 익숙한 방식으로 설명하거나 자폐적 멜랑콜리와 폭력성, 말놀이, 도착증 등에 함몰되는 동안 시는 언어를 무력하게 만든 주범이 되고 말았다. 시의 가벼움이 곧 언어의 가벼움이 된 것이다.

그런데 저기, 무너져 흩어진 돌무더기 사이에 단단하게 빛나는 큰 돌 하나 보인다. 볼품없이 생겼는데 자꾸 들여다보게 된다. 햇살과 구름을 잡아당기고, 새와 나비를 어깨에 앉혀놓은 채 무슨 궁리인지 골똘해 보인다. 바벨을 꿈꾸고 있을까. 신의 언어를 기억하는 듯 돌에서 녹명 소리가 난다. 그 돌이 이병일의 시라는 것은 여러분이 더 잘 아실 듯하다.

자기로부터 낯설어지는 방랑의 기록

—강회진의『반하다, 홀딱』

1. 원경(遠景)과 근경(近景)이 어우러진 영상적 이미지

내셔널지오그래픽 채널을 시청하면 빼어난 영상미에 감탄하게 된다. 갖가지 첨단 카메라를 통해 촬영해낸 대자연의 아름다움은 텔레비전으로 그것을 보는 사람에게조차 압도적인 실감과 감동을 선사한다.

강회진의 시는 마치 고화질 텔레비전처럼 선명한 이미지를 송출한다. 이미지의 선명성은 시각적 쾌감을 일으키는데, 시는 육안 대신 심안의 기쁨을 보증한다. 그러나 강회진이라는 채널이 영상미만 보여주는 것은 아니다. 여러 콘텐츠가 있겠지만, 신파조의 드라마나 경직된 뉴스보다는 자연과 인간을 소재로 한 고품격 다큐멘터리를 내보낸다. 다큐멘터리임에도 풍부한 서사와 서정, 상상력이 있다.

사람들에게 사랑 받는 다큐멘터리를 보면 대개 낯선 문화권으로의 여행이나 자연의 아름다움, 한 인간의 구체적이고 내밀한 삶을 다룬 것들이

다. 강회진은 그것들을 다 보여준다. 그러므로 이제 강회진을 시청할 때
다. 그녀가 세상의 모든 국경에서 수집해온 이미지와 음악이 우리에게
'이월'되면, 정말 그녀의 시에 홀딱 반할 지도 모른다.

　　게르 문 활짝 열고 초원을 뛰어다니는 빗소리 듣는다 일렁이는 호
　수를 바라보는 일로 하루를 보냈다 온 몸에 빗소리 가득 차면 난로에
　마른 장작을 밀어넣었다 향기가 나는 잘 마른 장작을 날라다 주며 주
　인집 아들은, 오늘밤은 별똥별이 많이 떨어질 것이다, 했다 내리던 비
　그치고 호수의 물결이 잦아들기를 기다린다 구름이 걷히고 사방이 어
　두워졌다 하늘의 별들이 길게 하품을 하며 게르 천정까지 내려왔다
　촉촉이 젖은 칠월의 풀들에게서 가만가만 심장 뛰는 소리가 울렸다 호
　수와 초원을 이어주는 별들의 분주한 움직임을 키가 큰 시베리아 낙엽
　송들이 고요 속에서 가만히 지켜보고 있었다 그때 작정이라도 한 듯 별
　하나 하늘을 가르며 호수 쪽으로 사라졌다 어둠 속에서도 반짝, 호수가
　환하게 부풀어 올랐다 나는 떨어진 별을 주우러 맨발로 걸었다
　　　　　　　　　　　　　　　　　　　—「호수와 초원과 별」 전문

　앞서 언급한바 강회진의 시는 내셔널지오그래픽 다큐멘터리와 닮은 데
가 있다. 특히 원경과 근경의 묘사를 탁월하게 해낸다는 점인데, 강회진은
거시적 광각(廣角)은 물론 미시적 접안(接眼)까지 모두 갖춘 시인이다.
　헬리캠(hellicam)은 헬리콥터처럼 생긴 기계에 카메라가 부착된 무인항
공 촬영장비다. 요즘 취미 활동으로 각광받는 '드론(dron)'이 대표적이다.
그랜드캐니언이나 이구아수폭포 같은 거대 자연경관을 헬리캠으로 촬영
한 영상을 보면 그 웅장함이 생생하게 전해져 온다. 강회진은 마치 헬리
캠을 띄우듯 대상의 전경, 즉 풍경의 전체적 윤곽을 문장 안에 담아낸다.

숲과 호수가 있는 광활한 초원의 전경을 파노라마 방식으로 묘사하는 것인데, "구름이 걷히고 사방이 어두워졌다"라든가 "별들의 분주한 움직임을 키가 큰 시베리아 낙엽송들이 고요 속에서 가만히 지켜보고 있었다", "별 하나 하늘을 가르며 호수 쪽으로 사라졌다" 같은 대목들이 그렇다.

거시적 풍경을 잘 묘사한다는 것은 단순히 어떤 정경의 외관과 크기 및 범위를 문장으로 옮기는 재주만을 말하는 게 아니라 풍경이 발현하는 분위기와 인상, 정서적 파동을 이미지로 표현해내는 능력까지를 일컫는다. 강회진은 우기의 초원이라는 거대한 오브제를 몇 개의 문장으로 이미지화하면서 그 외현의 실감은 물론 그 풍경이 자아내는 광막함과 고독감, 상쾌함 같은 감각적 인상들까지 고스란히 담아낸다.

초원의 전체적 윤곽과 분위기가 광각으로 담아낸 원경이라면 그 내부의 구체적 현상들은 접안으로만 파악할 수 있는 근경일 것이다. 헬리캠 대신 고성능 접안렌즈가 장착된 초정밀 카메라를 사용해야하는데, 강회진은 이러한 카메라 워크, 즉 거시에서 미시로, 미시에서 거시로 이동하는 이미지 변주에 능하다. 내셔널지오그래픽 다큐멘터리를 보면 아마존 밀림의 전경에서 출발해 밀림 속 작은 곤충의 다리털로까지 화면이 이동하는 걸 볼 수 있다. 강회진은 초원의 전경을 먼저 제시한 후 우리의 시선을 초원 내부의 구체적이고 내밀한 현상들에게까지 데리고 간다. "촉촉이 젖은 칠월의 풀들에게서 가만가만 심장 뛰는 소리가 들렸다"라는 묘사는 초원의 극히 작은 일부인 '풀'의 '심장 뛰는 소리'를 포착한 것인데, 그 섬세함이 극진해 읽는 이로 하여금 정서적 긴장을 일으킨다.

그러나 시의 미시성이라는 것도 작고 구체적인 풍경을 실감 있게 묘사하는 능력만을 말하진 않는다. 거시적 풍경이 시 전체의 분위기라면, 미시적 풍경은 시 핵심의 심상과 서정이다. "일렁이는 호수를 바라보는 일로 하루를 보냈다"에서부터 "호수의 물결이 잦아들기를 기다린다", "별하나 하늘을 가르며 호수 쪽으로 사라졌다", "나는 떨어진 별을 주우러 맨발로 걸었다"로 이어지는 진술의 이동은 화자 내면의 고독과 우울이 고조와 침강을 거쳐 새로운 전향적 자각으로 나아가는 과정을 잘 나타내주고 있다. 이러한 시적 구성 원리는 묘사의 대상을 외부적 풍경에서 '나'의 내면 풍경으로 전환할 때 수월하게 이뤄진다. 강회진은 거시적 시각과 미시적 시각, 육안과 심안의 '렌즈'를 자유롭게 바꾸며 다양한 층위와 각도에서 대상의 평면과 입체를 모두 관찰할 줄 아는 시인이다.

> 눈설레 속,
> 자작나무도 말이 없다
> 침묵이 모든 산을 얼리고 있다
> 어둠의 깊이만큼
> 너는 차갑고
> 너의 창으로 들여다보는 풍경
> 마침내 자작나무를 듣는다
> 간신히 버티는 수직의 흰 불꽃
> 자작나무는 어둠을 견디고 있다
> 초조해 마, 겨울나무를 자르며 다홍빛 심지
> 아무 소리도 내지 않고
> 다른 생으로 옮겨가는 자작나무
> 태백(太白)에 갇혀
> 하염없이 자신을 울리고 있다
>
> —「태백」전문

이 시에서도 마찬가지다. 거시적 풍경과 미시적 풍경을 능숙하게 오가는 강회진의 '카메라 워크'가 돋보인다. "침묵이 모든 산을 얼리고 있다"고 했을 때, 이는 산의 내부 풍경이 아니라 외관, 전경이다. 산에 들어가면 바람소리니 산짐승들의 울음소리 등이 들리는데 비해 멀리서 바라보면 마치 액자 속 그림처럼 적요하다. 주체와 대상 사이의 거리에서 발생하는 음소거 현상을 강회진은 '눈'이라는 이미지에다 떠다 넘긴다. 흰색이 침묵과 고요를 상징하기도 하거니와 눈이 내리면 저기압의 대기에 작은 소리도 크게 증폭돼 고요가 더욱 대비되기 때문이다.

원경으로서의 산을 먼저 보여준 다음 강회진은 근경인 산의 내부로 우리를 인도한다. 거기에는 "아무 소리도 내지 않고 다른 생으로 옮겨가는 자작나무"가 있다. 이 자작나무는 "간신히 버티는 수직의 흰 불꽃"인데. 원래 흰색에 가깝지만 폭설 속에서 더욱 희게 보였을 것이다. 시인이 겨울 산의 자작나무를 꺼질듯 말듯 쇠잔하게 흔들리는 '수직의 흰 불꽃'으로 호명하는 순간 '자작나무'는 실존의 고통과 한계로 고뇌하는 인간의 표상이 되고, '태백'은 '자작나무'를 가둔 채 추위와 침묵, 고난을 강요하는 생의 메타포가 된다.

앞에 인용한 시는 몽골의 초원을 그렸지만 이 시는 태백산을 소재로 하고 있다는 점이 다르다. 생경한 이국 풍경은 독자로 하여금 체험이 결여된 지식적, 지향적 상상력을 일으키는 반면 익숙한 풍경은 체험적 상상력을 일으킨다. 이 시는 우리가 체험을 통해 기억에 들여놓은 '태백'이라는 관념적 이미지를 새롭게 재현해야 하는 부담을 안고 시작한다. 그러나 강회진은 설산의 웅장한 전경에서부터 그 내부의 자작나무 한 그루까지 원경과 근경을 조화롭게 배치하면서 '태백'의 새로운 미적 형상화에 성공하고 있다.

2. 자기로부터 낯설어지는 방랑의 기록

원경과 근경의 조화로운 배치는 강회진 시의 형식미다. 이 형식미 안에 무엇을 담아내고 있는가가 중요한데, 고루한 서정이나 상투적 관념은 보이지 않는다. 대신 자기존재를 끊임없이 척박한 외부로 몰아나가는 방랑자의 존재론적 불안과 낯선 세계를 향한 열망이 있다. 이 방랑은 궁극적 자기 탐색인 동시에 타자와의 새로운 관계 맺기에 대한 전향적 모색이다. 강회진은 방랑자라는 자의식을 통해 시인으로서의 항존성을 갈망한다. 경험해보지 않은 세계, 살아보지 않은 삶을 체험하면서 실존에 대한 독자적 사유와 감관의 기록을 시로 표현해낸다. 익숙한 모든 것을 부정함으로써 감각과 정신을 갱신하는 행위가 예술이라면, 익숙함의 총체인 '나'로부터 낯설어지는 이 여정이야말로 시를 향한 치열한 내적 고투라 할 수 있을 것이다.

몽골 사람들은 바람에도 색깔이 있다고 말한다 저물 무렵, 고비의
바람은 하얀 바람 사막에 조심스럽게 당신을 그려 본다 훅, 바람 불자
당신은 슬그머니 지워진다

사주에 역마살이 있다고 처음 들은 날,
산양자리인 나는 이상하게도
심장이 평소보다 쿵쿵 크게 울렸다
이 복된 저주
평생 길 위를 방황하며 사는 것도
나쁘지 않다는 생각이 들었다
몽골에서 최고의 욕은

평생 한 곳에서만 살아라
정착은 곧 죽음을 말한다
칭기즈칸은 죽기 전 이렇게 말했다지,
나를 매장한 뒤, 천 마리 말을 몰고 무덤 위를 달려 흔적을 없애라
지금도 칭기즈칸의 무덤은 찾을 수 없고
누군가는 무덤을 찾아 지금도 떠돌고 있다

난로에는 시베리아 낙엽송이 자작자작 타들어가고 있다 낮에는 숲
을 걷다가 마른 자작나무 등치를 주웠다 먼먼 사람들이 자작나무 껍
질에 그림을 그리고 글씨를 새기듯, 껍질을 벗겨내어 당신의 안부를
새긴다 글자에도 보이지 않는 힘이 있다지 허나, 열흘이면 당신이 있
는 곳까지 가고도 남을 그때의 안부는 한 계절이 지나도 당신에게 가
닿지 못했다 얼마나 더 먼 곳으로 가야 나는, 당신을 만날 수 있을까
—「역마, 살」 전문

시인은 역마살을 "복된 저주"라며 순순히 받아들인다. "심장이 평소보
다 쿵쿵 울리고", "평생 길 위를 방황하며 사는 것도 나쁘지 않다는 생각
이 들" 만큼 방랑의 운명은 별다른 거부감 없이 수용된다. 시인은 역마의
유전을 타고난 몽골 유목민들의 입을 빌려 자신의 방랑에 의미와 필연성
을 부여한다. "바람에도 색깔이 있다"는 말은 바람이 실제로 색을 지녔다
는 게 아니라 계절과 기후, 환경에 따라 다르게 감각된다는 의미다. 그 다
채로운 변화의 세계인 초원은 익숙하고 편안한 일상적 자리가 아니다. 방
랑을 통해서만 머물 수 있는 역설적 공간으로서 "정착은 곧 죽음"과 마찬
가지다. 고착과 정체로부터 벗어나 끊임없이 변화를 꾀해야 하는 예술가
의 숙명이 바로 역마살이다. 새로워지기 위해선 익숙함과의 결별이 반드

시 선행되어야 하는데, 자기존재를 '모르는 자'이자 '질문하는 자', '감동하는 자'로 복원하는 과정에는 방랑이 필수적이다.

초원에서 시인은 '당신'으로 함의되는 자기 탐색과 타자와의 관계 모색을 시도한다. 이는 궁극적으로 시를 지향한다. 여기에는 "자작나무 껍질" 같은 자연이 매개체가 되므로 시인은 "껍질을 벗겨내어 당신의 안부를 새긴"다. 이는 일종의 주술적 방언과 마찬가지인데, 초원은 모든 익숙함으로부터 벗어난 공간, 어떤 사물도 규정되지 않은 의미 이전의 세계라서 언어의 태초적 힘이 왕성하다. 그러나 시인은 이러한 방랑과 언어의 로고스적 에너지를 통해서도 "당신에게 가 닿지 못"한다. 근원적 자기 탐색과 절대의 시적 성취로 향하는 길은 길고도 험해 지속적인 방랑을 요구한다. "얼마나 더 먼 곳으로 가야 나는 당신을 만날 수 있을까"라는 자문은 더 먼 곳으로 가겠다는 적극적 의지의 발화이자 방랑자적 자의식의 고백이다.

강회진의 시는 끊임없이 어디론가 나아가려 하는 관성의 법칙과 지향성을 통해 독자의 내면에까지 가 닿는다. 그녀는 시를 통해 방랑한다. 시가 곧 방랑이다. 단순히 이국의 장소들이 시에 등장한다고 해서 시가 방랑이 되지는 않는다. 상투성과 관념에 길들여진 정신을 생경한 해석과 은유의 세계로 내몰 때, 거기서 새로운 감동과 충격을 받아들일 때 시는 방랑이 된다. 강회진은 우리를 사나운 짐승들의 눈빛이 도사리는 초원의 이방인이 되게 한다. 그녀의 시는 달리는 말이었다가 낡은 지프차였다가 게르가 되고, 머린호르 연주였다가 또 보드카가 된다. "인도 동부 한 마을"(「수상한 죽음」), "에베레스트의 눈물"(「Don't cry 우데스」), "울란바타르 외곽 씨름 경기장"(「큰 말씀」)으로 우리를 데리고 간다. 강회진의 시를 읽는 것은 이국적 분위기를 향유하는 단순한 간접체험이 아니다. 개별의 방랑을 통해 초원의 적막과 스튜 냄새와 마두금 소리, 살갗에 피어나는 호기심을 감각하는 행위다. 떠나온 자리로 다시 돌아가지 않는 대책 없는 방랑, 좋은 시는 독자의 내면을 그렇게 변화시킨다.

> 몽골과 러시아 국경 마을 알탕블락, 나는 오늘 황금의 샘이라는 마을로 간다 울란바타르에서 기차로 10시간, 수흐바타르에 도착해 택시를 탔다 기차 안에서도 여럿이 물었던 것처럼 국경에 무슨 일로 가느냐고 택시 기사가 서툰 한국말로 물었다 국경을 보러 가는 길이라 답했다 한국에서 삼 년 동안 목수를 했다던 오십 줄 그가 웃었다 여기도 남의 나라 거기도 남의 나라, 국경은 잠시 거쳐 가는 곳일 뿐 그곳에는 아무것도 없다고 말했다 아무 것도 없는 곳에 무엇을 보러 가는지 모르겠다며 국경 입구에 나를 내려놓고 빠르게 사라졌다 어쩌면 너와 나를 나눠야만 하는 그 경계의 끝에 서고 싶었는지도 모른다 삐걱대는 침대위에 짐을 풀고 국경 앞 식당으로 나갔다 십일월이었고 마침 눈발은 사납게 얼굴을 할퀸다 총을 내려놓고 밥을 먹던 국경지기의 무료한 눈빛이 카메라를 든 나를 쫓는다 한쪽으로 기운 나무 의자에 모여 차를 마시던 국경 마을 사람들이 자리를 내주었다 헝클어진 머리를 한 아이가 다가와 차를 따라주었다 국경을 넘은 사람들이 하나 둘 어깨에 쌓인 눈을 털며 식당으로 들어섰다 쪽창으로 바라본 국경은 이미 하얗게 지워지고 없었다
>
> ―「국경식당」 전문

방랑자의 자의식은 시집 전체에 걸쳐 나타난다. "이제 나는 내 생의 이방인"(「이방인」)이라는 자기규정도 그렇지만, 자주 등장하는 이국의 지명들은 시인의 세계 인식이 일상적 자리에 머물러 있지 않음을 계속해서 환기시킨다. "한 번도 가 본 적 없는 먼 북방의 차겁고도 환한 풍경들"(「

시인의 말」)을 보기 위해 시인은 "기차를 환승하듯 인생도 훌쩍, 환승할 수 있"(「결별의 이유」)기를 갈망한다. "가 본 적 없는 나라의 인사말"과 "이 생에 단 한번인 풍경들"(「문득」)을 향해 끊임없이 자기존재를 끌고 간다. 이러한 방랑에의 지향은 익숙함으로부터 벗어나 새롭고 낯선 자극과 감동을 선취하기 위한 것이므로 탈중심, 탈자아적 세계관으로 귀결된다. 시인은 '나'에서 '타자'로 옮겨가는 주체이동과 연대를 통한 세계와의 관계 재편을 도모한다. 시인에게 "관계는 습관의 결과물"(「순간」)이다. 이는 익숙함과 매너리즘에 젖은 기성의 관계들을 의미한다. "이제 그만 내 몸도 너에게로 이월하고 싶다"(「이월」)는 선언은 상투성과 관념, 익숙함과 권태를 벗어나 새로운 방식의 관계 맺기를 통해 이 해묵은 세계를 쇄신하겠다는 열망의 표현이다.

관계의 재편은 구획과 경계를 허무는 것에서부터 출발한다. 나와 타자 사이의 경계를 지우면 자유로운 교감과 상응이 이루어진다. 경계를 지우기 위해서는 경계에 가서 서야 한다. 정현종 시인이 "사람과 사람 사이에 섬이 있다. 그 섬에 가고 싶다"(「섬」)고 했을 때 '섬'은 바로 경계를 의미한다. 나와 너 어디에도 기울어지지 않은 중립의 장소에 가야만 경계는 무화될 수 있다. 위의 시에서 시인은 "몽골과 러시아 국경 마을 알탕블락"에 간다. 국경은 이쪽과 저쪽 어디에도 속하지 않은 곳이므로 텅 빈 결여와 부재의 공간이다. "잠시 거처 가는 곳일 뿐" "아무 것도 없는 곳"인 국경은 오히려 자유롭다. 시인은 자아와 타자 사이의 그 규정되지 않은 틈으로 간다.

사실 시인은 비경계로서의 경계가 아닌 완전한 경계, 즉 "너와 나를 나눠야만 하는 그 경계의 끝"을 확인하려던 것인데, 뜻밖의 양상이 펼쳐진다. 경계가 너와 나를 나누는 곳이 아니라 "국경 마을 사람들이 자리를 내주"고, "헝클어진 머리를 한 아이가 다가와 차를 따라주"는 조화와 교감, 화해의 공간임을 목격하고 체험한 것이다. 그때 비로소 "국경은 이미 하얗게 지워지고 없"어진다. 나와 타자, 자아와 세계 사이의 이분법이 사라지고, 새로운 관계의 가능성이 움트기 시작하는 것이다. 그곳 국경 마을의 이름이 '황금의 샘'인 것은 우연이 아니다. 경계가 사라진 교감과 상응은 기존의 습관과 상투적 의미들을 갈아엎어 황금처럼 순전하고 가치 있는 대상의 본질을 바라볼 수 있게 하기 때문이다.

이 '황금의 샘'에서 강회진은 세계와의 관계 재편은 물론 끈질기게 지향해온 이상적인 시의 성취에 성공한다. 강회진의 시는 논리적 명료함보다는 우연과 감각의 활달성이 돋보이는데, 경계로부터 자유로운 비구분, 비규정의 개성을 시에 들여다 놓음으로써 독자가 다양한 해석과 주체적 읽기를 통한 새로운 가능성의 사유를 할 수 있게끔 인도하고 있다.

3. 유난한 언어감각으로 이룬 독자적 미적 범주

연리지는 살기 위한 몸부림 혹은 습관, 사는 게 삼류 같아 가면을 쓰고 있는 내 안의 나, 침대가 너무 짧아 다리라도 잘라야 할까 사랑하냐고 묻는 내 말에 당신이 침묵으로 답하는 사이 관계의 주름살은 또 늘어간다 난 끔찍해 내가 당신을 사랑하기 때문에 당신을 얼마나 사랑하는지를 감춰야 한다는 것이

어느날 나는 꽃을 받았어요 꽃은 사랑하는 사람만이 보낼 수 있는 증표, 내가 사랑하는 사람이 보낸 것이 분명해요 그러나 나를 사랑하

는 사람이 반드시 내가 사랑하는 사람이 아니라는 것을 알게 된 것은
그리 오래 걸리지 않았어요

　사람들은 모두 안착하고 싶어 하지 서로가 서로를 배신하는 이유는
그것, 도무지 안착한 사람들로 가득 찬 여기만 아니라면 새롭게 시작
할 수 있을 것만 같아 흥분한 말은 본능적으로 혈관을 물어뜯어 자유
롭게 호흡한다지 화악, 부풀어 오른 혈관의 물꼬를 트고 싶어

　안 착한 당신, 우리가 다시 만난다면 제발, 알아보지 못하기로 해
　　　　　　　　　　　　　　　　　　　　　—「안착한 사람들」 전문

　강회진은 뜻글자와 음가의 효과를 활용하여 시의 의미를 확장시키고,
문장에 음악적 질서를 부여하는 데 능숙하다. 이는 탁월한 언어감각 없이
는 불가능한 시적 기교다. '안착하다'와 '안 착하다'를 교차시키면서 관계
에 대한 깊이 있는 성찰까지 나아가는 위의 시가 그 좋은 예다. '안착하다'
와 '안 착하다'는 전혀 다른 의미이지만, 방랑자의 자의식을 지닌 시인에
게 '안착함'은 '안 착함'이나 마찬가지다. "도무지 안착한 사람들로 가득
찬 여기만 아니라면 새롭게 시작할 수 있을 것만 같"다는 예감에서 시인
의 방랑은 늘 출발한다. 시인은 자신에게 안착하지 않는 '당신'을 '안 착한
당신'으로 호명하며 '안착'의 범위를 물리적인 것에서 정신적인 것으로,
거주의 개념에서 관계의 측면으로 넓혀나간다. 이러한 시도를 단순한 언
어유희로만 볼 수 없는 것은 시집 전체를 관통하는 세계관인 방랑 의식이
이 간단한 동음이의어의 사용에 고스란히 함축되어 있는 까닭이다.

　비극의 나무로 가득 찬
　슬픔의 숲은

텅 비어 있다
2월이 2월 속으로 이월 중이다
이제 그만 내 몸도
너에게로 이월하고 싶다

—「이월」 전문

이 시에서도 마찬가지다. "2월이 2월 속으로 이월 중이다"라는 문장은 음악적 효과와 리듬감도 확보하고 있지만, '이(2)월'과 '이월'이라는 전혀 다른 두 단어를 병치함으로써 이미지의 돌연한 변주와 의미의 확장을 이루고 있다. 계절이 겨울에서 봄으로 전환되는 양상을 해석적 잠언으로 표현한 이 시는 "이제 그만 내 몸도 너에게로 이월하고 싶다"는 고백으로 이어지며, 역시 시집 전체에 펼쳐져 있는 자아와 타자, 세계와의 관계 재편의 열망을 압축적으로 나타내주고 있다.

삼나무 숲 날카로운 바람 속 쉬이 목말라하지 않으며 몇 백 년 거뜬히 살아온 물고기들을 알고 있네 아주 머언 옛날부터 산으로 돌아와 살고 있는 물고기들 은빛 잔잔한 그림자 어룽대며 헤엄치고 있었네 법당 안 부처님 손바닥에도 앉아보고 염불 외는 큰스님 목탁에도 입술 대어 보다가 햇살의 그림자 쪽으로 늘어진 동백 가지 사이에 고운 비늘 한 장 떨어뜨려도 보네 멀리서 바라보면 동백 비늘 반짝거리네 바람도 물고기들 따라 산 쪽으로 가만가만 돌아누운 시간, 법당 앞 노오란 수선화 피어나네 그 속에서 살며시 졸고 있는 물고기들 바다로 흘러가는 꿈꾸고 있는지도 모르네 점점이 짙어가는 수선화 다섯 이파리

—「수선화」 전문

강회진의 언어는 단순히 이 세계를 재현하는 데 머무는 것이 아니라 새

롭고 낯선 독자적 미적 범주를 제시한다. 그녀의 언어감각이 남다른 상상력과 어우러질 때, 강회진의 시는 특유의 상상적 언어로 메타적 세계의 다채로운 풍경들을 부려놓는다. 「수선화」는 강회진이 완성하고 있는 미적 범주를 우리에게 확인시켜준다. "수선화 다섯 이파리"에서 "몇 백 년 거뜬히 살아온 물고기들"을 보는 상상력은 얼마나 뛰어난 것인가. "물고기들 은빛 잔잔한 그림자 어룽대며 헤엄치고 있었네"라든가 "햇살의 그림자 쪽으로 늘어진 동백 가지 사이에 고운 비늘 한 장 떨어뜨려도 노네", "멀리서 바라보면 동백 비늘 반짝거리네"와 같은 감각적 묘사는 강회진 특유의 섬려한 언어 운용과 비가시적 세계를 넘어다보는 상상의 시선이 결합하여 이뤄낸 독자적인 아름다움이다.

좋은 시는 언제나 '뜻밖의 정경'을 품고 있다. 삼나무 숲 속을 헤엄치는 물고기가 은빛 잔잔한 그림자가 되어 부처님 손바닥과 큰스님 목탁에 내려앉는 장면은 누구도 본 적 없고 또 상상하지 못한 풍경이다. 동백꽃이 물고기 비늘이 되고, 수선화 속에서 졸고 있는 물고기들이 바다를 꿈꾸는 세계야말로 우리가 언어를 통해, 시를 통해 다다를 수 있는 '황금의 샘', 감각과 정신의 방랑을 통해 도달하려는 목적지인 것이다.

4. 또 다른 방랑의 기록을 기다리며

시는 궁극적으로 여행이고 방랑이다. 이 여정에는 근원적 자기 탐색은 물론 이 세계와의 대립과 화해를 통해 세계의 본질적 속성에 조금 더 가까이 다가가려는 열망이 수반된다. 강회진은 이번 시집에서 이러한 방랑의 목적을 달성한 것으로 보인다. 방랑을 통한 자기 갱신과 새로운 세계

인식으로의 도달 과정 또한 구체적 체험의 진정성을 앞세워 허영과 현학, 작위를 배제하면서 독자의 보편 공감을 일으키는 데 성공하고 있다. 그러나 강회진은 겨우 안착한 이 자리를 떠나 또 다른 방랑을 시작할 것이다. 그녀는 "남방에서의 겨울철, 소리를 잡고자 한다"(「시인의 말」)며 새로운 여정을 이미 예고하고 있다. 첫 시집에서 이루었던 시적 성취를 스스로 박차고 나와 새롭고 낯선 시 세계의 탐색을 위해 고되고 험한 방랑을 기꺼이 감행한 시인이다. 강회진은 "당신도 기다리는가 그 순간을"이라며 우리에게 방랑의 동행을 묻고 있다. 강회진의 시가 "한 생이 또 다른 생으로 건너가는 순간"(「다정」)들의 기록이기를 소망하며, 우리는 마땅히 기다리고 또 동행하기로 한다.

소멸을 유예시키려는 둥글고 말랑한 힘

—이혜미 시 읽기

이혜미는 2006년 등단 이후 첫 시집 『보라의 바깥』을 경유하여 최근에 이르기까지 비교적 일관된 시 세계를 구축해왔다. 그동안 이혜미의 시는 몽환적이고 섹슈얼한 이미지들이 이국적이거나 신화적인 서정미로 나타나며, 조로함과 발랄함을 종횡하는 화법으로 연애의 체험과 예감들, 세계와 인간에게 드리워진 비극적 징후를 발화하는 것이 특징이었다. 이혜미는 곡선의 리듬과 중간 색조 이미지, 능란한 언어 감각과 구체적 감정의 결을 통해 보편 세계의 보이지 않는 이면은 물론 우주적 차원의 불확실하고 비가시적인 아름다움을 끊임없이 탐닉해온 시인이라 할 수 있다.

일부 평자들에 의해 이혜미는 여성성 안에 세계를 품어 안으려는 태도의 에코페미니즘 시인으로 종종 소개되기도 한다. 서둘러 거칠게 말하자면, '여성시'는 애초에 억지다. 남성 위주 문단이 여성 시인들의 시를 자궁이나 생명 사상, 모성애 따위 제한된 카테고리 안에 가둬 논의의 편의를

꾀한 '마초적' 틀이라는 혐의에서 자유로울 수 없다. '여성시' 범주 구분은
의미화를 가장한 차별이므로 중단돼야함이 마땅하고, 이혜미 시에도 마
찬가지다. 이혜미가 식물이나 곡선, 물, 달 등 여성적 메타포를 주로 사용
하고, 화법에서도 여성 특유의 섬세함을 보이는 것은 분명하지만, 그러한
여성성으로 도달하려는 지점이 화해나 치유, 회복, 생명 같은 관념적 모
성애의 세계라는 데에는 동의하기가 어렵다. 그녀가 어떤 '역할'을 꿈꾸는
것이 아니기 때문이다. '역할'이 배제된 여성성은 그저 '특징'일뿐이다. 이
혜미의 여성성은 생물학적 차원이나 신화·상징 차원의 보편적 여성성이
아니라 철저히 개인적 성향이며, 일종의 탐미주의에 가깝다.

이번에 발표한 다섯 편의 시에서 이혜미는 미덕이라고 할 만한 기존의
특징들을 유지한 채 자기갱신을 시도하고 있다. 언어를 부리는 능숙한 솜
씨와 신화적이고 몽환적인 서정미, 곡률과 중간 색조 이미지 등은 여전한
데, 발랄함이 잦아든 대신 이 세계와 인간의 본질에 대한 통찰, 그리고 그
것을 발화하는 진중하고 묵시적인 어조가 생겼다. 사유의 밀도와 자기 목
소리의 무게감이 더해진 것이다. 이번 발표작들에서 이혜미의 시선은 한
결같이 '소멸'을 향해 있다. 소멸을 대상으로 한 단순한 탐미가 아니라 소
멸에 대한 형이상학적 상상력을 보여주고 있는 것이다. 특유의 미적 감수
성에 나름의 철학적 사유가 더해져서, 기존의 시들이 번뜩이는 에스프리
였다면 이번 작품들은 묵직한 아포리즘으로 읽힌다.

우리는 살면서 죽고, 죽으면서 산다. 지금 이 순간에도 존재는 끊임없
이 소멸 중이다. 이혜미는 현존하는 소멸, 소멸하는 현존을 바라보고 있
다. 이혜미의 시에서 모든 현존은 위태롭다. 소멸을 품어 안았기 때문이
다. 그녀의 시에 등장하는 존재들은 "병든 자들"(「물속의 링가」)이고, "눈

물을 흘리며 잠든 아이"와 "누군가를 저주하다 잠든 아이"(「잠의 검은 페이지를 건너는」)들이다. 이들은 "세계의 창틀에 걸터앉아 위태롭게 발을 흔들"(「빛의 구근」)며 "귀퉁이가 조금씩 잘려나가"(「생일」)고 있다. 위태로운 현존의 위치에서 조금씩 잘려나가는 소멸을 살고 있는 것이다.

　　이름과 빛을 잘못 선택한 날이었지. 축하는 너로부터 가장 멀어지는 방식이어서 우리는 흰 거품 같은 달에 불을 붙인다. 꺼지기 위해 타오르는 초의 심지. 검은 연기를 흩뿌리며 사라지는 흐린 날들. 밤의 목구멍을 향해 우리는 노래하지. 단 하룻밤을 빛나기 위해 나머지 날들을 어둠 속에서 지내는 이상한 별들을 위해. 초를 뽑으면 떠오르는 크레이터들이 불길한 별자리를 이루었고, 울어? 누가 물으면 기쁘지 않아도 눈 밑이 뜨거워졌다. 삭(朔)을 앞둔 보름의 마음이 무딘 칼 밑에서 이지러졌어. 감정이 온전히 하나의 질료일 때 기대하는 마음은 촛농을 녹이는 불꽃처럼 부서지기 쉬운 심지를 지닌다. 수십 번의 생일을 거치며 우리는 귀퉁이가 조금씩 잘려나가. 뭉개지는 얼굴 뒤쪽을 감추며 어두워져. 불안한 흰 것을 조심스럽게 여러 조각으로 잘라 나누어 주며, 빛을 거둬가던 입술이 영영 어제가 되어버린 사실을 문득 알아채는 오늘은

　　　　　　　　　　　　　　　　　　　　　　　—「생일」 전문

이혜미의 시선은 '사라지는 것'을 향해 있다. 위 시에서 화자는 '생일'을 통해 소멸을 깨닫는다. 생일은 기쁜 날임에 틀림없지만, 거듭될수록 우리를 죽음에 가깝게 한다. 생일은 곧 자신의 나이 듦을, 소멸의 진행을 확인하는 날이다. 이는 생일에 대한 뛰어난 통찰이다. 우리는 모두 자신의 의지와 상관없이 세상에 태어나고, 태어나는 순간부터 소멸을 향해 가기 시

작한다. 그러므로 생일은 "이름과 빛을 잘못 선택한 날"이 된다. 화자는 "흰 거품 같은 달"을 닮은 생일 케이크 앞에서 "꺼지기 위해 타오르는 초"처럼 살며 "단 하룻밤을 빛나기 위해 나머지 날들을 어둠 속에서 지내"야 하는 자기존재의 한계적 숙명을 확인한다. 생일은 생명의 기쁨으로 충만한 날이지만 동시에 소멸의 징후로 가득한 날이기도 하다. 그래서 생일을 맞이하는 마음은 "삭(朔)을 앞둔 보름의 마음"과 같다. "수십 번의 생일을 거치며 우리는 귀퉁이가 조금씩 잘려나가"고, "뭉개지는 얼굴 뒤쪽을 감추며 어두워져"간다. 살면서 죽고, 죽으면서 사는 것이다. 세상에 태어남을 축하하며 입술을 내밀어 생일 케이크의 촛불을 불어 끄는 순간도 소멸이 진행되는 시간의 흐름 속에서 금세 과거가 되어버린다. 생일은 어떤 특정한 날이 아니라 내 현존과 소멸을 동시에 확인하는 지금 이 순간, 즉 "빛을 거둬가던 입술이 영영 어제가 되어버린 사실을 문득 알아채는 오늘"인 것이다.

어둠이 잘려나가고
온몸이 허공으로 들어 올려지던 순간.
날카로운 빛과 숨이 네 몸으로 파고들던 순간.

잠 속에 신발을 한 짝 빠트리고
울며 도망가는 아이야.
너는 절룩이며 떠올린다.
신발 속에 아직도 들어 있을
따뜻한 발목을.

그것을 영혼이라 부를지

꿈의 육체라 불러야 할지.

꿈속에서 죽은 아이야.
슬픔의 방울들이 너를 두 개의 문 앞으로 데려간다.
한 쪽은 계속해서 닫히는 문.
다른 한 쪽은 끊임없이 낱장이 찢어지는 문.
                    —「잠의 검은 페이지를 건너는」 부분

　소멸에 대한 이혜미의 통찰은 이 시에서도 일관되게 나타난다. "어둠이 잘려나가고 온몸이 허공으로 들어 올려지는 순간"은 엄마의 자궁에서 태아가 분리되는 순간이다. 아늑한 어둠이 잘려나가고 몸이 허공으로 들어 올려져 '태아의 잠'이 깨어질 때, 태아는 "날카로운 빛과 숨이 네 몸으로 파고들던 순간"에 놓인다. '빛'은 곧 시간이고 소멸의 전령이다. 또 '숨'은 생명의 동력이지만 언젠간 멎으므로 실존적 한계를 의미한다. 그래서 "날카로운 빛과 숨"이다. 이제 태아는 엄마의 탯줄에서부터 떨어져나가 스스로의 힘으로 숨 쉬며 숨겨가야 한다. 이는 모든 인간의 숙명이다. 우리는 누구나 "잠 속에 신발을 한 짝 빠트리고 울며 도망가는 아이"다. '잠 속'은 엄마의 자궁 속이고, '잠 속에 빠트린 신발'은 실존 이전 세계의 완전함과 평화로움에 대한 무의식의 기억이다. 자궁 밖으로 나오며 신발 한 짝을 잃어버린 우리는 실존적 한계를 극복할 수 없는 불완전한 존재가 되어 "절룩이며" "신발 속에 들어 있을 따뜻한 발목"을 떠올린다. 완전하고 아늑했던 자궁으로 회귀하고 싶어 하는 것이다. 그러나 돌아갈 수 없기에 울며 도망간다. 소멸을 향해 간다. 자궁 속에는 더 이상 없는, 세상에 나온 "꿈속에서 죽은 아이"는 "계속해서 닫히는 문"과 "끊임없이 낱장이 찢어지는 문" 사이에 놓이게 된다. 계속해서 닫히는 문은 회귀하고 싶지만 결코 회귀할 수 없는 자궁이고, 끊임없이 낱장이 찢어지는 문은 지금 이 순간에도 종이달력의 낱장처럼 떨어져나가고 있는 바로 오늘, 소멸 중인 존재에게 주어진 유한한 시간이다.

죽은 자의 재에서 이름을 얻은 강이 자란다 강가에 모인 자들은 목소리를 버리려 심장 모양의 돌을 골라 물가에 던졌다 돌은 물에 닿아 붉고 진하게 가라앉았다 마음을 버린 무게처럼 이름을 부르며 떨리던 목젖처럼

병든 자들이 일제히 왕의 강가로 몰려들었다 물 위로 떠오른 수천의 붉은 빛살들…… 강은 성전으로부터 희박한 의미들을 데려온다 태양이 깃든 물을 마시면 말을 알기 이전으로 돌아가 깨끗이 씻겨진 두 눈을 얻는다고

범람하는 강 기슭으로 기도하는 손들이 일제히 잠긴다 눈을 감고 교합의 기억들을 불러와 강가에 풀어놓으면 작은 물방울 하나에도 무수히 솟구치던 반투명의 날것들…… 몸으로부터 가장 먼 곳에서 당도하는 빛들이 있다

왕이 몸소 휘저어놓은 뜨거운 강 밑에서 오직 물만이 옛것과 새것을 뒤섞는다 옛 계절들, 죽은 줄도 모르고 돌아와 젖은 성기를 내어놓는

닳아버린 왕의 기둥을 쓰다듬으며 죽은 공기들을 물속에 묻는다 물살이 파고들어 벌어지는 곳마다 신이 깃든다고, 떠오르는 물방울 곁에서 옛 심장들이 미래의 손을 기다린다 흔들리며 가라앉는 물의 살들…… 오직 흐르는 것만이 굳게 닫힌 세계의 뒷문을 두드린다 태양

의 물을 마신 자들의 타오르는 눈동자처럼

—「물속의 링가」 전문

　"죽은 자의 재에서 이름을 얻은 강"은 갠지스를 연상시킨다. 갠지스는 세례와 장례가 동시에 이뤄지는 강이기에 삶이면서 죽음을 의미한다. 힌두교도들은 나자마자 갠지스의 물로 세례를 받고, 생애 동안 갠지스의 물로 목욕을 하며 면죄를 구하고, 죽어서는 그 뼛가루가 갠지스에 뿌려진다. 그러면 영혼이 갠지스의 물살을 따라 흘러 시바신의 정토에 닿는다고 믿는다. 갠지스는 실존이면서 소멸이고 구원이다. 이혜미는 실존과 소멸과 구원이 하나라는, '흐름'이라는 동일성 안에 있다는 깨달음을 갠지스를 통해 이야기하고 있다. 갠지스와 시간은 이음동의어다. "죽은 자의 재에서 이름을 얻은 강"은 우리가 살고 있는 현재다. 지금도 흐르고 있는 이 시간이, 보이지 않는 갠지스로 우리 앞에 놓여있는 것이다. 우리는 흐르는 시간에 우리의 현존을 발 담근 채 "심장 모양의 돌을" 던지고 "태양이 깃든 물을 마시"며 "목소리를 버리려" 한다. "말을 알기 이전으로 돌아가 깨끗이 씻겨진 두 눈을 얻"고자 한다. 불완전한 "병든 자들"인 우리는 완전한 존재인 "왕"이나 "신"을 의지하는 저마다의 종교 행위를 통해 목소리를 갖지 못했던, 말을 알기 이전의 세계, 즉 인식 이전의 세계인 자궁 속과 닮은 '구원'으로 가고자 몸부림치는 것이다. 그러나 "기도하는 손들"은 물에 "잠기"고, 현존인 '몸'으로부터 "가장 먼 곳에서 당도하는 빛들"인 미래의 소멸만 확인할 뿐이다. 어떤 노력도 우리를 예고된 소멸에서 벗어나게 할 수 없는 것이다. 우리는 결국 "닳아버린 왕의 기둥을 쓰다듬으며" 갠지스에 수장되는 "옛 심장들"이 될 수밖에 없다. "물살이 파고들어" 살이 벌어지고 썩어가도록 "미래의 손을 기다"려야 한다. 그때 우리를 구원으로 데려갈 "미래의 손"은 "오직 물"이다. "오직 흐르는 것만이 굳게 닫힌 세계의 뒷문"을 연다. 강물과 시간, 그 흐름의 한 부분이 되는 것, 개인이 아닌 인류로서 소멸과 신생을 반복하는 것이 곧 구원이라고 이혜미는 말하고 있다.

스위치를 켜자 방이 둥글어졌다

눈 속의 얇은 장막이
한 방향으로 내려앉을 때

어둠의 몫을 남겨두고
창은 눈을 감는다

캄캄한 천장에 거꾸로 뿌리내리고
기묘한 꽃대를 밀어올리는
빛의 구근식물

어둠 속을 헤엄치며
뜨거운 알뿌리를 만지면
닫힌 창문의 안팎을 배회하는 밤이
무수한 손자국을 남겼지

흐려진 겨울 창에 깃드는
신의 숨소리

언젠가 아래가 위로 쏟아지는 세계가 있었는데

뒤집힌 천장에 앉아 위를 불러들이던
세계의 창틀에 걸터앉아 위태롭게 발을 흔들던

창의 눈꺼풀을 흔들어 깨우면
닫히면서 열리는 바깥의 눈빛

심장이 뛰어
몸이 부푼다
멀리서부터 온 빛이 고여
둥근 방이 자라나듯이

—「빛의 구근」 전문

    소멸을 담담하게 수용하면서도 이혜미는 소멸하는 것들에 대한 연민
을 떨쳐내지 못한다. 자신의 소멸이 아닌 타자의 소멸을 연민하는데, 특
히 너무 빨리 소멸하는 것들, 시간의 흐름에 의한 것이 아닌 시간을 거슬
러 갑작스럽게 당도한 소멸들을 안타까워하면서 자신의 현존을 부끄럽게
여긴다. 「물속의 링가」와 「빛의 구근」에서 언뜻 세월호가 보인다. 예고
도 없이 난폭하게 진행된 그 수많은 소멸들의 총체 말이다. 위 시에서 화
자는 어두운 방에 불을 켠다. 화자의 눈에는 천장의 전구에서부터 뻗어
나오는 빛이 마치 "거꾸로 뿌리내리고 기묘한 꽃대를 밀어올리는 구근식
물"처럼 보인다. 그리고 그 순간, 화자는 구근식물의 관점에서 방이 "아래
가 위로 쏟아지는 세계"로 전환되는 체험을 한다. 그러면서 "어둠 속을 헤
엄치며" "닫힌 창문의 안팎을 배회하는" "무수한 손자국"들을 생각한다.
'방'이라는 내 현존의 공간에 무수한 소멸의 세계인 '세월호'가 투영되는
것이다. 거꾸로 회전한 방 안에서 화자는 "아래가 위로 쏟아지는 세계"를

경험해야 했던, 침몰하는 배의 "뒤집힌 천장에 앉아" "위태롭게 발을 흔들던" 아이들을 떠올린다. 내 현존이 생생할수록 타자의 소멸은 더 뚜렷하게 대비되기 때문이다. "둥근 방"에 있는 화자가 "심장이 뛰어 몸이 부푼" 순간, "썩어가는 물속에서 고양이의 머리뼈를 건졌을 때 살찐 나의 몸이 못내 부끄러웠다"(「불면」, 『보라의 바깥』)던 반성이 다시금 일어난다.

　　나무를 이해하고 뼈를 껴안으면 겉이 사라지고 온몸이 여러 방향으로 녹아든다. 말랑한 것을 사랑해. 사이에서 맥없이 뭉개지는 것들을. 너의 뼈를 사랑할 수 있을까. 다친 무릎 사이로 하얗게 비어져 나온 수피(樹皮). 씨앗은 나무의 후생이 아니라 잃어버렸던 애초의 조각이라고. 작은 포도 씨가 움튼 뿌리 속으로 서서히 흘러들 때, 마지막 남은 퍼즐을 맞추며 나무는 완성된다. 죽은 울타리에서 초록이 배어나오듯 끊임없이 번져가는 얼굴들이 있음을 알아. 다시 태어나는 숲이 있음을 알아. 울창한 포도나무 넝쿨을 내뿜으며 우리는 키스하지. 이빨을 부딪치지 않으려 주의하면서, 입속에서 작은 돌기들을 꺼내어 조심스럽게 살을 맛보지. 물렁한 포도알 같은 서로의 몸속에서 작고 단단한 씨앗 하나를 오래오래 녹여 먹으려.

　　　　　　　　　　　　　　　　　　　　　　　　—「지워지는 씨앗」 부분

　한때 "자궁 속에서 순하게 죽었다는 남동생이 부러웠다"(「불면」, 『보라의 바깥』)던 이혜미는 소멸하는 현존, 현존하는 소멸로부터 도피해 자궁으로 회귀하려던 태도를 이미 벗었다. 자기 소멸은 물론이고 더 나아가 타자의 소멸도 수용한 것이다. 언젠간 소멸할 수밖에 없는 것들을 "이해하고" "껴안으면"서 결국 이혜미가 꿈꾸는 것은 소멸의 유예다. 타자의 현존이 최대한 지속되도록, 소멸이 최대한 늦게 당도하도록 애쓰는 것이다. 이때 소멸을 유예시키는 힘은 "맥없이 뭉개지는 것들"과 "말랑한 것"
인 "너의 뼈", 즉 타자의 현존을 "조심스럽게" "오래오래 녹여 먹으려"는
마음, 바로 사랑이다. 소멸을 수행하는 모든 날카롭고 단단한 것들에 마
주선 둥글고 말랑한 힘, 소멸을 수용함으로써 깨닫게 된 타자애야말로 이
혜미 시의 새로운 미덕이다. 이 "다시 태어나는" 자기갱신, 타자에 대한
사랑이 "남은 퍼즐을 맞추며" "울창한 포도나무 넝쿨"로 "완성된다"면,
우리는 이혜미의 시를 "오래오래 녹여 먹"을 수 있을 것이다.

매혹이라는 만국공용어

―문정희 시 읽기

이 글을 읽는 시인과 평론가들에게 먼저 묻고 싶다. 당신이 '문정희 시 인론'을 청탁 받는다면 당황하지 않을 수 있겠느냐고, 일말의 주저함도 없이 자신 있게 수락할 수 있겠느냐고 말이다. 눈앞의 꽃 한 송이에 대해 말하는 것도 쉽지 않은데, 까마득한 별을 노래하라니! 청탁 전화를 받고 '이걸 어떻게 거절해야 하나' 골똘해졌다. 그런데 편집주간께서 "문정희 선생님이 기뻐하셨다"는, 진위가 불분명한 꾐 말을 하는 게 아닌가? 그게 사실이라면 나는 무조건 글을 써야 하는 형편, 곤란한 운명을 받아들일 수밖에 없다. 아아, 한 줄 쓰기도 전에 벌써 송구한 마음이 든다. 게다가 원고지 20매, 짧게 쓰는 게 더 어렵다. 시도 평론도 짧게 쓸 능력이 없어 길게 쓰는 편이다. 그런데 바다를 종이컵에 담으라고? 50년 시력(詩歷)의 파랑은 바라보기만 해도 압도되는 망망대해인데, '선생님은 왜 그렇게 시 를 잘 쓰셔서……' 나는 볼멘 혼잣말로 대시인의 위상과 아우라가 지닌

가학성을 잠시 원망해본다.

신작과 자선시 다섯 편을 읽고 또 읽었다. 첫 문장을 어떻게 써야 할지 엄두가 안 난다. 꿈에 문정희 시인이 나왔다. 베개가 식은땀으로 젖었다. 하지만 엉터리 비평문이라도 너그럽게 읽어주시리라는 당돌한 믿음이 있으므로, 용기를 내기로 했다. 문정희 시인을 몇 번 뵈었다. 한국시인협회 회장이실 때 가까이서 뵙고 일했다. 집 방향이 같아 차에 태워주신 적이 있는데, 그 짧은 이동 시간에도 영어 회화 공부를 하고, 기자들과 통화를 하고, 강연할 내용을 되새기셨다. 벤츠의 승차감은 탁월했고, 공부하는 시인의 옆모습은 아름다웠다. 대개 '시인'과 '성공'은 양립할 수 없다. '성공한 시인'이라는 표현은 문학 안에서만 사용되도록 용례가 제한되는 법이다. 그러나 문정희 시인을 보며 나도 성공한 시인이 되고 싶어졌다. 문학적 성취를 통해 문학 외적인 성취까지 이루고 싶어졌다.

문정희 시인은 "세간의 평가나 타인이 붙여준 호칭에 집착하게 되면 진정한 자신을 잃을 수 있다. 진정한 자신은 내면에서 스스로 건져 올려야 하는 것"[1]이라고 말한다. 이 끝없는 자기갱신이 문정희 시인의 시를 늘 흐르게 하는 힘이다. 그녀의 시는 단 한 순간도 고인물이 된 적 없다. 강물 같은 자기갱신은 "늙은 코메디언처럼 거꾸로 뒤집혀 버둥거리는 풍뎅이"(「늙은 코메디언」)라는, 그리고 "나는 어느 계절에도 어정쩡한 옷을 입고 있"(「나의 옷」)다는 자기인식을 발원지로 삼는다. 그녀는 뒤집힌 몸을 일으켜 "오직 나만의 슬픔과 기쁨으로 짠 시 옷"을 입기 위해 "다량과 상투를 간신히 벗어" "언제나 홀랑 추운 알몸"으로 세계와 마주선다.

---

1) 「타인의 시선에 얽매이면 남는 것은 불행 뿐, 진정한 자신은 스스로 찾아내야. 문정희 시인, 책방이듬 낭독회 참여해」, ≪뉴스페이퍼≫, 2018년 11월 14일.

시인은 "발 딛고 서 있는 여기를 언어로 투시할 힘이 없었다"고 고백한다. 겸손의 말이다. 힘이 없었던 게 아니라 힘을 다른 곳에 썼을 뿐이다. 그녀의 언어는 발 딛고 서 있는 여기 대신 발 디딜 수 없는 저기, 발 디딜 상상도 해보지 못한 저기 너머의 저기를 투시한다. 그게 문정희 시의 매력이다. 시가 하나의 풍경이라면, 그녀의 시는 언제나 지상에 없는 나라를 그려낸다. 여행이라는 익숙한 형식으로, 걷거나 버스를 타는 평범한 방법으로 익숙하지 않은 세계의 비범한 술과 춤과 사랑을 보여준다. 문장은 길지 않으면서 넓고, 어렵지 않으면서 심오하다. 일상어의 특수한 용법이 시라는 것을 나는 문정희 시인의 시에서 늘 배운다.

그녀의 시를 두고 "발 딛고 서 있는 여기"의 통점을 외면해왔다는 비판이 있던 것인지, 아니면 시인 스스로 그런 생각을 하는 것인지 잘 모르겠다. 자선시 「나의 옷」에서 문정희 시인은 자신의 시를 "어정쩡한 옷"이라든가 "저항보다 비겁의 두께", "서정의 얇은 머플러", "상처를 교묘히 숨긴 긴 그림자" 등으로 표현한다. 평단과 대중의 비판이든 자기비판이든 간에 나는 저 말들에 동의하지 못한다. "음지라고는 도무지 모른 채 오직 양지의 수혜 속에서 제 삶을 양육해온 듯 화려한 외모와 언변 밑에 숨은 극한의 외로움과 고통의 나락에서 내지르는 울부짖음, 불행에 대한 위험한 탐닉을 우리는 잘 모른다"[2]던 장석주의 고백을 다시금 떠올린다. 그녀는 "죽기 아니면 까무러치기로 이를 바득바득 갈고 시를 잘 쓰려고 노력해"[3]온 시인이다.

---

2) 장석주, 「문정희 - 현대에 되살아난 "매창"의 목소리」, 『나는 문학이다』, 나무이야기, 2009, 742쪽.
3) 「문정희 시인 "남성들의 문단에서 50년간 이 갈며 시 썼죠"」, 《연합뉴스》, 2018년

"우울도 외로움도 어색하고 퇴폐도 부끄럽기만 했다"고, "비판이나 대결 의지도 없이 늘 후줄근한 구김살이었다"고 자평하지만, 그녀의 시는 감상적 넋두리인 적도, 전위주의를 오해한 싸구려 외설인 적도, 정치적 편향의 칼날인 적도 없으면서 우울과 외로움을 낭만적으로 노래하고, 섹시하고, '여기'를 포함한 세계의 모순과 싸워왔다. 시대와 국경을 넘고 우파와 좌파를 넘는 그녀는 한국 시인이 아니라 시인이다. 그녀의 시는 한국 현대시가 아니라 현대시다. 그녀의 시집이 11개국어로 번역 출간된 것은 한국의 유명시인이라서가 아니다. 어떤 언어로도 번역이 가능한 일상어를 통해 '인간'과 '세계'를 이야기하기 때문이다. "문정희는 우연히 한국 땅에서 태어난 것일 뿐, 그녀의 진정한 생국(生國)은 시의 나라"라던 다카하시 무쓰오의 말을 기억한다. 문정희 시인은 시의 나라에서 태어나 한번도 주소를 옮긴 적 없다.

"이 어이없음이 이 거짓말이 인간이라고?", "사랑은 계속되는 거라고?"(「가난한 취사병의 그녀」) 시인은 질문한다. 그 순간 '가난한 취사병'과 '가난한 취사병의 연인'은 앵글로색슨계였다가 슬라브계였다가 아프리카계였다가 무슬림이었다가 힌두인이었다가 이누이트가 된다. '인간'이라는 어이없음과 거짓말이 태초부터 지금껏 만국공용어라서 그렇다. 문정희 시인의 언어는 끊임없이 이 '공용어'를 탐색한다. 그녀는 다른 시인과 경쟁하지 않는다. 국어사전과 씨름하지 않는다. 대신 "천년의 물방울이 태어나고 사라지는 계곡물의 함성"(「수상 소감」)과 말의 힘을 다툰다. "바위들 숨소리"와 언어의 생기를 견준다. "산짐승과 더불어 사는 바

<hr />

3월 29일.

람보다 더 시원하고 눈부신" 말의 쾌감을 향해 "긴 머리칼을 헤치고 따스한 입술을 갖다 댄"다.

찾다가 못 찾으면 때때로 훔친다. "시인은 도둑"(「시인은 도둑」)이다. "바퀴를 훔쳐다 달을 만들고 일식을 노래"하며, "잎 지는 소리로 이별을 만든"다. "1000년 전 무덤에서도 훔치고 미래에서도 훔치고 훔친 천둥 번개를 가지고 논"다. 시인이 "훔친 새알로 새를 만들어 허공에다 적멸을 풀어 놓"는 동안 그 적멸에서 나는, 우리는 마음을 도둑맞는다. 그걸 매혹이라고 한다. 문정희 시인의 시는 늘 매혹적이다. 그 매혹은 공용어이자 공공재다. 그녀의 시는 "풀이 민중이든 민초이든 관여하지 못"하는 지점을 향해 날아오른다. 시인의 손을 떠난 시는 누구라도 제 날개를 두고 비행기다, 번개다, 꽃잎이다, 빗방울이다, 신의 밑씻개다 말할 수 있는 무한 해석의 하늘에서 한순간 빛처럼 우리의 "웃음과 눈물 사이"로 날아든다. 날아와서 "세상에 큰 비밀이 있음을" 우리에게 귀띔해준다. 그 비밀이 무엇인지 선생처럼 가르치는 대신 비밀의 냄새와 그림자와 빛깔을 물어다 놓고 간다. 가져다주기만 할 뿐 관여하지 않는다. 그녀는 대도이고 의적이다.

시인론을 쓰면서 나는 문정희 시인이 훔쳐다 준 낯선 세계의 계절을 온몸으로 감각했다. "졌어요! 나 졌습니다! 이 말 외에는 할 말 없"는데, 나만 그런 것은 아니리라. 이 땅의 시인들 모두에게 '나의 옷'을 고민하게 하는 힘, 그게 바로 "발 딛고 서 있는 여기를 언어로 투시하"는 문정희 시의 힘이다.

기억과 망각 사이의 날씨

―장석주의 『일요일과 나쁜 날씨』 읽기

장석주 시인의 시집을 펼치면 처음 보는 버섯 앞에서의 긴장과 호기심 같은 게 돋아난다. 낯설어서 그렇다. 모든 언어들이 특이한 향과 색을 내뿜는데, 집어 삼키지 않고는 못 배기게 매혹적이다. 섭취자가 어떻게 해독하느냐에 따라 달렸다. 탈이 안 나면 고급 독자의 미식이고, 탈이 나면 정신에 실금이 가 착란 증세가 일어난다. 메마른 벼랑으로 혼자 걸어 올라가거나 폭우 속에서 알몸으로 비의 죽음을 감각한다. 그러다 시인족(族)이 되고 만다. 고백하건대, 장석주 시인의 시를 읽은 스무 살 무렵부터 독버섯처럼 화려한 몇 개의 문양이 정신의 어느 그늘에 항상 피어있다.

언제나 청년 같은 장석주 시인이 어느덧 시력 40년을 넘었다. 그가 관통해온 세월은 두터운 것이었으나 그의 화살은 언제나 이계(異界)의 과녁을 향했다. 사유와 문장은 내내 새로웠으며 한 곳에 오래 머물지 않았다. 그는 무섭게 우는 피였다가 완전주의자였다가 저문 시골길의 민간인이었다가 늑대가 다니는 황폐하고 고독한 길이었다가 꿈의 악공이었다가 이번엔 나쁜 날씨를 전하는 기상통보관이 되었다.

그는 새롭지 않으면 피가 돌지 않는 사람, 새로움이 없으면 공복의 속쓰림에 몸서리치는 사람이다. 모국어로 지상에 없는 나라의 풍경을 그려내는 시인이다. 익숙한 풍경들도 장석주 시인이 읽으면 뜻밖의 정경이 된다. 무한수량의 가용어휘와 알파파가 흐르는 직관의 깊은 계곡을 지닌 까닭이다. 그는 모국어 은행의 총재이자 압도적인 우뇌의 시인이다.

『일요일과 나쁜 날씨』는 장석주 시인의 열네 번째 시집이다. 앞선 열세 권의 시집을 부석돌이나 징검돌 삼았다는 생각이 들지 않는다. 처녀시집처럼 오늘 날카롭고 바로 지금 예민하다. 고밀도로 농축된 언어와 사유들이 낯선 각도로 웅크린 채 사방 튀어오를 준비를 하고 있다. 다만 새로울 뿐이다.

우리는 무엇이든 기억하려고 애쓴다. 기억들이 쌓이면 관념이 된다. '일요일'은 언제나 화창한 날씨로 기억되고, 화창한 날씨는 일요일의 관념이 되었다. 장석주 시인은 그 관념에 균열을 낸다. 일요일의 보편성을 나쁜 날씨라는 특별함으로 전환한다. 나쁜 날씨의 일요일, 그 안의 무료함과 우울함, "허수히 무너지는"(「국수」) 의욕들을 덤덤히 노래한다.

어떤 사건이나 시간, 사물에 대한 기억은 결국 관념과 의미로 종착해더는 새로움을 배태하지 못하는 불임이 된다. 장석주 시인은 '기억하기' 말고 '잊기'를 권면한다. 일요일의 나쁜 날씨는 대개 기억되지 않고 잊힌다. 의미화하지 않고 자꾸 잊을 때 삶은 새로움으로 우글거린다. 먹장구름 가득 끼고, 귀신 머리칼처럼 비바람 흩날리는 풍경이 일요일의 낯선 수식이 된다. 그걸로 충분하다. 나쁜 날씨가 일요일의 새 관념이 되기 전에 잊어버리면 그만이다. 그렇게 잊혀져간 "수많은 일요일의 저녁들, 시가 온다"(「일요일의 저녁 날씨」).

기억하는 것보다 잊는 것이 더 아름답다. "오늘은 어제의 내일이고 또 다시 내일의 어제일 것"(「좋은 시절」)이라서 "지나가고 지나간다"(「지나간다」). 아직도 많은 사람들이 장석주 시인을 금광호수변의 산책자로 알고 있는데, 그것 역시 기억이 형성한 관념이다. 시인은 "물가에 집을 꾸리고 살던 시절은 이미 옛날이"(「겨울의 빛」)라면서 자기 이름에 씌워진 낡은 기의를 스스로 벗어버린다. 40년의 시력마저도 "허공을 움켜쥐었"던 옛날로 반송하며 거창한 의미부여를 하지 않는다. "나는 무엇이 되어 보려고 한 적이 없다"(「활과 화살」)는 고백은, 스스로를 지우고 또 지우며 새로움을 획득해온 사람만이 할 수 있는 고백이다.

장석주 시인은 "과거는 흘러간 게 아니라 잊힌 것, 과거는 미래일 거야. 먼 곳의 시간들이 앞당겨지고 망쳐 버린 내일은 지나가니까"(「종말을 얇게 펼친 저녁들」)라고 속삭인다. 잊힌 것에서 미래가 온다는 잠언이다. "저녁에게 도덕을 배우려고 하지 마라"는 당부는, 시간을 의미 속에 가두지 말라는 뜻으로 읽힌다. 요란한 비 쏟아지는 일요일의 서교동 거리에서, 망가진 우산을 든 채로 그가 외친다. "또 다른 일요일이 올 테니, 웃어! 춤추고 노래해!"(「일요일이 지나간다」)

물의 시학

―박해람의 「물의 학회(學會)」

한 켤레의 물을 신고 걷는다.
자꾸 흘러내리는 물의 기장(機長)

물광내는 남자를 알고 있다. 수 천 겹의 물을 덧바른 남자의 손엔
까만 물때가 끼어 있었다. 적란운(積亂雲)인듯 하지만 흑연(黑鉛)이 낀
손톱이 열 개. 아침마다 짐승 하나가 송곳니로 빠져나가면 입속을 헹
궈내던 물. 남자가 물로 닦아온 것들은 다름 아닌 짐승들의 발, 한 켤
레의 구두가 번식시키던 질긴 노동.

물을 덩어리라고 인정하지 않는 학회(學會)의 간사를 지낸 남자를
알고 있다. 그의 말에 의하면 물의 뼈는 쉬지 않고 졸졸 소리를 낸다고
했다. 돌 속에서 성호를 그은 물의 종류 중에는 나무빨래판이 있다고
도 했다. 또 물을 세공해 파는 남자도 알고 있었는데 물은 와장창 소리
가 없어 절대 깨지지 않는다고 했다. 바닥에 흘려도 쓸어 담을 빗자루
가 개발되지 않았음으로 파편이 되지 못한다고도 했다. 또 어릴 때 물

을 동생으로 둔 친구는 틈나는 대로 물을 업어주었는데 가끔 따뜻한 물이 등을 적셨다고 했다. 물이 울고 물을 달래다 짜증을 내면 친구의 엄마는 물 흐르는 대로 살아라, 했다고 한다. 어느 날은 하류에 모여 살던 신발들을 찾으러간 친구는 발목을 삼킨 물에게서 평생 허우적거리는 법을 배워왔다고 했다.

가끔 그런 생각은 안하나? 누구에게도 허락받지 않는 물은 물물교환 하듯 지구의 곳곳을 섞어놓고 한 모금으로도 사막과 대항할 수 있고 모래들의 주인이며 지구의 제곱미터들의 합산이기도하며 모든 돛들의 정박지이기도 한 물은 미시시피와 황하의 그 길고 긴 거리로 지구를 둘둘 감고 있다는 생각 같은 것 말이다.

물을 세공하는 남자와 물광내는 남자와 아가미가 달린 구두를 신고 삐끔삐끔 걸어가는 남자는 같은 이름을 하고 선미(船尾)라는 이름의 한 여자를 사랑했던 내 친구인데 훌쩍훌쩍 울고 있는 물의 등을 쓰다 듬어주며 물엔 매운맛과 뜨거운 온도가 들어있고 단맛과 신맛이 들어있지만 맵고 뜨겁고 또 달고 신맛은 그날그날의 표정일 뿐이라고, 꼼지락거리고 비늘이 돋는 열 개의 발가락을 신겨주고 가는 것이다.

밀물을 접안시키는 도선사(導船士) 공부를 해야겠다.
　　　　　　　　　　　　　　　　　　　　　—「물의 학회(學會)」 전문

좋은 시는 한 번에 그 전모를 다 보여주지 않는다. 그것은 이 세계가 직선과 평면의 구조로 이뤄지지 않았다는 사실과 맞닿아 있다. 우리가 사는 지구는 구면 입체의 공간이며, 시간 역시 중력의 영향으로 굴절되어 있다. 세계를 이루는 모든 대상과 현상들은 결코 겉이 속을 담보하지 않는다. 시인은 남들이 보는 것을 똑같이 봐서는 안 되는 병 걸린 자다. 범인들이 볼 수 없는 세계를 보는 건 축복인 동시에 저주가 아닐까. 시인은 눈에 보이는 외부에서 출발해 보이지 않는 내부로 걸어가는 여행자다. 환희와 절망 사이를 길항하며 대상의 외피 뒤에 숨겨진, 현상 이면의 비가시적이고 미시적인 세계를 끝없이 탐색하는 모험가다.

박해람의 시는 대번에 파악되지 않는다. 현란한 수사와 중층적 은유, 복잡다단한 이미지들의 유기적 관계를 통해 학습된 의미 세계가 아닌 낯설고 특별한 해석의 우주를 펼쳐 보이기 때문이다. 읽기가 쉽지 않지만, 읽을수록 매료된다. 그가 펼치는 문장들은 출구 없는 미로 같아도 결국 한 길로 향해 독자의 사유를 차원이 다른 풍경으로 이동시킨다. 그는 대상에 대한 독창적 해석의 긴장을 집요하리만치 늦추지 않는다. 이 지독한 사유의 천착은 '물'이라고 하는 평범한 소재, 무수히 시로 다뤄져 공공재나 다름없는 대상마저 새로운 의미들로 우글거리는 태초의 에너지로 전환시킨다.

'물'이 그렇다. 무색무취(無色無臭) 같아도 흐르는 속도에 따라, 담긴 깊이에 따라 색도 냄새도 맛도 천양지차다. 미생물이나 염분, 규소 등의 미네랄 함량을 따지자면 물이라고 다 같은 물이 절대 아니다. 물은 고여 있어도 흐르고, 한 방향으로 기우는 것 같아도 제자리에서 소용돌이친다. 약하지만 단단하고, 살리면서 죽인다. 박해람이 물에 대한 시를 쓴 것도 그의 세계 인식이 물의 특성을 닮아 있기 때문이라고 나는 생각한다. 그의 시는 쉽게 예측할 수 없으며, 빛과 온도, 맛, 냄새가 다양하다. 뜨거운 술이 되었다가 살얼음 낀 냉수가 되었다가 감염을 피할 수 없는 독이 되기도 한다.

「물의 학회」는 물에 대한 매혹적인 시다. 이 시는 물을 입체적으로 투시하며 낯선 해석을 하고 있는 한편, 상징 언어로서 물이 지닌 보편 의미들을 개인 체험에 바탕을 둔 상상력을 통해 새롭게 확장시키고 있다.

"한 켤레의 물을 신고 걷는다"는 첫 문장부터 호기심을 자아낸다. 물의 상상력이 돋보이는 마루야마 겐지의 소설『물의 가족』은 "물기척이 심상치 않다"로 시작하는데, 그에 못지않은 은유적 잠언이다. 우리를 어디론가 이동시킨다는 점에서 구두와 물은 공통점을 지닌다. 구두와 물은 유속의 성질을 공유하면서 인간의 한계적 실존을 나란히 환기시킨다. 이렇듯 박해람의 시적 전략은 하나의 대상에서 둘 이상의 의미를 끄집어내거나 서로 이질적인 대상들을 하나의 사유 개념 안에 둠으로써 이미지와 메시지 모두를 풍요롭게 하는 방법론이다.

이 시에서 물은 다양한 이미지로 나타나며 여러 겹의 중층적 의미를 지닌다. '물광내는' 구두닦이에게 물은 '짐승'으로 상징된 자신의 무의식적 욕망 또는 식후의 포만감을 헹궈내는 세제이자 자본의 정글 안에서 동물화하는 현대인의 탐욕을 더 환하게 밝히는 광택제다. 발자크가 근대 도시 파리의 외판원을 검투사에 비유, 낙후한 지방에 신문물을 팔러 가는 세일즈 행위를 전근대와의 싸움으로 묘사했던 것처럼 현대인들에게 구두는 업무의 전장을 헤치는 칼이나 마찬가지다. 물은 그것을 벼리는 '질긴 노동'의 재료로서 물질 영역에 포함된다.

3연에서 물은 물질인 동시에 그 물질성을 기반으로 한 철학적 개념으로 확장된다. 여기서 지그문트 바우만의 책『액체 근대』가 떠오른다. "고체와 달리 액체는 그 형태를 쉽게 유지할 수 없다. 유체는 이른바 공간을 붙들거나 시간을 묶어두지 않는다. 고체는 분명한 공간적 차원을 지니면서도 그 충격을 중화시킴으로써 시간의 의미를 약화시키는 반면, 유체는 일정한 형태를 오래 유지하는 일이 없이 지속적으로 변화할 준비가 되어 있다. 따라서 액체는 자신이 어쩌다 차지하게 된 공간보다 시간의 흐름이 중요하다. 왜냐하면 결국 액체는 공간을 차지하긴 하되 오직 '한순간' 채운 것일 뿐이다."라는 바우만의 진술은 "물을 덩어리라고 인정하지 않는 학회의 간사를 지낸 남자"가 주장했을 논리와 아마도 일치할 것이다. '물의 학회 간사'와 바우만의 주장이 한 목소리로 겹쳐질 때, 물은 세계의 현재성을 규정하는 하나의 현상 개념이 된다.

물은 늘 같은 모습인 것 같지만 실은 쉼 없이 형태를 바꾼다. 일시적이고 우연한 것이면서도 영속하며 흐른다. 변화에 유연하고, 이질적인 것들과 융합한다. 가볍고 증발하지만 그 분산된 에너지가 모이면 엄청난 파괴력을 지닌다. 물은 만물을 흩어버리고 또 한 데 모은다. 산업화 근대의 견고하고 무거운 '형태주의' 대신 실용과 편리를 추구하는 포스트모던의 변화 양상이 곧 물의 속성이다. 디지털 기술 발달로 경계와 구획이 없어진 비경계·비구분의 커뮤니케이션 역시 물을 모방한 것이다. 한 곳에 정착해 고정불변지 않고 끊임없이 새로운 곳으로 흘러 이전에 없던 것을 창조한다. "쉬지 않고 졸졸 소리를 낸다"는 것이 물의 핵심 성질인데, 이는 곧 포스트모던의 중요한 특징이다.

확정적 사고와 획일화된 상투성을 거부하는 반골 기질, 창조적 사고야말로 혼돈과 우연으로 가득 찬 구면 입체의 세계를 살아가는 현대인에게 필요한 덕목이며, 시인의 필수적 태도라고 할 수 있다. "돌 속에서 성호를 그은 물"은 바위 속으로 흘러들어 결코 부서질 것 같지 않던 견고함에 균열을 낸다. 변형이나 분열, 증식을 좀처럼 허용하지 않는 돌의 단단함은 결국 파괴되지만, 부드럽고 유연한 물은 오히려 "절대 깨지지 않"으며

"파편이 되지 못한"다. 고정된 것은 오래 존재할 수 없는 반면 흐르는 물은 영속한다. "물 흐르는 대로 살아라"라는 당부는 변화하는 포스트모던의 유동적 세계에 적응할 것을 요구하는 현명한 조언이다.

"물은 물물교환하듯 지구의 곳곳을 섞어놓고 한 모금으로도 사막과 대항할 수 있고 모래들의 주인이며 지구의 제곱미터들의 합산이기도 하며 모든 돛들의 정박지이기도 한 물은 미시시피와 황하와 그 길고 긴 거리로 지구를 둘둘 감고 있다"는 통쾌한 잠언은 단 몇 문장만으로 상징 언어로서의 물의 보편 기의를 확장시키고 있다. 박해람의 통찰이 번뜩이는 대목이다. 그는 물리학과 자연과학, 예술의 명제를 포괄하면서 철학적, 낭만적 고찰의 대상으로 물을 재해석한다. 물은 단순한 물질이 아니라 하나의 정신이자 태도이며, 오늘날 세계의 현상성임을 깨달은 사유의 힘 덕분이다.

구두에서 출발해 지구까지, 하나의 물질에서 시작해 포스트모던 세계상으로까지 웅대한 스케일의 이미지 변주와 사유 이동을 거친 '물의 시학'은, 다시 "선미(船尾)라는 이름의 한 여자를 사랑했던 내 친구"와 "그날그날의 표정"과 "비늘이 돋는 열 개의 발가락"이 있는 구체적 삶의 체험으로 회귀한다. 여자 이름 선미가 '배의 꼬리'인 점이 재미있다. 물과 배는 뗄 수 없는 관계다. 물은 배를 띄워 움직이기도 하지만, 뒤집어 버리기도 하고, 제 힘으로 육지에 닿게 해 다시 만날 수 없게도 한다. 남녀의 연정을 물과 배로 비유한 것은 탁월한 에스프리다. 박해람은 물을 "그날그날의 표정"으로 호명하며 한 순간도 물과 무관하게 살아온 적 없는, 살아갈 수 없는 인간 존재의 보편 양식을 다시금 되새긴다.

"밀물을 접안시키는 도선사 공부를 해야겠다"는 선언이야말로 '물의 시학'의 출사표라 할 만하다. 물의 유연함, 부드러움, 비경계성, 비구분성,

유속성, 영속성, 유동성, 파괴성, 창조적 에너지를 내면에 접안(接岸)시켜 시의 패러다임으로 삼겠다는 전향적 자각! 박해람의 시는 이미 이루었으나 이루지 못하였으므로 세계 곳곳을 물처럼 흘러 새로운 변화를 끝없이 모색하려 한다. 그 시력(詩歷)의 변곡점에서, 소용돌이치는 차고 맑은 물빛에 흠뻑 젖을 수 있었던 점 큰 기쁨이다.

제3부

'왜'와 '어떻게'가
사라진 시대의 흐느낌

'왜'와 '어떻게'가 사라진 시대의 흐느낌

―김근의 「천사는 어떻게」

천사는 어떻게 우는가 살았는지
죽었는지 우리가 쏟아진 얼굴을
미처 쓸어담지 못하고 우물만
쭈물만 거려 거리고 있을 때
금 간 담벼락에나 우리의 심장이
가까스로 숨어만 들어 들고 숨이
숨이 수숨이 헐떡 헐헐떡 헐떡만
대는 개의 헛바닥에서처럼 토해져
나올 때 뜨거울 때 뜨거워도
마지막 표정은 기억나지 않고
마지막 눈빛이 마지막 발음이
마지막 목소리가 마지막 풍경이
마지막 당신이 발 없는 바람이
무수히 발자국을 찍어 바람의 행방
도무지 알 수 없고 주름도 없이

구름은 마지막 짠 먼지들을 끌어
올리는데 기억은 나지도 전혀 않고
마지막이라고 말할 때 마지막
입술의 녹청이 이마의 서늘함과
눈꺼풀의 떨림이 온전한 얼굴도 없이
헤아릴 수 없는 저녁의 모든 모음들
죄 관절이 꺾이는데 허여 허옇게만
그만 흐녀지고 흩어만 지고 모음들
골목의 어느 창문에도 입김조차
불지 못하는데 아직 다 쏟아지지 않은
얼굴 간신히 손으로 가린 채 죽었는지
살았는지 천사는 천사 천사 천천사는
어떻게 우는가 어떻게, 살아, 나나

—「천사는 어떻게」 전문

이미 울고 있다. 모두 울고 있다. 초월적 존재인 '천사'마저 우는데 인간들은 오죽할까. 그래서 "왜 우는가"가 아니라 "어떻게 우는가"다. 모두가 다 울면 우는 이유는 중요하지 않다. 그것은 이미 전제되어 있기 때문이다. 우리는 영결식장이나 묘지에서 우는 사람더러 왜 우느냐고 묻지 않는다. 오히려 그가 얼마나 애통해하며 우는지, 어떤 소리로 곡을 하는지, 나와는 어떻게 다른 모습으로 우는지에 주목한다. 타인의 슬픔을 관찰하면서 내 슬픔을 객관화한다. 모두가 울면 나만 우는 게 아니라는 점에서 위로받는다. 우는 모습의 차이를 통해 나와 타자의 슬픔의 크기를 비교해본다. 어떤 작용의 원인이 되는 인자가 같을 때, 나와 타자의 비교 층위에는 동기나 목적 대신 모양과 형태 등 현상적 다름만이 놓일 뿐이다.

이번에 발표한 시에서 김근은 집단적 비통이 지배하는 슬픔의 장소를 그려내고 있다. '천사'라는 존재의 등장으로 스케일이 확장되고 있으므로 세계라든가 시대 같은 큰말로 읽어도 무방한 공간이다. 이 공간은 모두가 운다는 점이 대규모 영결식장을 연상시킨다. 그러나 영결식장과는 양상이 다르다. 영결식장이 다 엎질러진 물을 허망하게 바라보는 체념과 슬픔 수용의 자리라면, 이곳은 관망하는 자들, 관망할 수밖에 없는 자들의 절박함이 들끓는 자리다. 모래처럼 빠져나가는 믿음과 희망, 의지 따위를 손에 쥔 채 발을 구르는 자들이 서 있는 곳이다. 인간은 물론이고 천사마저 저 저쪽으로 넘어가지 못한 채 저쪽의 야단살풍경을 바라보며 울고 있다. "마지막 당신"이 죽어가는 모습을 보면서도 어찌하지 못해 몸부림치고 있다.

그 울음, 숨이 넘어갈 듯한 흐느낌을 김근은 시에 그야말로 '절박하게' 담아내고 있다. 시 한편을 아예 '울음'으로 만든 것이다. 특이한 것은 울음을 이미지화하거나 의미화한 것이 아니라 화법 자체가 울음이라는 점이다. 그간의 작품 활동을 통해 낯설고 독특한 화법을 능란하게 구사해왔던 김근이지만, 「천사는 어떻게」에서는 그의 실험적 화법이 독자에게 어떤 실감과 효과를 전달하는 데 있어 상당한 경지에 도달한 것 같다. 얼핏 이승하 시인의 말더듬이 화자(「화가 뭉크와 함께」)가 떠오른다. 그러나 폭력과 광기에 대한 공포와 두려움, 불구적 아픔으로 신음하던 말더듬이와는 다르다. 김근의 시는 흐느낌이다. 우는 사람이 화자다. 3음절과 4음절이 반복되면서 종결어미가 쓰이지 않은 것이 눈에 띄는데, 이를 통해 연속감과 분절감을 극대화시키고 있다. '울음'이라는 하나의 연속적인 리듬 속에 무언가 자꾸 뚝뚝 끊어지는 느낌, 즉 울음이라는 전체 행위 속에서 눈물을 삼키거나 콧물을 훌쩍이거나 엉엉 울다 갑자기 뭐라 말을 하며 심경을 토로하는 등의 부분 행위가 이루어 질 때의 음성적 특징을 감각적으로 표현해낸 것이다. "헐떡 헐헐떡", "허여 허옇게만", "천사 천사 천천사는"에서와 같이 호흡을 동반하는 마찰음이나 파찰음 음절을 말더듬이처럼 반복해서 발화할 때, 시를 읽는 독자는 바로 내 옆에서 누가 울면서 들썩이는 걸 보고 듣는 듯한 실감을 체험하게 된다.

얼마 전 섬진강에 낚시를 갔다가 전남 곡성의 어느 농로에 한 노파가 주저앉아 땅을 치며 통곡하는 모습을 보았다. 남편이 불도저에 치여 구급차에 실려 간 것이다. 뒤에 뉴스를 통해 안 결과지만, 결국 사망했다. 노파는 비명을 지르고, 소리 높여 울었다가 멈추었다가, 지쳐서 흐느끼다 다시 각혈하듯 울었다. 울음은 끊어지나 끊어지지 않고 계속 이어졌다. 노파는 "어떻게 해", "어디 갔어"만 반복해서 토해내다 결국 까무러치고 말았다. 김근의 시를 읽으면 그 장면이 떠오른다. 너무 절박하면 인간의 사고는 단순화되어 오직 갈구하는 것만을 끊임없이 부르짖을 뿐이다. "마지막 표정", "마지막 눈빛", "마지막 발음", "마지막 목소리", "마지막 풍경", "마지막 당신" 등 '마지막'의 반복은 인간이 발화하는 어떤 절박함의 최대치를 느끼게 한다.

저쪽에서 지금 "마지막 당신"이 죽어가고 있다. "쏟아진 얼굴을 미처 쓸어담지 못하고 우물만 쭈물만 거리"는 '우리'들은 그 광경을 이쪽에서 바라보며 운다. 그러나 "우리의 심장"은 "금 간 담벼락에나 가까스로 숨어만 든"지 오래다. "금 간 담벼락"은 오히려 균열이나 빈틈이 없다. 금이 갔다는 것은 그만큼 오랜 세월 견고하게 서 있었다는 역설이다. 이 담벼락은 이쪽과 저쪽 사이에 놓인 장벽이다. 극복할 수 없는 간극이다. 우리는 저쪽으로 넘어가는 대신, "넘어갈 수 없게 하는" 담벼락이라는 한계성 안에 숨어버린 자들이다. '담벼락'을 어떤 정치·사회적 프레임으로 읽을 수도 있고, 인간 자체의 한계로 볼 수도 있다. '얼굴'이 사회화된 '마스크' 라면, '심장'은 인간 내부의 양심이나 정의라고 해두자. '우리'는 온갖 말 과 약속들, 제스처와 포즈, 선동이나 구호 같은 '얼굴'만 쏟아놓고 정작 심 장은 숨는 무력한 존재들이다. 그러면서 그 비겁함을 합리화하기 위해, 부끄러움을 덜기 위해 초월적 존재인 천사를 끌어내린다. 천사도 어쩔 도 리가 없어 우는데 하물며 인간이 뭘 할 수 있겠느냐는 것이다. 우는 것 외 에는 할 수 있는 게 없다며 끝내 포기하고 회피하는 것이다.

「천사는 어떻게」는 미종결 문장이다. 이 시에는 종결어미와 마침표가 없다. 김근은 이 흐느낌이 지금도 진행 중이며 앞으로도 계속될 것이라고 내다보는 듯하다. '왜'와 '무엇을'이 탕진된 시대엔 '어떻게'만 남는다. 행 위의 당위성이나 그것이 나타내고자 하는 정의, 성취하려는 목적 같은 심 층이 사라지면 철저히 표층만 부유한다. '얼굴'만 떠다니는 것이다. 행위 자가 직접 그 행위의 동기나 의지 같은 내적이고 주관적인 가치를 거세시 키기도 하지만, 타자와 집단의 무관심, 이기와 자폐야말로 '왜'와 '무엇을' 을 우리에게서 지워버린다. 심층의 서사보다 표층의 이미지가 더 맹렬히 소비되는 사회에서는 "어떻게 우는가"만 중요하다. 타인의 우는 모습을 보며 자신도 그저 울고만 있을 뿐인 관망자들의 시대, "금이 간 담벼락"조 차 무너뜨리지 못하는 무력함과 가벼움이야말로 거대한 흐느낌이라고, 김근은 날카롭게 통시하고 있다.

어찌할 수 없는 슬픔의 중력을 극복하는 행진

—이원의 『사랑은 탄생하라』 읽기

사당동에서 신림동을 오가는 버스 창가에 기대 이원 시인의 『사랑은 탄생하라』를 읽는 사이 가을이 깊어졌다. 정류장은 서늘한데 버스 안은 더웠다. 유리창은 햇빛을 햇빛일 수 있게 하는구나, 생각했다. 유리창을 통과한 빛은 뜨겁고 환하다. 개인적인 이야기지만, 지난 계절에 한 사람을 잃은 나는 이제 누구를 통과해도 나일 수 없는데, 나를 투과해 온, 내가 투과해 간 사람은 지금 어느 머리칼 위를 반짝이고 저무는지, 아프도록 궁금할 때마다 시집을 펼쳐 읽었다. 그러는 동안 내게 이원은 구원이었다. 추락해 부서지려는 끊임없는 찰나들을 바닥 직전에서 붙잡아주는 손이었다. "어쩌자고 심장이 또 옮겨 붙는 것"(「죽은 사람 좀 불러줄래요?」)을 "허공의 단추를 잠가주는 동작의 반복"(「오늘은 천사들의 마지막 날」)으로, 나는 위로 받았다.

방금 피크닉(오오, 햇빛 같은 말이여)을 떠나온 두 여자가 파릇파릇
한 풀밭에 도착한다 식탁처럼 단정하게 설레이고 있는 풀밭은 서둘러
두 여자의 발을 감춘다 풀 속 두 여자의 맨발은 수맥처럼 고요하다 어
디로 뿌리를 내리고 있는지 바람이 불어도 풀들은 흔들리지 않고 돌
들도 풀들 사이에 멈추고 있다 문득 돌 속에서 단단해진 시간이 숟가
락처럼 달그락거린다 그 소리에 이곳에도 이름 모를 꽃이 피어난다
날카롭게 잘려진 공기가 꽃의 잎사귀를 잡아당겨도 여전히 이슬은 군
데군데 매달려있다 세계의 메아리가 들려오는지 흰 모자를 쓴 여자가
가방을 연다 가방에 갇혀있던 시간이 풀밭위로 쏟아져 나온다 피크닉
은 밥그릇처럼 설레인다 빨간 모자를 쓴 여자는 나무처럼 힘껏 두 다
리를 아래로 뻗어 내리고 두 팔을 위로 번쩍 올린다 세계의 통로 같은
배꼽과 겨드랑이가 살짝 드러난다

—「피크닉과 통로」 전문

(『그들이 지구를 지배했을 때』, 문학과지성사, 1996)

이원의 첫 시집 『그들이 지구를 지배했을 때』를 아무렇게나 펼치면 48
쪽이다. 「피크닉과 통로」를 처음 읽은 스무 살 무렵부터 지금까지 그녀의
시는 내게 유리창을 통과한 "햇빛 같은 말"로 "단정하게 설레이고" "날카
롭게 잘려"지면서 한 번도 본 적 없는 "세계의 통로"에까지 나를 데려가
곤 했다. 2012년 네 번째 시집 『불가능한 종이의 역사』에서 "나는 당신에
게서 흘러나온 뜨거운 그림자일지도/ 3만 광년 떨어진 거리에서 그리움
으로/ 내내 타고 있는 당신일지도/ 당신 안에서 한 발도 못 빠져나온 당신
의/ 흑점일지도"(「어쩌면, 지동설」) 모른다고 말할 때, 여전히 생동하고
이글거리는, 태양이 거느린 무수한 행성들을 시어로 바꿔낸 듯한 빛 에너
지를 이원의 시에서 느끼는 것은 정신의 그늘을 밝혀주는 기쁨이었다.

『사랑은 탄생하라』를 읽으며 내가 위로 받은 때는, 어찌할 수 없는 슬픔을 직시하는 것을 잠시 유보할 수 있도록 그녀의 시가 "빛을 펼쳐 얼굴을 가릴 겉옷을 짜"(「빛을 펼쳐라」)주던 순간이다. 가령 "주렁주렁 익어가는 포도가 되자/ 검붉어지는 시늉을 알아채지 못하는 포도가 되자"(「하루」)고 천진하게 말할 때 그랬다. 그러나 결국 "갑자기 울음이 터질 때 세상이 밝았다"(「어쩌면 버렸다」)는 걸 알아차림으로 슬픔을 확인하고, "이것은 절망의 노래"임을 받아들일 때, "곁이라는 슬픈 말"(「이것은 절망의 노래」)을 끝내 말하면서 "노래 불러요 음이 생겨요 오른손을 잡히면 왼손을 다른 이에게 내밀어요 행렬이 돼요"(「이것은 사랑의 노래」)라고 시인이 다독일 때 위로는 단호한 희망이 되어 "다시 일렁이기 시작하는 것"(「이것은 희망의 노래」)이었다.

시인은 "그러나 우리는 꼼짝하지 못했습니다"(「모자는 왜」)라고, 우리의 목소리를 모아 고백한다. 돌아보게 된다. 물에 빠져 가라앉는 사월을, 아이들을, 죽어가는 사람들을, 함께 침몰하는 우리의 무력함을, '천사들의 마지막 날'을 어찌하지 못한 채 그저 바라만 보고 있던 이쪽의 자리를, 두 발을 땅에 디딘 채 "이리 와(단호하고 크게)"(「목소리들」)라고 외치기만 할 뿐 저쪽으로 건너갈 수 없던 전전긍긍을 돌아본다. 아무것도 하지 못했다는 죄책감과 그때 죄책감을 가지지 못한 것에 대한 뒤늦은 죄책감을 어떻게 견뎌야 할지 모르겠다.

아이들이 배를 밀며 왔다

여기는 물이 없단다

꽃들이 한창이란다

아이들은 배 옆에 쪼그리고 앉아
발목까지 자란 새순을 벗겨보고 있다

애들아 거기에는 아무것도 들어 있지 않단다
　　　　　　　　　　　　―「사월四月 사월斜月 사월死月」 부분

어디쯤 왔나요

손도
손목도 없이
　　　　　　　　　　　　―「사월四月 사월斜月 사월死月」 부분

　같은 제목의 두 시에는 "밀며 왔다"와 "어디쯤 왔나요" 사이 시차가 존재한다. 그 시간의 간극 동안 공통의 슬픔과 분노는 파편화되어 개인의 몫으로 분담되고, 진실은 배와 함께 가라앉고, 무수한 풍문들만이 떠올랐다. 무엇 하나 분명하게 나타난 것 없는데, 가려진 안개 너머를 알려는 열망들은 세상에 난도질당하고, 아편 같은 망각, 아니 환각이 적극 장려되고 유통되었다. '사월'에 대한 나의 지식적 이해와 정서적 공감의 질량은 매우 빈곤했다. 풍문에 이리저리 휩쓸리는 사이 일상의 바다에서 세월호는 점점 더 가라앉았다. 다양한 포장지를 입힌 '타인의 목소리'를 빌려 가끔 한마디 말을 보태는 것 말고는 할 수 없었다.

　그러는 사이 마침내 세월호가 물 위로 떠올랐다. 수색 작업을 통해 미수습자들이 가족 품으로 돌아갔다. 모두들 "손도 손목도 없이" 뼈가 되어 돌아왔다. 형체의 변형이나 소멸을 '죽음'이라고 명명할 수 있을까. 형체를 잃고 전혀 다른 모습, 다른 물질이 되어 돌아온 '존재'를 통해 지옥처럼 캄캄한 '부재'를 비로소 메우게 된 사람들을 보며 다행이라고 해야 할지, 비극이라고 해야 할지 섣불리 말하기 어려운 계절이었다.

아이들이 밟지 못한 '여기'는 지금 "꽃들이 한창"이라 아름답다. 아름다움은 풍경이라는 외부적 자극에 의한 고취인 동시에 슬픔이라는 내적 작용이 몰고 온 일종의 환각적 상태다. 슬픔 속에 오래 침잠되어 있다 보면 세상이 비현실적 공간처럼 여겨진다. 사랑하는 이의 부재이든 육체의 고통 또는 현실의 절망이든 그것을 인정하고 싶지 않은 마음 때문이다. 아이들이 없는 현실에서는 한없이 비통하나 아이들을 만나는 상상에서는 황홀하다. 이원의 시집에서 느껴지는 고독감과 '고독한데 활달한' 감정적 비약은 정지용이 「유리창 1」에서 토로한 "외로운 황홀한 심사"와 비슷한 데가 있다. 이원의 시를 읽는 동안 나는 슬픔이라는 감정이 슬픔이라는 원액과 슬픔의 쾌감이라는 거품으로 분리되는 것을, 현실과 상상이 같은 빛으로 시간을 환하게 밝혀드는 것을 경험했다.

부끄럽지만 시집을 읽으며 내가 얻은 위로는, 그동안 공감 영역의 바깥에 있던 '사월'이 사랑하는 존재의 상실이라는 나 개인의 비극 체험 이후 비로소 부재라는 동질성의 통각으로 자리 잡으면서 문장마다 스미어 있는 연민의 정서를 전유하게 된 지점에서부터 비롯되었다. 사월은 우리 모두의 아픔이지만, 개개인이 느끼는 통증은 어디까지나 타인의 고통을 읽어내는 데서 오는 간접 자극이다. 타인의 아픔을 내 아픔으로 수용하는 통각의 민감함 정도에 차이는 있겠지만, 결국 내 고통은 될 수 없다. '우리'라는 행렬에 잠시 발을 맞출 때 나는 우리의 아픔 중에 내가 가진 지분이 몹시 적다는 사실에 괴로웠다. 그러나 그것은 나의 의지나 노력으로 달라지는 게 아니라서, 세계의 비극과 타인의 슬픔, 나의 방관과 무력함, 공감의 결여가 모두 다 어찌할 수 없는 '고정값'임을 받아들여야만 했다. 마치 지구에 늘 중력이 있어 우리가 두 발을 땅에서 뗄 수 없는 것처럼 말이다.

내가 서 있는 '이쪽'이 '저쪽'만큼 무너져 내릴 때, 저쪽에 대응할 만한 비극과 폭력이 이쪽에서 발생할 때 비로소 나는 저쪽을 이해하고 공감하게 된다. "검은 것들이 허공을 뒤덮는"(「사람은 탄생하라」) 고독과 허무, 절망을 체험하고 나서야 타인의 아픔과 상실감이 체온으로 전이된다. 마음이라는 것이 이토록 간교하단 말인가, 공감의 포즈에 불과했던 위선들을 걷어내고 나니 이제야 차갑고 회색빛인 심장이 보인다. 직접 찔리고 나서야 피가 도는 둔한 마음들이 보인다.

검은 것들이 허공을 뒤덮는다고 해서
세상이
어두워지는 않는다
심장이 만드는 긴 행렬

(…)
목소리들은 비좁다
우리의 심장을 풀어
비로소 첫눈

(…)
사람은 탄생하라

사랑은 탄생하라

우리의 심장을 풀어 다시
우리의 심장
모두 다른 박동이 모여
하나의 심장
모두의 숨으로 만드는
단 하나의 심장

　　　　　　　　　　—「사람은 탄생하라」부분

　"천 개가 넘는 전화번호를 저장한 휴대폰을 옆에 두고 벽과 나란히 잠
드는 우리는 지구에서 고독하"(「우리는 지구에서 고독하다」)지만, 고독
과 슬픔의 중력이 우리를 구속하는 이 땅에서 끝내 살아갈 수 있게 하는
힘은 '사람'과 '사랑'이다. 시집에는 유독 '멈추다'와 '멈추지 않다'라는 어
휘가 자주 눈에 띈다. 오규원 시인의 시구처럼 "멈추면서 나아가면서 저
무엇인가를 사랑하면서"(「순례 序」) 함께 행진하자고, 이원은 나에게, 우
리에게 손을 내민다. 돌아보면 지난겨울, 절망의 노래를 희망의 노래로
바꾼 것도 "심장이 만드는 긴 행렬"이었다. 촛불을 들고 행진할 때 죽음의
바다에서 다시 "사람은 탄생하"고, 광장에서 "사랑은 탄생하"였다. 기형
도가 말했듯 "우리는 모두가 위대한 혼자"(「비가 2」)다. "모두 다른 박동
이 모여 하나의 심장"이 될 때, 타인의 슬픔, 우리의 슬픔, 나의 슬픔으로
도 "세상이 어두워지지는 않는다"는 것을 우리는 끝내 알리라.

열망과 냉소 사이

—허연 시 읽기

나는 낚시를 즐긴다. 시인, 소설가, 평론가들 중에는 내가 낚시 마니아라는 사실에 관심을 보이며 살갑게 말을 붙이는 이들이 더러 있다. 허연 시인도 그 중 한 사람이었다. 그런데 다른 이들처럼 그저 인사말의 대용이라든가 단순한 호기심의 표현으로 낚시 얘기를 꺼낸 것은 아니었다. 허연 시인과 나는 꽤나 열정적으로 낚시에 대해 대화했다. 그도 한 때 낚시를 했노라고 했다. 어느 한 시절에는 낚시만 하면서 생을 흘려보낸 적이 있다고 했다. 나는 몹시 반가우면서도 조금은 신기하고 또 한 편으로는 낯설었다. 적어도 내가 아는 허연 시인은, 풍문으로 들은 그는 신문사 기자라는 세속의 직업을 20년 넘게 유지하면서도 어떤 세속에 유난한 관심을 보이거나 타인에게 살갑게 말을 걸거나 하는 법이 없기 때문이다. 아마 내가 그를 오해했던 것 같다. 따뜻한 선배라는 눈앞의 실체보다, 귓가에 들리는 그 다정한 음성보다 '불온한 검은 피'를 지닌 '나쁜 소년'으로,

텍스트 속 차가운 금속성의 목소리만으로 나는 오랜 시간 그를 각인해왔는지도 모르겠다.

허연 시인을 생각하면 그날의 대화가 떠오르곤 한다. 그 온화한 추억의 온도와 함께 '허연'이라는 기의가 지닌 냉소적인 눈빛과 표정이 동시에 생각을 스친다. 그래서 그에 대한 어떤 기억은 따뜻하고 또 어떤 생각은 차갑다. 그의 시를 읽을 때도 그 체감온도의 낙차가 생생하게 감각된다. 폭염이나 혹한이 아닌 이상 인간은 온도에 수월히 적응한다. 그러나 일교차가 클 때 더위와 추위의 체감은 날카롭다. 허연의 시는 불에 달군 칼끝처럼 뜨겁고, 깨진 유리처럼 차갑다. 그의 시에는 살려는 이의 열망이 태양처럼 이글거리는 지점이 있고, 차가운 죽음을 향해 깊이 벌어진 크레바스로 떨어져 내리는 자의 빙점 또한 있다. 그 수직의 온도차 어딘가에서 그의 시를 읽으면 때로는 열이 나고, 때로는 등골이 오싹해진다. 그 일교차는 내게 따뜻한 선배 허연과 네 권 시집으로 독자적인 한 세계를 구축한 시의 발신자 허연 사이에서 자주 체감하는 것이기도 하다.

허연의 신작시를 읽다가 나는 엉뚱하게도 한 마리 물고기의 생멸에 대해 골똘히 생각했다. 내가 가장 좋아하는 낚시 대상어는 쏘가리다. 민물의 제왕으로 불리는 이 쏘가리는 태어나 죽을 때까지 산란과 월동이라는 두 사건을 반복한다. 쏘가리뿐만 아니라 대부분의 물고기들이 그러하다. 쏘가리의 경우 알에서 부화해 2~3년 성장한 녀석들부터 산란에 참여한다. 산란은 대개 늦봄에서 초여름 사이에 이뤄진다. 산란을 앞두고 맹렬히 먹이활동을 하고 체력을 비축하며 몸을 불린다. 여울로 올라타 산란을 마치고 나면 잠깐의 휴식기를 가지다 월동을 위해 다시 먹이활동을 한다. 수온이 7도 이하로 내려가면 겨우내 강바닥 바위틈에 웅크려 꼼짝 않다가 봄이 되어 수온이 오르면 월동에서 깨어나 작은 물고기들을 잡아먹는다. 오직 산란을 위해서. 그게 다다. 그렇게 십여 년 산란과 월동을 반복하다 죽는다.

쏘가리와 인간이 서로 다르지 않다. 인간도 태어나서 번식하고 죽는다. 생과 멸이라는 두 특별한 축제 사이에서 인간의 평생은 지긋지긋한 권태를 그저 견딘다. 남들보다 조금 더 잘 견디는 것을 행복이라고 착각하면서, 탄생의 뜨거움과 죽음의 차가움 어느 쪽에도 속하지 못한 채 인간의 목숨은 미지근한 평온만을 유지할 뿐이다. 실존이라는 권태를 견디는 방법은 사람마다 다르겠지만, 예술을 통한 심미적 해탈이 그나마 유의미한 방법론이라고 말한 쇼펜하우어와 허연은 서로 통하는 데가 있다. 언젠가 소설가 김도언과의 인터뷰[1]에서 허연은 "자그마한 파장으로 엄청난 물결을 일으키는 몇 마디 말 같은 걸 보면서 평범하게 살고 싶지는 않아서 시를 썼다"고 말한 바 있다. "웃는 거, 우는 거, 말하는 거, 화내는 거 전부 다 시에서 배웠다"고 덧붙이기도 했다. 그에게 시가 '살아 있음'이라는 '무효'의 상태, 고통보다 더 괴로운 극심한 무통을 견디게 하는 모르핀이라면, 아무것이나 모르핀의 원료가 되진 않는다. 약이 될 만한 것, 시가 될 만한 것, 예술이 될 만한 재료를 허연은 비극과 고통, 절망에서 찾는다.

그 며칠 동안
세상의 슬픈 노래는 우리 동네에 다 있었다
옆집에선

---

1) 김도언, 「시인 허연, 세속도시의 신표현주의자」, 『예스24 채널예스』, 2015년 7월 29일.

다 키울 수가 없는 강아지들을
개장수에게 팔고 있었다
남은 강아지와 떠나는 강아지들이
담을 사이에 두고 한참을 울어댔다
그 울음소리가 자꾸 들려서
그날 밤부터 몇 일
잠을 편히 잘 수가 없었다

간신히 통잠을 자기 시작할 무렵
석진이네 누이가
병원도 못 가보고 퉁퉁 부은 채 죽었다.
이루 말 할 수 없는 세상의 모든 내력
그 내력 때문에 소년원에 갔던
동네 아이들 몇 명은
이만큼 커서 돌아왔다
복이라곤 없는 녀석들은
열여덟도 되기 전
폐를 앓기도 하고
손가락이 잘라지기도 하고
아픈 아이도 낳고 그랬다

그 며칠
미군부대서 흘러나온
낡은 오르골에선 매일 똑 같은 음악이 나왔다
폐수 얼어붙은 개천에선
여자애들 몇이 날아올랐고
그걸로 끝이었다

싸늘한 평상에 누워 오지 않는 사람들의 이름을 불렀다

구름은 달아나기만 하고
내일은 더 춥다고…

─「그 겨울의 내력」 전문

　"대체 뭐가 그렇게 행복하냐?"라고 우리에게 묻는 허연의 시에는 온갖
비극적 풍경들이 평범한 일상의 장면처럼 덤덤하게 펼쳐지는데, 위 시에
서 허연은 화자를 빌어 "세상의 슬픈 노래는 우리 동네에 다 있었다"고 고
백한다. 이 때 '우리 동네'는 개인의 특별한 경험적 공간인 동시에 같은 체
험을 공유한 이들의 특별할 것 없는 장소다. 개인적 삶이 자리했던 곳이
므로 개별적 상징성을 지니는 한편 산업화와 재개발, 가파른 사회변화 등
한국의 도시 문명이 통과해온 사회·문화적 맥락을 수록해온 장소로서 쇠
락과 번영이 공존하는 '도시'를 투영하는 보편적 장소성을 지닌다. 이 '우
리 동네'에 펼쳐진 이웃들의 구체적 비극의 양상에서는, 마치 짓이긴 동
물의 사체에서 배어나오는 피처럼 눈을 화끈거리게 하는 고통의 온도가
만져진다.

　대개의 사람들은 비극과 고통이라는 결과에서 어떤 원인을 찾으려 한
다. 그 원인을 제거하면 불행이 사라질 것이라고 믿는다. 그래서 신앙을
갖거나 무당을 불러 굿을 하거나 부지런히 병원에 다니거나 가난을 떨쳐
내고자 이 악물고 일한다. 그런데 한 때 사제가 되기를 꿈꿨던 이 불온한
피의 시인은 그 모든 노력들이 다 헛것이라고 말한다. "폐를 앓"고, "손가
락이 잘라지"고, "아픈 아이도 낳"는 불행들은 어떤 개인적 요인에 의한
결과값이 아니라 "세상의 모든 내력" 때문이라고, 인간의 비참함과 고통

이 이 세계라는 프로그램에 설정된 기본값인 까닭이라고 냉소한다. '미군 부대'라든가 '폐병' 등은 흘러간 지난날의 활동사진처럼 느껴지지만, 아직 까지 유효한 현재의 풍경이자 내일의 악몽으로 계속 이어질 것이다. 왜냐 하면 내력이므로, "내일은 더 춥다고" 시인은 심드렁하게 예언할 수 있다.

늦은 지하철 안에서 깊은 신음소리가 들렸다. 휠체어에 앉은 한 남 자 포유류가 낼 수 있는 가장 깊은 소리로 신음하고 있었다. 경전 같은 소리였다. 절박하고 깊었다. 태초의 소리와 비슷했다. 삶을 관통한 어 떤 소리가 있다면 저것일까. 일순 부끄러웠다. 나는 신음할 일이 없었 거나 신음을 감추었거나. 신음 한 번 제대로 못 냈거나… 그렇게 살았 던 것이었다. 나는 완성이 아니었구나. 내게 절창은 없었다. 이제 내 삶을 뒤흔들지 않은 것들에게 붙여 줄 이름은 없다. 내게 와서 나를 흔 들지 않은 것들은 지금부터 모두 무명이다. 나를 흔들지 않은 것들을 위해서는 노래하지 않겠다. 적어도 이 생엔.

마신물이 다 눈물이 되는 것은 아니므로.

—「신음」 전문

"마신물이 다 눈물이 되는 것은 아니"다. 마신물의 99퍼센트는 똥오줌 이 되고 만다. 모든 문장이 다 시가 되는 것도 아니고, 생에서 겪는 모든 고통들이 다 예술의 재료가 되는 것 또한 아니다. 허연은 비극과 고통, 불 행에도 절대적 영역이 있다고 말한다, "저 사람보다는 내가 덜(또는 더) 불행하다"는 상대성의 논리가 애초에 성립되지 않는, 무조건 가장 "절박 하고 깊"은 절대적 고통의 세계가 있다고, 거기서만 '완성'과 '절창'이 가 능하다고 탄식한다.

타인보다 덜 불행해서 다행이라고 안도하는 자는 시인이 될 수 없다. 왜 더 불행하고 더 고통스럽기를 소망하지 않느냐고, 허연은 우리에게 묻고 있다. 눈물 대신 콧물은 될 수 있겠다고, "내 삶을 뒤흔들" 정도는 아니지만 그래도 이만큼 아파서 내는 신음이라면 시가 될 수 있겠다고 갈음하는 '적당주의'의 고통은 진짜 고통이 아니라 고통의 코스튬 플레이에 불과하다는 게 '나쁜 소년'의 생각일까? 수만 리터의 물 가운데 단 한 방울만 눈물이 되는 것처럼 고통 중에서도 어떤 정수만이 절창의 '신음'이 될 수 있다. 시인은 "내게 와서 나를 흔들지 않은 것들은 지금부터 모두 무명"이라며 "나를 흔들지 않은 것들을 위해서는 노래하지 않겠다"고 선언한다.

우리나라 최초의 미술사학자인 우현 고유섭은 간경화로 40세에 사망했는데, 생전 이런 글을 남겼다. "나는 몹시도 빈궁하기를 바랐다. 난관이 많기를 바랐다. 나를 못살게 구는 사람이 많기를 바랐다. 부모도 형제도 붕우도, 모두 나에게 고통을 주고 불행을 주는 이들이기를 바랐다. 그러니 이를 얻지 못한 소위 다행아란 자가 불행한 나이다. 아아, 나는 불행하다. 그 이유는 여기에 있다. 사람의 마음은 일대난관에 처하여야 비로소 그의 마음에 진보를 발견한다. 발현되는 그의 소득은 비록 적을지라도…. 그러다가 마침내 폭발적 계시로 말미암아 그의 승리는 실현된다고 믿는 까닭으로…."(고유섭, 「고난」) 이 글을 읽으면서 나는 허연 시인의 차갑고 무표정한 얼굴을 떠올린다. 그 창백한 얼굴 뒤에는 불행을 통해 '폭발적 계시'를 얻고자 갈망하는 불온한 피가 흐른다.

고통이 없기만을 바라는 무통문명의 세상에서 시인은 "포유류가 낼 수 있는 가장 깊은 소리"의 신음을 듣고 '경전'과 '태초의 소리'를 떠올리며 부끄러워한다. 앞의 시에서 우리는 그가 '겨울의 내력'을 심하게 앓아 숱

한 고통을 경험했음을 이미 짐작했다. 그럼에도 불구하고 더 아프기를 바라는 시인의 열망은 고통에서 벗어나려 몸부림치는 이들의 간절함보다 오히려 더 뜨겁게 펄펄 끓는다.

지난 생이 밀어낸 이번 생이 잠시 휴식하는 동안
어떤 노래도 들려오지 않는다
트랙은 손 한번 흔들 줄 모르고

발작적인 음표들이
행군하는 개미떼의 등딱지처럼
트랙에 잔뜩 붙어있지만

노래가 될 놈은 없다
너희들을 날로 먹어야 어른이 되는 인디오 풍습처럼
트랙은 음표를 먹어치울 뿐 노래하지 않는다
왜냐면, 오늘 트랙은
노래를 할 수 없는 마음이니까

오늘도 트랙엔
죽어 눈처럼 내리는 음표들
트랙은 손 한 번 흔들어주지 않고

어떤 해는
트랙이 아닌 곳에 더 많은 노래가 내리기도 했다
그해에는
적절치 않은 좌표에 내린 음표들이
자신의 처지를 저주 하다

무한대로 아름다워지곤 했다.

—「트랙」 전문

"시인은 훌륭한 악기 같은 거지. 악기는 불행해도 상관없어. 문학이 나
오는 데는. 나는 훌륭한 악기가 되기 위해 지식과 교양에 편집증적인 관
심을 갖고 있어." 앞에서 인용한 인터뷰의 다른 한 대목이다. 트랙은 길,
발자국이라는 의미를 지닌 영어 단어다. 자기 디스크 등 회전하는 기억
매체나 자기 테이프 상의 테이프를 물리적으로 기록하는 부분을 일컫는
공학 용어이기도 하다. 그래서 음반에 수록된 곡을 보통 '트랙'이라고 부
른다. 허연의 '악기론'에 따르면 시인은 악기고, 시는 악기로 연주하는 음
악이다. 그러므로 문예지 등에 발표하는 시는 싱글 음원, 시집에 수록되
는 시들은 저마다 트랙일 것이다. 위의 시는 이렇게 바꿔 읽어볼 수 있다.
"시가 아닌 곳에 더 많은 시가 내리기도 했다 (…) 적절치 않은 행간에 내
린 문장들이 자신의 처지를 저주하다 무한대로 아름다워지곤 했다"라고.

과거가 유의미할수록 현재는 무의미하다. 지난날 썼던 시를 초월하는
작품을 써내지 못하는 동안을 시인은 애써 '휴식'이라 부른다. 그러나 '휴
식'이란 어떤 유의미한 사건도 일어나지 않는 무기력한 권태의 시간, "어
떤 노래도 들려오지 않는"다. 시인에게 '노래'란 영감, 시를 촉발하는 계
시, 두엔데 같은 것들이 아닐까. "어떤 해는 트랙이 아닌 곳에 더 많은 노
래가 내리기도 했"는데, 내 트랙이 아닌 곳에 내리는 노래는 내 것이 아니
다. "적절치 않은 좌표"란 노래가 되지 못한 음표들이 개미떼처럼 눌어붙
어 있는, 헛되고 헛된 집중과 열정의 은유다. 시는 남에게 가서 내리거나
내 노력과 무관한 곳에만 내리면서 보란 듯이 "무한대로 아름다워진"다.

이 '아름다움'을 이루는 음표들은 '신음'과 같은 음역을 공유한다. 희망이라든가 행복 따위가 아니라 절망, 고통, 난관, 고난, 슬픔, 죽음, 유사죽음, 고독, 괴로움, 환멸 같은 것들에서부터 아름다운 소리가 난다. 성실하고 정직한 삶의 자리, 건강한 양지는 모두 "적절치 않은 좌표"라서 시가 흘러오지 않는다. 언젠가 허연 시인은 내게 이렇게 말한 적 있다. "원고 펑크를 좀 낼 필요가 있다"고, "핸드폰을 꺼버리고 잠적할 필요가 있다"고, 불온하라고. 나는 언제쯤 나쁜 소년이 될 수 있을까?

존재한다면 생멸하지 않는다.

겨울날 종루 밑 돌계단에
산새 하나
완벽하게 죽어있다.
그래서 완벽하게 유효하다
늘어지지도 않고 피 흘리지도 않고
아파하지도 않고
죽어있다. 아니 유효하다
죽었는데 죽음이 아니고
살았는데 삶이 아니다.
죽음처럼
부스스하지도
죽음처럼
부어있지도 않다.
삶처럼 뜨겁지 않고
삶처럼 거짓되지 않고, 삶처럼
의존하지 않는다.

죽었는데
유효하다
생멸하지 않았으니
존재한 것이고
존재하는 것이고

멈추어서 자유로운 것이고

—「산새」전문

　"존재한다면 생멸하지 않는다"는 아포리즘은 너무나도 날카롭다. 이 문장이 나를 관통하는 순간, 나는 잠시 숨이 멎은 사람처럼 의식이 캄캄해지는 블랙아웃 상태를 경험했음을 고백한다. 내가 생멸하지 않는 '존재'라는 사실이 다행인지 불행인지에 대해 한참을 생각했다. 살아 있는 모든 존재는 태어나지도 죽지도 않는다. 탄생과 소멸은 각각 오직 한 번뿐인 압도적 사건이며, 그 처음과 끝 사이에서 모든 실존은 생도 멸도 아닌 그저 '있을 뿐'인 무엇, 그의 시를 패러디하자면 'Something이라고 불리는 Nothing'에 불과하다. "완벽하게 죽어있"는 산새가 "완벽하게 유효함"을 획득하는 순간, 살아 있는 우리들은 모두 완벽하게 무효하다. 아직 태어나지 않거나 이미 죽은 것들은 "늘어지지도 않고 피 흘리지도 않고 아파하지도 않"는다. "뜨겁지 않고" "거짓되지 않고" "의존하지 않는"다. "멈추어서 자유로운 것"이다. 그래서 유효하다. 하지만 생도 멸도 아닌 인간은 자신의 한계적 실존, 현실원칙의 간섭, 인정투쟁, 타인이라는 지옥, 파놉티콘 등에 갇힌 채 거짓말하고, 의존하고, 부자유하고, 체온을 유지하기 위해 애쓴다. 시인은 그 무효한 풍경들을 향해 "살았는데 삶이 아니다"

라고 냉소한다. 생의 미온적인 불완전함보다 죽음의 차가운 완벽함이야 말로 허연이 지향하는 '존재의 온도'인 것이다. 그는 이렇게 말한 적도 있다. "이상하게 난 살아있는 사람들에게선 감동이 잘 안 와."

사랑이 끓어 넘치던 어느 시절을 이제는 복원하지 못하지. 그 어떤 불편과 불안을 모두 견디게 하던 육체의 날들을 되살리지 못하지. 적도 잊게 하고, 보물도 버리게 하고, 인류도 걷어차던 나날을 복원하지 못하지.

그래도 하던 일은 해야 해서
재회라는 게 어색하기는 했지만.

때 맞춰 들어온 햇살에 절반쯤 어두워진 너. 수다스러워 진 너. 내 여전히 내 마음에 포개지던 너.

누가 더 많이 그리워했었지. 오늘의 경건함도 지하철 끊어질 무렵이면 다 수포도 돌아갈지 모르지만.
서로 들고 왔던 기억. 그것들이 하나도 사라지지 않았음을. 저주였음을.

재회는 슬플 일도 기쁠 일도 아니었음을.
오래전 노래가 여전히 생사를 반복하고 있음을.

그리움 같은 건 들키지 않기를. 처음으로 돌아가려 하지 않기를.
지금 이 진공관 안에서 끝끝내 중심 잡기를

당신. 가지도 말고 오지도 말 것이며

어디에도 속하지 말기를

그래서 우리의 생애가 발각되지 않기를

　　　　―「Nothing이라 불리는 Something에 대하여」

"사랑이 끓어 넘치던 어느 시절을 이제는 복원하지 못하지. 그 어떤 불편과 불안을 모두 견디게 하던 육체의 날들을 되살리지 못하지. 적도 잊게 하고, 보물도 버리게 하고, 인륜도 걷어차던 나날을 복원하지 못하지"라고 말하는 지독한 염세주의자와 다정한 환담을 나누며 술잔을 부딪친 밤이 있었다. 그의 문장들은 오늘, 여기, 현실, 지금에 대한 환멸과 냉소로 가득 차 있다. 언젠가 한 문학평론가는 내게 말했다. "육체가 나를 배반하는 때가 오면 자살할 거야"라고. 그의 목소리에는 "복원하지 못하"는 게 두려운 이의 뜨거운 떨림과 육체를 버림으로써 '완벽한 유효함'을 획득하려는 이의 차가운 단단함이 동시에 느껴졌다. 허연의 시에서 체감되는 일교차도 그러한 것이다.

우리의 사랑은 모두 과거형이다. 젊음에서부터 멀어져가는 육체는 얼마나 슬픈 것인가. 모든 감각과 감정과 명민함과 어리석음들이 한 데 섞여 폭발하며 터져 나오던 20대를 지나온 우리는 진작 요절했어야 마땅하다. 그 시절이 아니고서야 삶에 무슨 유효한 것들이 있단 말인가? "육체의 날들을 되살리지 못한" 채 물질과 경력과 존경을 쌓으며 기성이 되어가는 게 뭐가 그렇게 신나고 즐겁단 말인가? 왜 사람은 행복해야 하나? 산다는 것에는 무슨 의미가 있나? 허연은 우리에게 끊임없이 묻는다. 행복이나 노력, 꿈 따위 뜨거운 단어들로 괜히 달아오른 생에 차가운 얼음물을 끼얹는다. 그는 원체 차가운 사람이다. 다만 그가 오직 뜨거운 순간은 그 자신의 고통과 불행을 갈구할 때, 그 절망으로 인해 신음 같은 음악이 그에게 내릴 때, 완벽하게 유효한 죽음을 발견할 때다. 그리고 그 차가운 뜨거움은 "삶을 관통한 어떤 소리"가 된다. 우리는 그 소리를 듣는다. 열망과 냉소 사이에서 허연을 읽는다.

피로 쓴 시, 시라는 피

— 이소연·이설야·조온윤·이병일의 시

엘리엇의 「황무지」는 이렇게 시작한다. "4월은 가장 잔인한 달." 이 문장을 모르는 사람은 없다. 이 문장에 공감하지 않는 사람도 없다. 슬픔은 캄캄한 시련 가운데서보다 환한 평온 속에서 더 강렬하게 빛난다. 차가운 겨울이 다 끝났다고 안도할 때 꽃샘추위가 닥친다. 삭막한 우듬지에서 연둣빛 새순 돋아날 때 산불이 일어나 숲을 검은 잿더미로 만든다. 겨울 벌판보다 봄의 황무지가 더 황량해 보이는 것은 세상이 온통 빛으로 환하기 때문이다. 어두울수록 축제는 환희롭고, 밝을수록 슬픔과 고통은 숨을 데가 없다.

꽃이 피고 나비가 날아다닌다. 소풍과 야유회가 열린다. 누구나 쉽게 들뜨고 부풀어 오른다. 미소는 어디에나 있고, 가벼운 신발들이 공중에서 춤춘다. 그러나 그 충만한 기쁨 뒤에서 '가장 잔인한' 일들은 고양이 발톱처럼 꽃잎을 할퀴어 땅에 떨어뜨린다. 4월 제주 유채꽃 위로 죄 없는 사람들의 피가 강물처럼 흘렀다. 봄볕으로 반짝이는 마산 앞바다에 최루탄 박힌 김주열의 시신이 떠올랐다. '미친 봄의 물길'이 '푸른 봄의 생기'를 가득 머금은 학생들을 바다 속 캄캄한 겨울로 끌고 들어갔다. 그렇다. 4월은 가장 잔인한 달이다.

4월이 지나고 여름이 왔다. 4월이 잔인한 달이라면, 여름은 가장 폭력적인 계절이다. 폭염과 장마, 가뭄과 태풍을 떠올려보면 자명해진다. 낮이 긴 것 역시 야행성 생물들에게는 폭력이다. 여름에 우리는 모두 같은 빛에 갇히고 한 가지 색에 물든다. 어딜 가나 이글거리는 빛이 범람하고, 짙은 초록뿐이다. 자연의 전체주의는 여름에 특히 힘이 세다. 네루다는 "찌는 여름의 나무, 견고하고 온통 푸른 하늘, 황색 태양, 지쳐 늘어짐, 고속도로 위의 칼, 도시들 속의 그슬린 구두, 그 밝음과 세계가 우리를 내리누르고 두 눈을 찌른다, 자욱한 먼지, 갑작스러운 금빛 강타로 그것들은 우리 다리를 고문한다, 작은 가시들로, 뜨거운 돌들로, 그리고 입은 괴롭다, 발가락들보다 목은 더 탄다"(「수박을 기리는 노래」)고 여름을 노래한 바 있다. 남미의 여름 기후 및 풍경에 대한 실감나는 묘사로 시작해 여름에 느껴지는 갈증과 권태, 무기력함을 군부독재에 억눌린 민중의 고통으로 암시해내기까지 한 것이다.

잔인한 4월과 폭력적인 여름 사이에서 몇 편의 시를 읽었다. 기온이 오를수록 시인들의 피도 뜨거워진 것일까? 여름에 읽은 잔인한 달의 시편들에서는 '피'라는 단어, '피'라는 이미지, '피'라는 상징이 유독 눈에 띄었다. '피'는 생명의 상징이자 정신의 은유이지 않은가? '피를 잉크 삼아' 문장을 쓰는 시인들은 피가 예민해야만 한다. 물리적이고 또 비물리적인 폭력들, 유무형의 무수한 폭압들, 주류의 지배질서와 상징권력의 횡포가 폭염과 짙은 초록으로 은유되는 계절에 피가 날카로운 시인들은 '피'로서 세계의 폭력에 저항하려 한다. 여기, '피'가 남다른, '피'가 뜨거운 몇 편의 시를 소개한다.

아무데서나 펼쳐지는 초록을 지날 때
머리에서 발끝까지
어떤 감정이 치밀어 오르는지

초록은 왜 허락 없이 돋아나는가

귀가 없으므로

초록은 명령한다
초록은 힘이 세다

초록에 동의한 적 없습니다
초록을 거절합니다
초록이 싫습니다
합의 하의 초록이 아닙니다

"문란하구나"

누구에게 하는 말입니까?

"초록을 싫어하는 인간은 없다"

나를 떠메고 가는 바람이 없다는 것을 알아챈 오후

웃음을 열었다가 닫는다

툭, 불거지는 질문처럼
아, 내가 지나치게 피를 많이 가지고 있었구나
　　　　　　　　　　　　— 이소연, 「초록의 폭력」 전문

　이 시는 제목부터 '초록의 폭력'이다. 여름의 녹음은 **빽빽**해서 마치 견
고한 벽처럼 느껴진다. 가로수도 초록이고, 숲도 초록이다. 도화지에 나
뭇잎을 그릴 때 아이들은 주저함 없이 초록색 물감을 쓴다. 초록은 도처
에 가득하다. "아무데서나 펼쳐지는 초록"은 "허락 없이 돋아나"고, "힘이
세"다. 이 전체주의와 일방적 획일화는 폭력이 분명하다. 그럼에도 '초록'
은 긍정적인 느낌의 색채로 대중에게 각인되어 있다. '자연은 선하다'라는
전통적인 믿음 때문이다. 초록은 깨끗한 자연을 상징하거나 평화와 안전
을 의미한다. 하지만 시인은 '초록'이라는 기성의 상투적 질서를 의심한
다. 상징권력인 '초록'에 반대한다.

　이 시에서 '초록'은 거부해선 안 되는 기성의 질서이자 모두가 순응해
야 하는 일방적 법칙을 의미한다. 우리는 초록이라는 감옥에 갇힌 사람들
이다. 초록이 감옥인 줄 모른 채 아무런 의심 없이 스스로 초록으로 걸어
들어간다. 그러나 화자는 다르다. "초록에 동의한 적 없습니다"라고 목소
리를 낸다. 초록이 싫다고, "합의 하의 초록이 아니"라고 초록의 폭력에
저항하지만 그 저항의 결과는 "문란하구나"라는 세상의 낙인이다. 원치
않는 초록을 강요당한 화자에게 세상은 "초록을 싫어하는 인간은 없다"
고 말한다. "너도 좋으니까 했을 것 아니냐"는 투의 빈정거림은 어딘지 익
숙하다. '동의', '거절', '합의', '문란'이라는 단어들을 통해 '초록'의 정체를

좀 더 구체적으로 유추해보자. 초록은 가부장적이고 남성중심의 왜곡된 '젠더 권력'을 의미한다. "아무데서나 펼쳐지는 초록을 지날 때" 화자는 "머리에서 발끝까지 어떤 감정이 치밀어 오른"다. 분노, 혐오, 수치심, 모욕감, 무력감 등이 뒤섞인 복잡한 감정일 것이다. 시선 강간, 캣콜링(남성이 길거리를 지나가는 불특정 여성을 향해 휘파람을 불거나 성희롱적 발언을 하는 행위), 단톡방 성희롱 등 남성이라는 권력이 만든 '강간 문화'가 여름의 초록처럼 만연한 세상이다. 그 폭력에 피해를 입은 여성들을 향해 남성들은 "문란하다"며 도리어 손가락질을 하고, "그걸 싫어하는 인간은 없다"며 피해자에게 책임을 전가하는 식으로 자신들의 행위를 정당화한다.

"허락 없이 돋아나는" 초록에는 "귀가 없"다. 인류의 역사가 시작된 이래로 이 남성중심의 젠더 권력은 단 한 번도 여성 피해자의 목소리에 귀를 연 적이 없다. 폭력이 폭력인 줄 모른 채, 아니 알면서도 외면한 채 여전히 수많은 '초록'들은 지하철에서, 공원에서, 카페에서 다리를 쩍 벌리고 앉아 끈적거리는 눈길과 음담패설을 던지고 있다. 이 초록의 지옥에서 화자는 "나를 떠메고 가는 바람이 없다는 것"을, 이 지옥에 변화의 가능성이 없다는 것을 알아차리고는 쓴웃음을 짓는다. 그러고는 혼잣말을 한다. "아, 내가 지나치게 피를 많이 가지고 있었구나"라고. 여기서 '피'는 여성의 주체성이자 정의감을 상징한다. 초록의 세계에서 여성의 주체성과 정의감은 '불온한 나쁜 피'로 취급당한다. 이소연은 여성 화자의 관점에서 남성의 기득권, 즉 젠더 권력의 폭력성을 고발하고 있다. 화자는 자신의 붉고 뜨거운 피가 초록에 덮여 지워지는 현실에 끝내 주저앉게 될까? 그녀를 떠메고 갈 바람은 정말 불지 않는 것일까? 창밖에는 바람 한 점 없고, 먼 산 녹음은 점점 더 짙어져 간다.

가 벽에 걸려 있었다
단추를 푼 옷처럼 너덜너덜한, 머리 잘린 소
축축한 내장과 선지가 빨간 대야 속으로 떨어져 깊이 잠들었다
상처의 속을 다 헤집어 꺼내놓고 소라고 부르는
소라고 해서 소라고 부르고 있는 입들

천장 위에 매달린 붉은 등이 흔들린다
하얀 비계를 떼어내고 뼈에서 살을 분리하며
소가 되어가는 일
자꾸 되살아나는 망집을
파놓은 구덩이 속으로 밀어 넣으며
버리고 또 버리는 일

죽은 자 앞에서 염을 하듯 노련한 여자
얼굴 반쪽을 덮고,
목을 조르며 머리 꼭대기까지 올라가는 넝쿨식물 같은
푸른 멍을 보았다
자신의 멍 속으로 걸어 들어가는 여자

붉은 등이 벽에서 벽으로 번져가고
도마 위에서 모두가 고요해진 순간
드디어 여자는
소의 그림자까지 자를 수 있었다
피 묻은 입과
떨리는 손으로
아주
잠깐

— 이설야, 「흉몽 - 정육점으로 간 소」 전문

"소가 벽에 걸려 있"는 정육점의 풍경은 그다지 특별한 것이 아니다. 다소 잔혹하긴 해도 일상에서 쉽게 접할 수 있는 익숙한 장면이다. 그런데 시인은 시의 제목을 '흉몽'이라고 붙였다. 그 이유가 궁금해진다.

이 시 역시 일상에 공기처럼 침투한 폭력과 그 폭력에 노출된 한 개인의 이야기를 다루고 있다. "머리 잘린 소"의 "축축한 내장과 선지"를 매일 보고 만지고 냄새 맡는 정육점의 노동이 '여자'에게 가해진 폭력이다. 그것은 벗어날 수 없는 '생계'의 굴레라는 점에서, 또 선혈 낭자한 일종의 '스너프 필름'이라는 점에서 모두 폭력이다. 소의 시체를 자르고 내장을 끄집어내는 행위는 아무리 숙련되더라도 끔찍한 잔상과 죄의식을 남기게 된다. 사람을 대상으로 하는 것은 아니지만, 어쨌든 사체를 토막 내는 훼손 행위는 결코 유쾌할 수 없다.

여자는 "하얀 비계를 떼어내고 뼈에서 살을 분리하며 소가 되어간"다. 칼을 쥐고 일에 몰두할수록 뼈에서 분리되는 살은 소고기가 아니라 자신의 살점이다. 주검을 자르는 반복노동 가운데 여가, 취향, 개성, 주체성을 잃어버리고 그저 일하는 소가 되어간다. 생활이라는 칼에 의해 '자아'의 살점이 잘려나가는 도축 소가 되어간다. 자신의 의지로 정육사를 택한 게 아닐 수도 있다. 어느 한 시절 품었던 꿈과 이상을 스스로 '망집'으로 여기며 소의 검붉은 내장 찌꺼기와 함께 "구덩이 속으로" "버리고 또 버리는" 여자는 이미 오랜 시간 '삶'이라는 폭력에 길들여진 것이다. 소를 자를수록 내가 소가 되어가는 모순이 바로 '흉몽'이다.

"목을 조르며 머리 꼭대기까지 올라가는 넝쿨식물 같은 푸른 멍"은 끔찍한 흉몽의 이미지로 적합하다. 그런데 여자는 자신을 옥죄는 그 '푸른 멍' 속으로 서슴없이 걸어 들어간다. "피할 수 없으면 즐겨라"라는 격언이 떠오른다. 벗을 수 없는 굴레에 갇혀 고통스러워도 순응하는 피동적 객체 대신 운명을 받아들이고 운명의 가장 깊은 심연까지 나아가는 능동적 주체가 되는 쪽을 택한 것이다. 그러자 생의 모든 번민과 잡념들이 잠잠해진다. "도마 위에서 모두가 고요해진 순간" "드디어 여자는 소의 그림자까지 자를 수 있"게 되었다. 소에 늘 드리워졌던 불길한 예감과 두려움, 망집의 그림자, 즉 흉몽을 잘라내게 된 것이다. "피 묻은 입"은 여자의 몰두와 집념을 의미한다. 소의 피가 입에 묻는 것도 아랑곳하지 않고, 때로는 힘을 주느라 입술을 꽉 깨물어 피가 나기도 하면서, 삶에 피동적으로 함몰되기보다 능동적 주체가 되어 '삶'이라는 소를 마음대로 손질할 때, "노련한 여자"는 포정(庖丁)의 경지에 이르게 된다. 이 시는 '소'를 '시'로 바꿔 읽어도 무방하다. 그때, 비계를 떼어내고 살을 분리하는 정육 가공의 과정은 시니피에와 시니피앙의 문제로, 또 함축과 여백, 절제라는 언어의 제련 과정으로 치환된다.

초코파이를 받았다
피를 뽑고 약해질 때마다
착해지는 기분이 된다

피주머니가 빵봉지처럼 부풀어 오르는 동안

원의 둘레를 재는 방법에 대해 생각했다
무수한 직선들을 잇고 이어서
곡선을 만들었을 수학자에 대해
사실 휘어짐이란 착시일 뿐이라고

뼈의 모양은 직선이지만 서로의 뼈를 비스듬히 잇고
뼈를 또 잇고
이어서
둥그런 원을 만들 수도 있겠다고
생각했다
상처를 솜으로 막아 피를 굳게 하는 동안엔

모두가 조금씩만 아파주면
한 사람은 전혀 아프지 않을 수도 있지 않냐고
아픔이 선함에 비례한다면

초코파이와 오렌지주스는 맛있고 누군가는
상냥했다
상냥한 사람이 되기까지 고통스러웠을 수도 있다

헌혈의 집을 나서자
파이가 빨간 비닐을 벗으며 둥그렇게 떠오르고 있고

그 속으로 역광을 만들며 걸어가는 사람들
인간의 모양이 휘어지고 있다고 느낄 때

한 사람을 위해 팔을 꺾는 사람들과 있었다
우리가 햇볕 속에 함께 있음을
무수한 뼈를 엮어 만든 포옹이라 느낄 때
지평선은 물결이 되어
일렁거리고

이제 바늘자국을 만져도 아무렇지 않은 이유를

곰곰이 생각해봤는데

돌고
돌아서
나의 차례였다

　　　　　　　　　　　　　　　　　　　　　　─ 조온윤, 「원주율」 전문

헌혈자에게 '초코파이'를 주는 것은 피가 곧 생명이기 때문이다. 소모된 기력을 빵으로 보충하라는 뜻이다. 헌혈자가 피를 내어주고 빵을 받을 때, 피와 빵 사이에는 등가가 성립된다. 위 시는 그 등가의 상상력에서부터 출발한다.

화자는 헌혈을 하는 동안 "원의 둘레를 재는 방법에 대해 생각"하고, 직선과 곡선, 휘어짐의 착시, '뼈의 모양'에까지 사유를 확장시켜 나간다. 이 사유의 비약적 전개는 "피주머니가 빵봉지처럼 부풀어 오르는" 곡선 운동의 관찰에서 시작된 것이다. 화자가 말했듯 "사실 휘어짐이란 착시일 뿐"이다. 지구는 등속직선운동을 하지만 태양의 중력으로 인해 휘어진 시공간을 따라 변속곡선운동을 하는 것처럼 보인다. 그러므로 '무수한 직선들'이란 우리가 사는 세계의 본래적 상태를 의미한다.

일정한 간격을 두고 그어진 두 직선이 있다고 해보자. 두 직선은 같은 방향으로 나아갈 땐 평행선이 되어 닿지 못하고, 다른 방향으로 나아갈 땐 극과 극으로 영영 멀어진다. 두 직선이 닿을 수 있는 방법은 오직 수직과 수평의 교차뿐인데, 이는 한 순간 서로를 고통스럽게 뚫어 관통할 뿐 끝내 각기 다른 지점으로 뻗어가고야 만다. 화자가 "뼈의 모양은 직선"이라고 했을 때, 직선은 인간이 지닌 본래의 운동 상태가 된다. 인간은 직선으로 뻗어나가며 경쟁하고, 양 극단으로 달리고, 날카로운 창처럼 서로를 찌르는 관성을 지녔다. 시인은 이 각자도생의 이기적 인간 사회를 폭력의 세계로 규정한다.

시인은 직선의 폭력을 극복하는 구체적 방법론을 제시한다. "서로의 뼈를 비스듬히 잇고 뼈를 또 잇고 이어서 둥그런 원을 만드"는 것이다. 원을 만들면 서로 닿을 수 있다. "무수한 뼈를 엮어 만든 포옹"은 "우리가 햇볕 속에 함께 있음을" 깨닫게 한다. 타자를 안아주는 포옹은 물론이고, 헌혈 또한 '뼈를 이어 원을 만드는' 이타적 사랑의 실천이다. 헌혈은 '피'를 통해 나와 타자의 동일성을 확인하는 행위이다. 내 생명의 일부를 내어줌으로써 타인의 생명을 살리는 희생이기도 하다. "모두가 조금씩만 아파주"는 이 희생으로 인해 "한 사람은 전혀 아프지 않을 수도 있"다. 화자가 "바늘자국을 만져도 아무렇지 않은 이유"는 "돌고 돌아서 나의 차례", 즉 그 '조금씩만'의 희생을 이제 그가 타자로부터 받게 된 까닭이다.

서로의 뼈를 잇고 이어서 만든 둥그런 원에는 원주율이 존재한다. 이 원주율 '파이(π)'는 끝이 없는 무리수이자 초월수이다. 가장 완전한 형태인 원을 이루는 질서인 이타적 사랑과 희생은 모든 한계를 뛰어 넘는다. 스물여섯 살 시인 조온윤의 깊은 세계인식은 신뢰할 만한 것이다. "파이가 빨간 비닐을 벗으며 둥그렇게 떠오르고"와 같은 능숙한 이미지 변주라든가 동음이의어인 '파이(빵)'와 '파이(π)'를 이용한 언어유희는 그가 사유의 탄탄함 못지않게 기술적인 역량도 갖추었음을 보여준다. 조온윤의 시를 주목해야 하는 이유다.

수평선은 실컷 바라봐도 수평선이지만 일각고래는 북두칠성 뜨는 밤, 저 수평선 끝까지 다녀와서 빙산 곁에서 죽는다 고래의 피와 뼈와 거죽은 조상을 부르는 물건이 되고 피의 노래가 되고 아직도 새것인 작살 촉이 되어준다

고래의 이빨을 팔아 공책과 연필을 사 왔다 아주 헛장사는 아니니까 다행이다, 사나흘 밤을 지새운 값은 했으니까 공책의 칸칸마다 먼 바다에서 돌아오지 않는 것을 기록하는 사냥꾼, 발가락 끝을 간질이는 무른 때를 밤새 긁는다 발새가 뜨고 벌어지는 사이, 백야다

일각고래는 쉬지 않고 천 리를 달려왔다 빙산에 제 머리를 비추자 식전부터 제 낯이 아니라고 물숨을 크게 뱉는다 저쯤 되어야 이누이트족이지, 참! 당신은 나의 증조부를 많이 닮았다오 아무리 둘러봐도 두 발 달린 검은 짐승은 나밖에 없는데

그러거나 말거나 나는 반백의 작살을 던지고, 피를 불기둥으로 뿜으면서 죽는 일각고래를 빙판 위로 꺼내 온다 고래의 이빨은 처음 올 때 입었던 바다 빛으로 형형했다 오늘도 저기 저 일각고래는 사방을 열고 봄볕을 뱉는다 나의 불온한 미신(迷信)을 찌른다 첫물, 피로 이마와 눈가를 씻는다

— 이병일, 「일각고래」 전문

이병일은 늘 새로운 자연의 상상력을 선보이는 시인이다. 위의 시에서도 자연을 깊이 보고 또 널리 보는 미시와 거시의 시야를 활달한 상상력 속에 펼쳐내고 있다. 위 시에서는 환경오염과 그로 인한 기후 변화가 폭력의 양상으로 제시된다. 일각고래는 그 폭력의 피해자다.

"수평선은 실컷 바라봐도 수평선"이라는 첫 문장은 자연의 영원성, 불

변하는 항상성에 대해 노래한다. 그러나 영원과 항상은 이미 낡은 믿음일 뿐이다. "일각고래는 북두칠성 뜨는 밤, 저 수평선 끝까지 다녀와서 빙산 곁에서 죽는"다. 수평선 끝까지 헤엄쳐도 몸을 의탁할 바다가 없기 때문이다. 결국 그나마 남아 있는 빙산 곁으로 돌아와 이누이트의 손에 죽는다. 이누이트에게 사냥 당해 죽을 수 있는 것은 어쩌면 행운인지 모른다. "고래의 피와 뼈와 거죽은 조상을 부르는 물건이 되"고, "아직도 새것인 작살촉이 되"고, "고래의 이빨을 팔아 공책과 연필을 사"올 수 있게 해주기 때문이다. 일각고래는 죽어서 이누이트족 어린 아이들을 공부시킨다. 그 아이들이 자라나 지구 환경을 위해 일하게 된다면, 일각고래들은 종족을 유지할 수 있을 것이다.

이제 그 빙산마저 지구온난화로 녹아버리면 일각고래는 그야말로 객사하게 될 것이다. 이 객사는 곧 멸종으로 이어지고, 일각고래가 멸종하면 이누이트족도 몰락할 수밖에 없다. 즉 일각고래와 이누이트는 운명공동체다. 자신을 사냥하려는 이누이트를 향해 일각고래는 흥미로운 이야기를 한다. "당신은 나의 증조부를 많이 닮았다오"라고 말이다. 수만 년에 걸쳐 일각고래를 사냥하고 그 피와 살을 먹었으니 고래의 유전형질이 이누이트에게 흐르는 것은 당연한 일이다. 한편 이누이트족은 가족이 죽으면 그 시신을 얼음 위에 두어 바다로 떠내려가게 하거나 풍장(風葬)되게 하는데, 북극곰과 바다사자와 북극제비갈매기와 고래가 그 시신을 뜯어 먹음으로 자연 속에서 영혼이 윤회한다고 믿는 것이다. 서로 먹고 먹히면서 유전형질을 공유해온 일각고래와 이누이트는 자연이라는 우주 안에서 동족인 셈이다.

"그러거나 말거나 나는 반백의 작살을 던지고, 피를 불기둥으로 뿜으면서 죽는 일각고래를 빙판 위로 꺼내온"다. 작살을 던져 사냥하는 것은 일 각고래에 대한 극진한 예우, 일각고래 입장에서도 '형제'의 손에 죽는 것 은 가장 인도적이면서 자연적인 죽음의 방식이다. 이누이트는 남획하지 않는다. 이누이트에게는 사냥이 가장 순전하고 뜨거운 형제애의 실천이 다. 일각고래도 그것을 알기에 "빙산 곁에서 죽는"다. "피로 이마와 눈가 를 씻는" 이누이트의 행위는 자신의 몸속에 일각고래의 피와 영혼을 흡수 하는, 그래서 함께 한 몸을 이뤄 공생하려는 거룩한 신앙의 제의다.

> 나는 조상에게 피를 내어준 양을 지켜야 해요
> 까만 눈을 뜨고 설표의 이빨자국에도 겁먹지 말아야 해요
> 나는 밤을 위해 후—하고 입김을 불어요
> 그러면 어제 죽은 양의 그림자가 어디쯤 와 있는지 알 수 있어요
> 나는 그렇고 그런, 열세 살 소녀
> 설표가 왔다고 징을 크게 세 번 치면서 아버지를 불렀죠
>
> 그런데 어찌된 일인지, 아버지는 설표를 향해 총을 쏘지 않았죠
> 그 대신 눈앞에서 사라진 양을 위해 금언 하나를 지었죠
> 삶과 죽음을 이야기하는 설표를 '형제'라고 칭했죠
> 오늘도 별자리 이불도 나를 덮고 자는데
> 밤이슬은 공허와 한기로 나를 짓누르면서 걱정하지 말라 했죠
> — 이병일, 「페드 야트라」 부분

이번에 발표한 신작시에서도 인간과 자연이 '형제'라는 이병일의 '동족 의식'이 잘 나타난다. 위 시는 「일각고래」의 연장선에서 읽을 수 있다. "나는 조상에게 피를 내어준 양을 지켜야 하"는 '열세 살 소녀'다. 소녀 앞

에 유령처럼 무시무시한 설표가 나타난다. 설표는 소녀는 해치지 않고 양만 물어간다. 아버지는 그 양을 물어간 "설표를 향해 총을 쏘지 않"는다. 그러고는 "설표를 '형제'라고 칭"한다. 소녀 가족과 설표 사이에 "삶과 죽음"이 공정한 거래로 교환되며 유대관계가 형성될 때, "밤이슬은 공허와 한기로 나를 짓누르면서 걱정하지 말라"고 위로해준다. 이병일은 원시적 자연의 삶이야말로, 만물과 유기적 관계를 맺는 아날로지의 실천이야말로 인간의 탐욕과 환경 파괴라는 폭력에 대항하는 방법임을 역설하고 있다.

여름에 우리는 육체와 정신을 더위에 점령당한 피동적 존재가 되어 무기력에 길들여질 것이다. 무성한 녹음에 살까지 물이 들고 마는 권태에서 어떻게 벗어날 것인가? 이 계절에는 뙤약볕 말고도 폭풍우와 홍수, 가뭄도 있다. 세계의 폭력도 여름의 여러 얼굴처럼 다양한 모습으로 우리를 위협할 것이다. 인간은 정온동물이지만 시인은, 시를 읽는 우리는 변온동물이 되어야 한다. 여름이 뜨거워질수록, 세계의 모순과 폭력이 심화될수록 피가 끓어야 한다. 혁명은 외부에 있지 않고 내부에서 조용히 피어오르는 법이다. 당신의 피는 지금 끓는점을 향해 솟구치는 중인가?

폭염과 동물화

―오은·임솔아·김인갑·김지윤의 시

가만히 서 있기만 해도 숨이 턱턱 막힌다. 땀이 속옷을 적시고 목덜미를 흥건케 한다. 온몸이 축축하고 끈적거린다. 땀과 섞인 선크림이 눈으로 흘러들어 따갑다. 눈에 고인 물기를 빨아먹으려는 날벌레들이 거슬린다. 밤공기는 뜨겁고 새벽은 미지근하다. 사포로 문지르는 듯한 땡볕이 살 껍질을 벗겨낸다. 정수리에 전동드릴이 박히는 느낌, 때때로 현기증이 일어난다. 목이 마르다. 사막에서 조난당한 사람처럼 갈증이 타오른다.

지독한 폭염이다. 유례없는 불볕더위의 날들이다. 짧은 장마가 끝나자마자 폭우보다 더 맹렬하게 뙤약볕이 쏟아져 내리는 중이다. 어디로 가도 태양을 피할 수 없다. 더우니까 욕구가 단순해진다. 이성적 사고가 마비되고 생존에의 육체적 본능만이 작동한다. 더위를 피해 서늘한 곳에 있고 싶다. 해갈이 절실하고, 찬물에 몸을 씻고 싶다. 물을 많이 마시니 방뇨와 배변 등 자꾸만 배설하고 싶어진다. 쾌적한 곳에서 먹고 눕고 홀레붙고 싶다. 폭염 속에서 우리는 동물화한다.

　코제브는 근대 이후 인간의 존재 양식이 스노비즘과 동물화로 나뉠 것이라 예견했다. 스노비즘은 내용 없는 형식주의, 속물근성이다. 이상의 시대가 끝나고 허구의 시대가 되자 이상은 소멸하고 '이상을 추구했던 욕망'과 그 형식만 잔존하게 되었는데, 그 찌꺼기들을 욕망하는 태도가 스노비즘이다. 마치 상상임신과도 같다. 형식을 따지므로 타인의 평가나 인정에 집착한다. 반면 동물화는 욕망이 아닌 욕구다. 생리적인 것으로 이상 같은 건 애초에 없으며, 타자의 시선이나 형식 따위는 중요치 않다. '없는 이상'을 갈구하며 타인의 인정을 바라는, 그래서 늘 결핍 상태가 유지되는 스노비즘과는 달리 동물화는 결핍이 해소되는 즉시 만족을 얻는, '결핍─만족'의 무한 반복이다. 타자와의 커뮤니케이션 없이도 패스트푸드와 성매매를 통해 즉각적이고 일시적으로 욕구를 해결할 수 있는 소비주의 사회가 동물화의 전형이다.

　'동물화'라는 용어의 개념적 의미 때문에 코제브의 말을 옮겨 붙였지만, 동물화란 단순하다. 이성과 합리보다 생존과 관계된 생리적 욕구에 더 충실하며 환경에 적응하려는 본능이다. 배부르고 등 따뜻해야 이상이든 스노비즘이든 가능해진다. 당장 죽게 생겼는데 타자의 인정이나 평가 같은 게 무슨 소용인가. 먹고 사는 게 가장 중요한 사회가 동물화 사회다.

　폭염은 한국 사회를 일컫는 신조어인 '지옥불반도'의 물리적·감각적 현현이다. 사람을 동물로 만드는 이 폭염 속에서, 과열된 생존경쟁의 콜로세움 안에서 시인들 역시 동물화의 양상에 주목하고 있다.

　　앞만 보며 달려왔어요

뒤를 볼 겨를이 없었어요
누가 쫓아오고 있는 것처럼
그림자를 볼 여유가 없었어요

뒷바라지하느라 이렇게 늙었어요
앞에 뭐가 있는지 알 수 없었어요
누가 달아나고 있는 것처럼
몰아세우니 밀어붙이는 수밖에 없었어요

위를 떠받들며 살아왔어요
아래를 보살피며 살아왔어요
위아래가 있는 삶이었어요
옆에 누가 있는지
어떤 풍경이 흘러가고 있는지
이 거대한 풍경에서 나는 어떤 표정을 담당하고 있는지

하나도 궁금하지 않았어요
실은 무서웠어요
일그러져서 다시 펴지지 않을까 봐
희미해져서 다시 생생해지지 못할까 봐

무서워서 눈을 감아버렸어요
온몸이 거대한 속표정으로 변했어요

눈뜨면 여기였어요
여지없이 여기였어요

오늘은 오늘의 밥이 절실했어요

내일은 내일의 옷이 요긴했어요

십 년 뒤 오늘에는 집을 가질 수 있을까요

앞을 보면
개떼처럼 몰려가는 사람들이 있었어요
뒤에 있어서
어디로 가는 길인지 모를 때가 많았어요

늘 위아래가 있었는데
꾹 다문 입술에서는
아무 말도 새어 나오지 않았어요

더 이상 갈 데가 없어서 멈췄어요
풍경이 보이기 시작했어요
속마음을 들키기라도 한 듯
그림자가 꿈틀거렸어요

뒤를 돌아다보니 거울이 있었어요
내가 있었어요
잊고 있었던 얼굴에는 물굽이가 가득했어요

어디로 흘러도 이상할 게 없는 표정이

　　　　　　　　　　　　　　　　—오은, 「58년 개띠」 전문

 '58년 개띠'는 대한민국 고도성장의 주역이다. 베이비붐 세대로서 입시
와 취업, 승진 등에서 치열한 경쟁의 고난을 겪었지만, 고성장시대에 사

회 진출해 '중산층'과 '내 집 장만'의 보람도 어렵지 않게 누렸다. 1980년대 민주화 운동을 주도했고, 1990년대엔 경제호황과 IMF 국가부도사태의 한 가운데서 빛과 암흑을 모두 뒤집어썼다. 이제는 퇴직을 앞둔 '노병'들이지만 고령화 추세 및 자녀 세대의 사회 진출이 늦어지는 세태 속에서 여전히 '개처럼' 일하는 중이다.

"위를 떠받들며 아래를 보살피며" 한국 사회의 '허리'로 살아온 '58년 개띠'는 가족과 국가를 "뒷바라지하느라 이렇게 늙었"다. 그들이 뒷바라지한 것은 동물화된 사회의 동물화된 욕망들이다. 가족들이 편하게 먹고 마시고 자고 배설할 수 있도록 자신을 "일그러"뜨리고, 상품사회에서 자녀들이 결핍을 즉각적으로 해소할 수 있도록 스스로 "희미해"졌다. 때로는 '남 부럽지 않게'라는 스노비즘을 위해 더 사납고 부지런한 동물이 되길 주저하지 않았다.

이제 그들에게 남은 것은 불안한 노후, '꼰대'라는 오명, 곧 쓸모없어 버려질 거라는 불안감뿐이다. "앞만 보며 달려왔"지만 "더 이상 갈 데가 없어서 멈췄"다. 어떤 이상도 없이 그저 "오늘의 밥"을 위해 "개떼처럼 몰려가"는 '동물화'에 동참, 누구보다도 충실한 개로 살아왔는데, 이제 '개'이기를 멈추고 자기존재를 돌아보니 '나'는 오직 '그림자'와 '물'로 이뤄진 허깨비인 것 같아 쓸쓸할 뿐이다.

"어디에 흘러도 이상할 게 없는 표정"을 발견하는 순간 '동물'의 수치를 깨우치는데, 부끄러움을 아는 그때 바로 동물의 세계에서 추방당한다. 오직 '오늘의 밥'과 '내일의 옷'을 위해, 단순한 욕구만을 위해 달려가는 자만이 동물화된 자본사회에서 살아남을 수 있다.

검은 눈동자 주변을 검은 하루살이들이 배회한다. 눈동자에
빠져 죽은 하루살이를 손끝으로 꺼낸다.
무더운 나라의 동물원에도

북극곰이 있었다.
녹아내리는 얼음 덩어리 위에

널브러져
북극도 북극곰이라는 사실도
모르는 북극곰도
거기가 북극이 아니라는 건 알고 있었다.
입을 벌린 채

매일 아침 나는 순환선에 앉아 있다.

비가 내렸고
돌돌 접은 우산의 꼭지에는 빗방울이 모였다.
내 몸을 타고 내려온 것도

발밑에 웅덩이로 고였다.

한 방울
한 방울
한 방울

호수가 남아 있었다. 북극을 지나가고 있었다. 나는
웅덩이를 순환선에 두고 내렸다.

—임솔아, 「무덥게 깊은 밤」 전문

동물화된 사회는 마치 '동물원'을 연상시킨다. 개개인이 전체의 질서와 규칙에 구속되고 또 길들여져 그걸 벗어날 수 없다. 저마다 다른 류, 다른 종의 다양한 동물들이지만, '동물원'을 계속 유지하기 위해 규격화된 우리에 갇힌 채 먹고, 자고, 배설하고, 교미하고, 죽는다. 모두 똑같은 방식으로 그저 살아 있기 위해 산다.

"검은 눈동자 주변을 검은 하루살이들이 배회"하는 모습은 더위에 지쳐 널브러진 사자의 콧잔등에 파리들이 윙윙거리는, 흔한 동물 다큐멘터리의 한 장면을 떠올리게 한다. 파리 한 마리, 하루살이 하나 쫓을 수도 없이 그냥 '생존'만 하고 있는 무기력함은 동물이나 사람이나 마찬가지다. 하루살이도 다르지 않다. 생존을 위해 수분이 있는 눈동자로 날아들어 죽는다. 단지 살기 위해 죽고, 죽기 위해 산다. 화자는 "매일 아침 순환선에 앉아 있"는데, '순환선'은 '결핍—만족', '삶—죽음'이라는 동물화 사회의 단순구조 메커니즘을 암시한다. 그는 "눈동자에 빠져 죽은 하루살이를 손끝으로 꺼내"는 권태로움 가운데 "무더운 나라의 동물원"을 생각한다.

동물원 안에서도 가장 비참한 동물은 북극곰이다. 더군다나 무더운 나라의 동물원이라면 더욱 그렇다. 환경 자체가 폭력이며, 생존이 곧 지옥이다. 타고난 성정과 기질, 개성이 어떻든 무조건 '더위'에 적응해야하는 것이 동물화 사회의 규칙이다. 동물원은 북극곰의 유토피아인 '북극'을 인공 얼음으로 모방한다. 철저한 시뮬라크르다. "북극곰도 거기가 북극이 아니라는 건 알고 있"다. 알아도 어쩔 수 없으니 그냥 현실을 수용하며 살 뿐이다.

자유, 기회, 복지, 편리 같은 단어들로 유토피아를 흉내 내는 자본사회는 동물원의 가짜 북극과 마찬가지다. 사람들은 이상 공간이 아닌 걸 알면서도 그 안에서 그저 산다. "녹아내리는 얼음"은 현대인들의 위태로운 거처를 연상시킨다. 종일 먹을 것을 찾아 헤매다 언제 잃어버릴지 모르는 '지상의 방 한 칸'으로 돌아와 널브러진다. 그리고 다시 아침이면 순환선을 타고 출근한다. 우리는 모두 "무더운 나라의 동물원"에 살고 있다.

집나온 개들이 모여 있었다 목줄을 찬 개들이 대부분이었다 뒷다리
가 없는 개, 한쪽 눈을 잃은 개, 차에 치인 개, 짖지 못하는 개들이 모여
있었다 끼니마다 개들을 위해 밥을 가져다주는 나이든 과부도 있었다
허기진 개들은 그 시간을 오래 기다렸고 밥은 금방 동이 났다 개밥 때
문에 싸우는 일은 드물었다 밥을 먹고 나면 개들은 자기 밥그릇을 과
부에게 주고 오줌을 쌌다

밤이면 술 취한 형광등이 형광등 빛을 물고 늘어졌다 그런 복도 위
로 개들이 개줄을 질질 끌며 돌아다녔다 자신을 버린 주인의 목소리
를 흉내내면서 주인이 후려친 막대기의 강도를 생각하면서 밤을 새우
기도 했다

중앙병원 629호, 병든 개가 되어 침대에 엎드린다 일주일간 주인에
게 버려진 개들과 나란히 누워 밥을 먹었다 나를 가엾게 여긴 집개가
찾아오곤 했다 집개의 처진 눈이 안쓰러웠다 버려질 게 분명한 개였
다 혀가 길고 흔들고 싶은 꼬리가 있는 그런 개였다
　　　　　　　　　　　　　　　　　　　—김인갑, 「플란다스의 개」 전문

이 시에서는 아예 인간이 '개'로 묘사된다. 완전한 동물화다. 대전중앙병원은 근로복지공단 대전병원의 옛 명칭, 산업재해 근로자에 대한 치료와 요양 관리를 하는 의료기관이다. "집나온 개들"은 고향을 떠나온 이주

노동자들을 가리키는 듯하다. 링거 호스를 치렁치렁 달고 있는 환자들을 시인은 "목줄을 찬 개들"이라고 묘사한다. 그들은 "뒷다리가 없"거나 "한 쪽 눈을 잃"거나 "차에 치인", 또는 "짖지 못하는" '개'들이다. 하나같이 산 업재해를 입고 병원에 실려 온 자들이다.

이 '개'들이 기다리는 건 '개밥' 뿐이다. 병원은 '생존' 이외엔 다른 어떤 목적도 지니지 않는 극도의 원초적 공간이다. 오직 생산이 목적인 산업현 장도 마찬가지다. '개'들은 어디서나 개다. 공장에서 개처럼 일하고, 개처 럼 굴종하고, 병원에선 개처럼 때 되면 밥 먹고, 오줌 싸고, 잔다. "자신을 버린 주인의 목소리를 흉내내"는 건 한국인 고용주의 폭언이나 욕설을 서 툰 한국말로 재연하는 행위이다. 그들이 몸담던 곳은 "주인이 후려친 작 대기"가 만연한 노동현장, 탐욕스러운 돼지들이 개를 부려먹는, 동물이 동물 위에 지배하고 군림하는 조지오웰의『동물농장』이 떠오른다.

시인의 직접적 체험일까. 화자는 "중앙병원 629호"에 "병든 개가 되어 침대에 엎드린"다. 산업현장에서 일하다 다쳤는지 아니면 산업재해와는 무관한 일반 환자로 입원했는지는 확실치 않다. 어느 쪽이든 '개'인 것은 마찬가지다. 일주일의 입원 생활 동안 "나를 가엾게 여긴 집개가 찾아오곤 했"다. '집개'는 아마 화자의 가족 또는 지인으로, 노동과는 거리가 먼, 특 별한 직업이 없는 형제나 부모, 친구를 암시하는 듯하다. '병든 개'가 '집개' 를 안쓰러워하는 것은 "버려질 게 분명한 개"이기 때문이다. 노동력이 없 는, '집'의 생계에 보탬은커녕 손해가 되는 구성원은 혈육이라 한들 추방 을 피할 수 없다. 동물화 사회에서 '집'은, 물리적 추방이 아니더라도 소외 와 차별의 양상으로 수많은 격리와 추방이 이뤄지는 냉정한 정글이다.

개밥을 먹는 소녀를 본 적 있나요 새끼들 젖 먹이는 어미 개의 밥그
릇을 훔쳐 언덕을 오르는 소녀를 본 적 있나요 자정을 기다려 몰래 불
을 피우고 훔친 개 밥그릇에 담긴 부위도 알 수 없는 고기를 구워 먹는
소녀를 본 적 있나요 고기 앞에 서면 초점이 사라지는 눈과 자꾸만 벌
어지는 입 누군가 소녀를 봤다면 영화 속 좀비 같다고 말했겠죠 믿을
수 없다고요? 맞아요 나도 믿을 수 없어요 아무리 먹어도 채워지지 않
는 허기 끝에 제 배를 반으로 가른 소녀가 있다는 걸 요즘 누가 믿겠어
요 시도 때도 없이 찾아오는 허기가, 달뜬 밤에 홀로 구워 먹는 개 밥
그릇 속 고기가 참 맛있었다고 웃으며 말하는 소녀가 있다고 누가 믿
겠어요

— 김지윤, 「자정의 허기」 전문

동물화 사회에서 동물화하는 인간은 스스로 인간의 자존을 포기한다.
생존, 생계를 위해서라면 도덕이나 양심, 신념, 자존심, 품위도 버리고
"개밥을 먹는"다. 잔존하는 이상의 잔영과 형식이나마 추구하는 스노비
즘과는 달리, 동물화는 아예 이상 자체를 모른다. 그저 먹고 살기 위한 동
물화가 얼마나 확산되고 깊이 침투했느냐 하면, 어린 소녀가 제 욕구를
채우기 위해 "새끼들 젖 먹이는 어미 개의 밥그릇을 훔쳐"갈 정도다. 그건
누가 가르친 게 아니다. 모방이나 관습도 아닌 하나의 '생태'로 굳어진 것
이다. "달뜬 밤에 홀로 구워 먹는 개 밥그릇 속 고기가 참 맛있었다고 웃
으며 말하는 소녀"의 엽기적인 행동은 너무나 태연자약해서 오히려 발랄
하고 쾌활하게 보이기까지 한다.

"고기 앞에 서면 초점이 사라지는 눈과 자꾸만 벌어지는 입"은 파블로
프의 조건반사 실험을 연상케 한다. 허기 앞에, 생존 앞에 여지없이 본능
적으로 반응한다. "아무리 먹어도 채워지지 않는 허기"가 소녀를 "영화

속 좀비"처럼 만든다. 좀비는 절대 죽지 않는다. 아무리 죽여도 죽지 않는 허기야말로 좀비다. 마치 <정글북>의 모글리나 늑대소년, '캣피플'을 떠올리게 하는 소녀의 이미지는, 동물과 인간의 경계가 허물어진 동물화 사회의 알레고리로 기능하고 있다.

수저계급론이 심화되는 '헬조선' 사회는 죽음을 조장하고 조성하고 조직한다. 스크린도어에 끼어 죽고, 살인 버스에 치어 죽고, 골방에서 굶어 죽고, 가습기 틀고 자다 죽는다. 모두 다 사회의 구조적 문제에서 비롯된 죽음들이다. 살아남으려면 생존에만 충실한, 동물이 돼야 한다. 누구 말마따나 우리는 먹고 사는 게 최우선인 '개돼지'들 아닌가? 에어컨 누진세가 나를 비참한 동물로 만들기 전에, 이 지독한 더위나 좀 가셨으면 좋겠다.

타자라는 지옥

―백은선 · 심지현 · 이혜미의 시

"타자는 지옥이다." 사르트르의 말이다. 혼자서 알몸으로 있다가 창밖의 시선이 느껴지면 부끄러워 옷을 입는다. 혼자 노래 부르며 춤추다가도 지켜보는 사람이 있으면 중단한다. 길을 가다 넘어졌을 때 주변에 아무도 없으면 무릎을 붙잡고 실컷 아파하지만 행인들이 있으면 '쪽팔려서' 황급히 일어난다. 내 행위의 자유를 빼앗아가므로, 타인의 시선은 지옥이고 감옥이다. 타자의 시선들이 이룬 '감시'의 사회를 미셸 푸코는 '파놉티콘' (원형감옥)이라고 했다. 어디에나 은밀하게 보는 눈들이 있다. 시선을 수단으로 증명과 확인, 과시와 감시, 노출과 관음이 행해진다.

사르트르는 '시선'이라는 개념을 통해 타자를 '지옥'이라 정의했지만, 굳이 시선의 개념이 아니더라도 타자는 그 존재 자체로 지옥이다. 나에게 고통을 줄 때 특히 그렇다. 타인의 냄새, 체온, 소음, 분비물, 신체접촉으로 가득한 출퇴근길 지하철을 우리는 '지옥철'이라고 부른다. 폭언과 욕설을 들으면서, 종근당 운전기사들은 이장한 회장이 지옥의 사자 같았을 것이다. 매일의 노동을 보람으로 여기던 급식조리사들에게 이언주 의원의 막말은 지옥의 언어가 되었다. 음주운전 차량에 사고를 당해 장애를 안고 사는 사람, 스토커에게 염산 테러를 당해 얼굴이 녹아내린 채 평범한 삶을 박탈당한 사람에게 타자는 지옥일 수밖에 없다.

일상에 타자가 개입하는 사소한 순간들도 내 환경과 상황에 따라 천국과 지옥을 오간다. 마음이 여유로워 커피 한 잔 마시며 책을 읽을 때 창밖에서 들려오는 이웃 여자아이의 리코더 소리, 옆집 마늘 빻는 소리는 더없이 정겹고 편안하지만, 온 신경을 집중해 예민한 글쓰기를 하고 있을 때는 밤새 귓가에 앵앵거리는 모기보다 성가시다. 때론 아침잠을 방해하는 공사 소음도 지옥의 소리다. 어떤 이는 잠깐의 작은 지옥을 참지 못하고 뛰쳐나가 타자에게 영원한 지옥을 안겨주기도 한다. 고층 아파트 작업자의 생명줄을 끊은 잔혹한 살인범처럼 말이다.

이웃의 소음에 끓어오르는 화를 몇 번이고 누르면서, 누구에게도 방해받지 않는 외딴 섬에 가고 싶다는 생각을 한다. 장 그르니에의 말처럼 모든 사람들을 "있어도 있지 않은 부재"로 여기면서, 서로 어떤 간섭도, 구속도, 고통도 주고받지 않는 세상에 살고 싶을 때가 더러 있다.

그러나 인간의 삶은 타자와 불가분이고, 시는 타자와의 관계 맺기를 전제로 한 예술이다. 그것이 트라우마든 아름다운 기억이든 타자에 의해 새겨진 내면의 문양들이 실크스크린으로 인쇄되어 나오는 것이 시다. 지난 계절에 읽은 시편들 중에는 타자로부터 받은 고통이 깊게 음각되어, 읽는 사람에게까지 그 고통의 진물이 스며드는 문장들이 손에 잡혔다. 시인의 통점이 독자의 통각을 깨우는 시들이다.

가시가 많은 섬이었다. 가시가 많은 섬을 보며 가시가 많은 섬이구나, 생각했다. 네가 말했다. 가시가 많은 섬이네. 응. 가시가 많은 섬이다. 내가 대답했다.

가시가 너무 많아 발을 뗄 수 없다. 우리는 꼼짝없이 어깨를 붙이고 서서 파도가 밀려왔다 부서지는 걸 본다.

이제 어떻게 하면 좋지. 너는 옛날 얘기를 한다. 있잖아, 이렇게 가시가 많은 섬을 표시할 때 지도 위에 화빈(禍彬)이라고 쓰곤 했대. 할머니가 가르쳐준 적 있어. 잘못 알고 그 섬에 들어가지 않도록 말야.

이 가시들은 다 어디서 왔을까, 이것들은 끝없이 무성생식하는 세포들 같다. 그치? 저길 좀 봐. 저쪽에서 누군가 걸어오고 있어. 온몸이 가시에 찔린 채 피를 철철 흘리며. 그는 무어라고 말하려는 듯 손을 들어올렸다. 손바닥에서 피가 흘러내렸다.

참, 가시가 많은 섬이죠. 그가 쥐어짜듯 말했다. 네, 참 가시가 많네요. 우리가 동시에 대답했다. 사방을 둘러보아도 가시뿐이다. 미지근한 땀이 팔을 타고 흘러내려 손바닥에 고인다. 만약 우리가 새라면 날아갈 텐데. 상공에서 내려다본 섬은 작은 밤송이 같을까?

화빈, 그건 빛나는 재앙이라는 뜻이고 그건 경고.

나는 화빈, 하고 입속으로 발음해본다. 이상한 말이다. 가시가 많은 섬. 가시가 많은 섬. 가시를 위해 바다 아래서 솟은 땅 같은 섬.

—백은선, 「화빈」 전문

가시로 뒤덮인 섬은 지옥의 이미지로 충분하다. 나는 타자에게, 타자는 나에게 "가시가 많은 섬"이다. 고슴도치처럼 상황과 상대에 따라 가시를 세우거나 감출 뿐이다. 평생 '화빈'인 채 사는 이도 있고, 가시 섬에서 못 벗어나 계속 피 흘리는 이도 있다. 누군가의 가시와 가시 사이로 걸을 수 있게 될 때, 간혹 찔리면서도 고통을 기꺼이 받아들일 때 이해라든가 사랑 따위 관계의 선한 조건들이 성립된다. 가시에 찔리기를 각오하지 않으면 가시를 피해 섬의 깊은 곳으로 들어가는 오솔길도 찾을 수가 없다.

위 시에서 화자는 '너'와 함께 가시 섬 초입에서 섬을 보고 있다. "가시가 너무 많아 발을 뗄 수 없"으면서도 그저 무덤덤하게 "가시가 많은 섬이구나" 생각한다. '가시'를 낯설어하지 않는 것은 '가시'가 인간 사회의 기본값이 된 까닭이다. 과거에는 "가시가 많은 섬을 표시할 때 지도 위에 화빈(禍彬)이라고 쓰곤 했"지만 이제는 별도로 표시할 필요가 없다. 이 세상에 화빈 아닌 섬이 없기 때문이다.

장 그르니에의 은유대로 '섬'이 고립무원의 고독한 개인이라면, 타자와의 교류를 통한 구속과 간섭이 섬에 가시나무를 뿌리내리는 시대는 지난 것이다. 현대인들은 타자 없이도 가시를 "끝없이 무성생식"한다. 나도 화빈이고 너도 화빈이라서 서로 찌르고 찔린다. 그러면서 "이 가시들은 다 어디서 왔"는지 알지 못한다. 가시가 가시임을 알아야 찔렸을 때 아파하고 그것을 피하거나 또는 인내할 수도 있는 법인데, 이제 사람들은 가시가 가시인 줄 모른다. 가시는 이미 우리의 피부가 되었다. "온몸이 가시에 찔린 채 피를 철철 흘리"면서도 "참, 가시가 많은 섬이죠" 무심하게 말하는 '그'는 무통문명(無痛文明) 사회의 보편적 인간일 뿐이다.

시인은 '화빈'을 두고 "빛나는 재앙이라는 뜻이고 그건 경고"라고 말한다. 처음부터 모든 사람이 무성생식하는 가시 섬은 아니었을 것이다. 개인과 개인, 개인과 집단, 집단과 집단이 가시를 주고받으며 증오와 분노, 동일성의 원리로 타자를 배격하는 폭력을 내면화한 인류의 역사가 오늘날 세계를 "가시를 위해 바다 아래서 솟은 땅"으로 황폐하게 만들었다. 가시 아닌 것, 상처 아닌 것이 없어서 무엇이 온전한 마음인지 누구도 알지 못하는 화빈의 시대, 가시덤불 지옥을 우리는 살고 있다.

텅 빈 외투주머니로 느껴지는
사투리 쓰던 어린 시절
중병에 걸린 것 마냥
가엾고 다정했던 것들

빈 화병을 파는 꽃집에서 자랐다
버스가 들어오지 않았다
마지막 정류장에서 버스가 멈추면
나는 귀신처럼 계단을 밟지도 않고 내려왔다

숲 속은 불이 꺼져있었다
무서우면 교가를 불렀다
학교에 다녀본 적 없다
내기를 해본 적도

의심스럽다
숲이 아니라 빈 화병에서 자랐다
나를 화병에 담아 팔던 사람은 누구인가
사투리를 써본 적 없다
말을 해 본 경험도

묵인해왔던 기억들이 쏟아진다
숲속엔 아무도 들어온 적이 없다

—심지현, 「숲 속」 전문

　　마틴 부버는 "나는 너와의 만남을 통해 성숙한 인격이 된다"고 말했다. 타자와의 관계가 이상적 자아를 완성한다는 이야기다. 마틴 부버의 관점에서 보자면 '홀로 서기'란 심각한 오류일 수밖에 없다.

　　화자는 "사투리 쓰던 어린 시절"을 떠올린다. '사투리'는 타자로부터 습득하고 체화되는 것이므로 타자의 강력한 영향과 간섭을 의미한다. 어른들에게 "중병에 걸린 것 마냥 가엾고 다정"할 것을 강요받았을까. 착하고 밝아야 한다는, 다정해야 한다는 가르침이 기율로 자리 잡은 유년의 세계가 "빈 화병을 파는 꽃집"과 "숲 속", "학교" 등의 장소 이미지로 형상화되고 있다. '빈 화병'은 무엇이든 수용해야 하는 수동적 자아의 상징이며, '숲'은 개별의 나무들이 전체를 이룬 공동체의 은유다. 물론 '학교'는 사회적 규범과 기성의 제도를 의미한다.

　　유년의 화자가 유일하게 스스로 선택해 행동할 수 있는 것은 "마지막 정류장에서 버스가 멈추면 귀신처럼 계단을 밟지도 않고 내려"오는 일이다. 그런데 어른들과 사회, 학교로부터 주입된 기율, 즉 안전하게 계단을 밟아 내려와야 한다는 규범을 거부했던 기억을 떠올리는 순간, "숲 속은 불이 꺼져 있었"으며 "학교에 다녀본 적 없"고 또 "사투리를 써본 적 없다"는 사실을 화자는 깨닫는다. 부모의 양육과 공교육, 기성 사회 제도 등 타자와의 관계가 현재의 나를 만들었다는 오래된 관념을 향해 "의심스럽다"고 외친다. 숲과 학교와 사투리는 모두 내 의지와는 무관하게 타자의 간섭과 강요에 의한 사회화 과정이었을 뿐이다.

타자들이 나를 키운 게 아니라 실은 주체성 없이 공허한 '빈 화병', 혼자서는 설 수 없는 의존적 자아가 되도록 강력하게 통제하고 개입해왔음을 뒤늦게 알게 되자 "묵인해왔던 기억들이 쏟아진"다. 싫지만 싫다고 말할 수 없었던, 정말 원하는 것이 무엇인지 단 한 번도 표현한 적 없었던 침묵의 유년, 수없이 많은 타자들이 '나'라는 숲에 들어와 "나를 화병에 담아 팔"았지만, 그들이 누구였는지 기억조차 나지 않는다. 타자에 의해 '나'는 '착한 소녀'라는 화병에, 또는 '예쁜 아이'라는 화병에 담겨 또 다른 타자들에게 보여지고 소비되었다. 그러는 동안 '나'는 "말을 해 본 경험"이 없다. 진정한 자기 목소리를 단 한 번도 내보지 못한 것이다.

무수히 많은 사람들이 숲으로 드나들었으나 결국 "숲속엔 아무도 들어온 적이 없"다. '나'의 내면을 철저히 지배한 타자들이 빠져나가자 '나'는 스스로의 힘으로 무엇도 할 수 없는 빈껍데기가 되었다. 타자의 지독한 길들임이 한 개인을 폐허로 만들어버린 것이다.

> 서로를 헤집던 눈빛이 진창으로 고일 때 네가 선물한 골짜기에 누워 깊숙한 윤곽을 얻는다 먼 곳에서 그을음을 퍼다가 쏟아놓고 사라진 사람, 흉한 마음을 모아둔 유곡으로 들어서면 검은 꽃과 삭은 과일들이 가득했지

> 어스름을 뒤집어 여명을 꺼내면 그림자는 얇고 허망한 대륙, 그 우울한 영토를 자세히 들여다보면 가라앉는 골짜기마다 환한 어둠들이 차올랐다 그건 너무나 아름다워 깨어져야만 안심이 되는 유리잔 같았지

가시덤불로 반지를 엮어 손가락에 나눠 끼우고 과분한 깊이를 선물 받았다 다정한 너를 오려내어 그 테두리에서 흘러나오는 빛을 바라보고 싶다 열쇠구멍처럼, 비밀을 속삭이는 입모양처럼, 뚫린 곳으로부터 뿜어져 나오는 아름다운 문양으로

이마에 역청을 묻혀가며 간신히 지어 얻은 그림자는 한 생을 닳도록 입어야 하는 누추한 겉옷이 되었지 타다 남은 고백들로 이루어진 골짜기 속에서, 재 속에 눕는 것이 불 위를 뛰노는 것보다 행복하였다
— 이혜미, 「재의 골짜기」 전문

"내가 사랑했던 자리마다 모두 폐허다"라던 황지우의 시 「뼈아픈 후회」가 생각난다. "재의 골짜기"라는 제목부터 "진창", "허망한 대륙", "우울한 영토", "타다 남은 고백들" 같은 이미지들이 비참한 폐허를 환기한다. 연애는 서로를 길들이고 또 서로에게 길드는 과정이다. 내가 기대어 있던 한 세계가 몰락하는 순간의 허망함은 내 절반이 죽는 듯한 아픔일 것이다. 사르트르의 말처럼 타자가 지옥이라면, 그 중에서도 가장 고통스러운 지옥은 한 때의 천국이 지옥으로 화한 것이리라.

"서로를 헤집던 눈빛이 진창으로 고일 때" 화자는 연인의 "깊숙한 윤곽"을 들춰본다. 연인과 나란히 눕던 자리가 "골짜기"라는 이미지로 표현됐을까. 겉으로는 환한 꽃과 과실들이 만발한 아름다운 영토였을 것이다. 그러나 깊이 감춰진 "유곡" 속에 "그을음"과 "흉한 마음", "검은 꽃과 삭은 과일들"이 가득함을 화자는 두 눈으로 확인하고야 만다. '연인'이라는 특별한 타자가 알고 보니 얇은 '그림자'에 불과했음을, '연애'라는 견고한 관계의 성채가 실은 "허망한 대륙"과 "우울한 영토" 위에 서 있었다는 것을,

이미 "가라앉는 골짜기"로 "어둠들이 차오"를 때, 행복한 나날들은 "너무나 아름다워 깨어져야만 안심이 되는 유리잔"이었음을 알아버린 것이다.

"가시덤불로 반지를 엮어 손가락에 나눠 끼우고 과분한 깊이를 선물 받았"던 날들은 이제 사라지고 없다. "다정한 너"도 더는 존재하지 않는다. '너'가 있던 자리, 그 '부재'의 "테두리에서 흘러나오는 빛을 바라보고 싶다"는 고백에 담긴 화자의 상실감을 감히 다 짐작할 수 없다. 연인의 "흉한 마음"과 음험한 욕망들로 인해 산산조각 난 관계, 진창 같은 이별이 데리고 온 지옥은 화자에게 "한 생을 닳도록 입어야 하는 누추한 겉옷이 되었"다. 평생 간직해야 할 아픔이 되었다.

화자는 "타다 남은 고백들로 이루어진 골짜기 속에서, 재 속에 눕는 것이 불 위를 뛰노는 것보다 행복하였다"고 말한다. 꺼질 줄 모르는 불길처럼 환하게 타오르던 연애와 정념의 날들이 결국 유한한 것이라면, 그 불길이 서로를 집어삼켜 영원한 고통 속에 갇히게 만든다면, 차라리 타버리고 남은 재의 폐허 속에서, 그 모든 시간들을 아예 처음부터 없던 것으로 지워버리는 일이 지난날을 추억하는 일보다 행복하다고, 아프게 읊조리는 것이다.

세 편의 시를 읽으면서, 나는 문득 나라는 지옥에서부터 타자들을 격리시키고 싶어졌다. 고백하건대, 나는 누군가에게 지옥 같은 고통을 주었다. 그리고 그로 인해 내 안에도 지옥이 열려 나는 '나'라는 타자로부터 영원히 고통 받을 것이다. "내 속엔 내가 너무도 많아 당신의 쉴 곳 없네. 내 속엔 내가 어쩔 수 없는 어둠 당신의 쉴 자리를 뺏고"(시인과 촌장, <가시나무>)라는 노랫말처럼, 나는 나이면서 동시에 여러 욕망들과 무의식들을 거느린, 내가 어쩔 수 없는 '타자'이기도 하다.

"햇볕에 따끈하게 데워진/ 쓰레기봉투를 열자마자/ 나는 움찔 물러섰다// 낱낱이 몸을 트는 꽃잎들/ 부패한 생선 대가리에 핀/ 한 숭어리의 흰 국화// 그들은 녹갈색과 황갈색의 진득거림을/ 말끔히 빨아먹고/ 흰 천국을 피워냈다/ 싸아한 정화의 냄새를 풍기며// 나는 미친 듯이 에프킬라를 뿌려대고/ 한 천국을 지옥으로 만들고/ 지옥을 봉했다/ 그들을 그들이 태어난/ 진득거림으로 돌려보냈다"

황인숙의 시 「움찔, 아찔」이다. 얼마 전 나는 "쓰레기봉투"같이 비열한 욕망 속에서 "흰 천국을 피워냈"다. 내 "부패한" 천국이 그에게는 지옥이어서, 그는 "에프킬라를 뿌려대"듯 나를 경멸하며 "한 천국을 지옥으로 만들고 지옥을 봉했"다. 오랜 시간 기쁘고 행복해 마치 낙원 같았던 세계가 내 진득거리는 죄악으로 지옥이 됐다. 나는 내가 원래 머물던 그 "진득거림"으로 마땅히 돌아갔다.

한 천국을 지옥으로 만드는 것은 아름다운 문양 저 밑에서 조금씩 움트는 캄캄한 욕망들, 흉한 마음들이다. 내가 만든 지옥에서 그도 나도 고통받겠지만, 부디 나 혼자 오래 괴롭기를, 내가 후회와 반성, 부끄러움으로 살아갈 수 있기를, 나라는 지옥에서 그가 영영 벗어나기를 바란다.

죽음이라는 고독에 대하여

—박서영의 「참새」

물명고(物名考)에 따르면 늙어서 무늬가 있는 참새를 마작(麻雀)이라 한다지. 참새들은 이야기의 산산조각을 물고 오곤 한다. 깨진 무늬를 들고 얼굴을 비춰보는 시간.

무늬도 늙어 이야기가 다 끝나가는 저녁. 공원 평상에 둘러앉은 귀신들 마작을 한다. 시간은 패를 돌리다가 끝내 자신의 얼굴을 뭉개고 사라져버린다. 한 마디 변명도 없이. 사과도 없이. 본질은 어디가고 뒷담화만 남아 진실을 찾겠다고 아우성이냐. 가까운 사람은 치욕적으로 가깝고, 먼 사람은 애초에 다가온 적 없으니 아름답지 않았나. 모르는 집 마당에 죽은 목련나무를 보러 갔었던 어느 저녁의 일처럼 서러워진다.

작년 2월에 죽은 목련입니다. 작은 꽃망울이 그대로 있군요. 가지를 꺾어봤어요. 분명 죽었습니다. 내년에 흰 페인트를 칠해버릴 겁니다. 그 집을 나와 공원에 앉아 울었다. 낯선 집 이층에 당신이 살고 있다는 걸 안 이후, 죽은 목련나무를 되살리는 꿈을 꿨다.

목련나무를 팔라고 하면 어떨까. 뿌리라도 파보면 어떨까. 꽃망울은 입술을 다문 채 울음 삼키고 있다. 사랑의 깊이에 대해 생각해 본 게 언제였더라. 이봐요. 골치 아픈 건 질색이라. 그냥 패나 돌려요. 우연도 이런 기막힌 우연이. 당신을 이런 천국에서 만나다니. 누가 고통을 주고 달아난 건지 기억조차 가물가물해. 아무튼 이곳에서 만나니 반가워요. 그러니 패나 돌립시다. 애틋한 밤이 오기 전에.

작은 새들이 공기의 대류으로 날아가는 걸 보고 싶어. 또 쓸데없는 소리를. 그냥 밥이나 먹고 놀다가 흩어지면 될 것을. 이미 사랑스러워진 고독도 내 등을 파고 들어가 혼자 울곤 한다. 기어코 심장을 뚫고 들어갔다가 다시 나오는 것. 울음에도 무늬가 남을까. 살짝 비치는 거 말이야. 다 지나고 나면.

―「참새」 전문

　박서영¹⁾의 「참새」는 평이한 문장으로 쉽게 쓰인 시로 보이지만, 몇 번을 읽어도 도무지 무슨 내용인지 짐작하기가 어렵다. 이 시를 최대한 간략하게 요약하자면 이렇다. 화자는 해질 무렵 공원에 나가 하늘을 바라본다. 참새들이 날아오는 외적 풍경(landscape)이 내면 풍경(inscape)으로 전

---

1) 박서영 시인(1968~2018)을 딱 한번 뵈었다. 2016년 가을 김재근 시인의 '김달진문학상' 수상 축하연에서 나를 먼저 알아보고 인사하셨다. 떨어져 앉은 나와 눈이 마주치기를 기다리다, 오래 머뭇거리다 어렵게 건넨 첫 마디는 "제 시 평설 써주셔서 정말 고맙습니다"였다. 몹시 선하고 수줍은 얼굴. 박서영이라는 이름을 듣고 반가움과 죄송함이 함께 밀려왔다. 정말 좋은 시에 시답잖은 글을 붙여 귀한 지면을 망친 것 같아 민망했는데, 시인을 직접 만나니 얼굴이 벌게졌다. 숨고 싶었다.
　그녀의 부고를 부정맥 시술 치료차 입원한 병원에서 들었다. 여러 생각이 뜨고 지고 했다. 그녀와 가깝던 경남신문 이슬기 기자가 내게 보내온 문자메시지에는 생전 박서영 시인이 내가 「참새」 평설 쓴 이야기를 하며 좋아했다고 적혀 있다. 이렇게 좋은 시를 쓰는 시인도 중심과 주목에서 밀려난 변방의 소외에 외로웠던 것이다.
　본문만 쓰고 제목 붙이는 걸 깜박했었다. 『현대시』 편집부에서 글의 제목을 붙여달라고 해서 「죽음이라는 고독에 대하여」라고 썼다. 왜 그런 제목을 붙였을까. 후회된다. 이제는 부디 고독하지 않으셨으면, 좋은 사람들만 먼저 간 아름다운 무지개의 마을에서 외롭지 않으셨으면 한다.

환되면서 여러 추억과 사연들, "이야기의 산산조각"이 펼쳐지고, 화자는 그 중 하나의 파편을 들고 '얼굴', 즉 자신을 돌아보기 시작한다. 그러다 저쪽으로 고개를 돌리니 '귀신들'이 마작을 하는 풍경이 보인다. 그 광경을 보며 상념에 빠진 화자는 갑자기 "죽은 목련나무"를 보러 갔던 예전의 일이 생각나 서러워한다. 목련나무가 있는 곳은 "모르는 집 마당"이었는데, 나중에서야 그 집에 '당신'이 살고 있다는 걸 알았다는 애매모호한 진술이 뒤따른다. 그 뒤로 목련나무에 대한 화자의 각별한 애정, 마작판의 뜻 모를 대화들이 이어지다가 고독과 울음에 대한 나름의 통찰을 끝으로 마지막 연이 종료된다. 이게 어떤 장면인지, 무슨 내용과 의미를 담고 있는지 정말 모르겠다.

차근차근 다시 읽어보기로 한다. 우선, 참새들이 곡식 낱알을 쪼아 먹으며 쩍쩍거리는 장면이 가장 먼저 떠오른다. 그 다음은 마작이다. 마작은 넷이서 하는 노름인데, 패가 섞이는 소리가 참새 소리와 비슷해서 작(雀)자가 붙었다는 설이 있다. 네 사람이 둘러앉아 수런수런 패를 섞으며 판돈을 주워 먹는 모습은 과연 참새와 닮은 구석이 있다. "참새들은 이야기의 산산조각을 물고 오곤 한다"고 했을 때, '산산조각'은 노름판에 던져져 흩어지는 마작패의 비유에서 출발해 "깨진 무늬", "얼굴을 비춰보는 시간"과 번갈아 조응하며 참새떼가 역광의 석양으로 날아드는 해거름 풍경을 환기시킨다. "무늬도 늙어 이야기가 다 끝나가는 저녁"은 외부의 풍경인 동시에 화자의 내면 풍경이다. '이야기'는 화자의 기억에 새겨진 한 시절의 사연들일 것이다.

이 시에서 화자는 해질녘에 공원을 산책하고 있는 것으로 보인다. 이때의 산책은 공원을 거니는 것이지만 자신의 내면을 들여다보는 행위이기도 하다. "얼굴을 비춰보는 시간"이기 때문이다. 화자는 "공원 평상에 둘러앉은 귀신들"을 보는데, 보이지 않는 존재인 귀신을 보는 화자는 무당이라도 되는 걸까? 아니다. 화자도 귀신이다. 귀신이기 때문에 귀신을 볼 수 있는 것이다. 시를 읽다 갑자기 서늘해진다. 이제야 참새에서부터 마작, 귀신, 목련으로 느닷없이 비약하는 이미지의 널뛰기가 수긍이 간다. 형태가 있건 없건 이것들은 모두 화자의 여러 모습, 투사체이다. 마작에서 麻(삼 마)를 魔(마귀 마)로 바꾸면 마작은 귀신이자 참새가 된다. 굳이 한자를 바꾸지 않더라도 삼베옷이 환기하는 죽음과 내세의 예감은 귀신을 연상시키기에 충분하다. 화자는 귀신이므로 얼마든지 대상을 옮겨 다니며 깃들 수가 있다. 이러한 설정이 전제되어 있기에 이미지의 광범위한 비약도 가능한 것이다.

화자도 귀신들의 마작판에 동참한다. 그런데 마작은 뒷전인 채 어떤 생각에 사로잡혀 골똘하다. 그의 내면은 고독과 회한으로 채워져 있다. "본질은 어디가고 뒷담화만 남아 진실을 찾겠다고 아우성이냐. 가까운 사람은 치욕적으로 가깝고, 먼 사람은 애초에 다가온 적 없으니 아름답지 않았"다는 혼잣말은 생전에 다 갈무리하지 못한 인간사에 관한 것이리라. 그렇게 혼잣말을 하자 "모르는 집 마당에 죽은 목련나무를 보러 갔었던 어느 저녁의 일처럼 서러워진"다.

화자에게 목련은 '당신'과 함께 나눈 시간과 추억의 상징물이다. 화자는 귀신이므로 죽음의 세계에 함께 속한 '죽은 목련나무'를 잘 찾아갈 수 있었을 것이다. 그러나 목련이 있는 "낯선 집 이층"에 '당신'이 살고 있으리라는 건 미처 몰랐던 듯하다. 그 집에서 '당신'은 낯선 이와 죽은 목련에 대해 이야기를 나누던 중, 목련에다가 "흰 페인트를 칠해버릴 거"라고 말했다. 화자는 '당신'의 그 야멸친 말에 속이 상해 "그 집에서 나와 공원에 앉아 울었"다. 그리고 그날 이후 "죽은 목련나무를 되살리는 꿈을 꿨"다. 목련을 되살리면 자신은 물론이고 생전의 추억들도 같이 부활할지 모른다는 헛된 기대를 잠시나마 품었던 모양이다.

마작판 앞에서 화자가 "목련나무를 팔라고 하면 어떨까. 뿌리라도 파보면 어떨까" 따위 상념에 빠져있자 옆에 앉은 귀신이 "골치 아픈 건 질색이라. 그냥 패나 돌려요" 라며 핀잔을 준다. 그런데 그 귀신과는 생전에 인연이 있던 모양이다. "당신을 이런 천국에서 만나다니 (…) 아무튼 이곳에서 만나니 반가워요" 라는 인사말은 화자의 정체가 귀신이라는 것을 더욱 분명하게 나타내준다. 화자는 "작은 새들이 공기의 대류으로 날아가는 걸 보고 싶"다고 중얼거린다. 그러자 옆의 귀신이 또 한 번 꾸중한다. 그럼에도 아랑곳하지 않고 "이미 사랑스러워진 고독도 내 등을 파고 들어가 혼자 울곤 한다"며, "울음에도 무늬가 남"는다며 참새에다 자신을 투영시키는 방식으로 다시금 골똘해진다. 귀신인 화자가 읊조리는 이 고독은 인간의 그 어떤 심사보다도 외롭고 높고 쓸쓸하다. 아무리 외로운 인간이라도 죽은 자의 고독만 할 수는 없을 것이다.

박서영은 귀신의 고독이라는 절대의 외로움을 뛰어난 상상력과 탄탄한 시적 구성, 이미지의 활달한 비약, 복합적이고 중층적인 의미망, 그리고 무엇보다 섬세한 감정의 결을 통해 매혹적으로 펼쳐 보이고 있다. 독자와의 원거리, 활자의 한계에도 불구하고 시는 "기어코 심장을 뚫고 들어갔다가 다시 나오는 것"임을 여실히 보여주고 있다.

우리 젊은 시인들에게

에필로그

우리 젊은 시인들에게

"우리 젊은 시인들에게 시인 정신과 관련하여 도전적이고 쟁점 있는 글"을 써 달라는 청탁을 받고 망설였습니다. 우선 제가 그런 글을 쓸 만한 사람이 되지 못하기 때문입니다. 글에는 어떤 식으로든 진단과 비판이 포함되어야 할 것이고, 대안적 제안과 당부까지 곁들여야 할 텐데, 주제 넘는 일이라고 생각했습니다. 자격 운운할 수밖에 없는 것은, 세대 담론을 글로 풀기에는 제 식견이 한없이 모자라고, 시인 정신에 대한 확고한 주관이나 신념 같은 것도 지니지 못한 까닭입니다. 이 글을 제가 절대 쓸 수 없고 또 써서도 안 된다는 생각은 지금도 변함이 없습니다.

그러나 청탁하신 마음을 생각하니, 망설이는 것이 송구하고 민망해 결국 글을 쓰게 되었습니다. 그냥 젊은 시인들과 둘러앉아 대화하듯 편하게 써보기로 했지요. 그런데 이번에는 고민이 생겼습니다. 고민이라기보다는 질문이라고 하는 편이 낫겠군요. 도대체 젊은 시인이 누구냐는 것입니다. '젊은 시인'의 범위를 어떻게 정해야 할지, 구분선을 긋기가 힘들었습니다. 한참 만에 생각해낸 것이 '2010년대에 등단해서 아직 첫 시집을 내지 못 한 시인들'입니다. 저도 거기 포함되기 때문입니다. 그러므로 이 글은 제가 저에게 보내는 편지 같은 것입니다. 발신인과 수신인이 모두 자기 자신으로 된 편지는 보통 어떤 처음 마음들을 기억하기 위해 쓰는데, 제가 알고 있는 시의 본령과 기율을 되새기는 동시에 거기서 벗어난 걸음들을 반성하고자 합니다. 저 스스로에게 용기와 격려를 불어넣는 일 또한 동반될 것이고요.

2010년대에 등단해 첫 시집 발간 전인 시인들을 '젊은 시인들'로 뭉뚱그려 호명해봅니다. 그리고 그들에게 식상하고 진부한 이야기를 늘어놓고자 합니다. 시를 쓰는 사람이라면 누구나 다 아는 이야기를, 뻔한 방식으로 떠들 것입니다. 너무나도 당연하고 새삼스러워 오히려 망각하는 것들이 있습니다. 도덕이나 양심 같은 정신적 가치들이 그렇지요. 시인 정신도 마찬가지입니다. 시 쓰는 것이 일상적 행위가 되어 타성이 생겨버린, 또 시 쓰기가 사회적 상승, 예컨대 어떤 제도권에 진입하기 위한 수단이 되어버린 저 같은 사람이야말로 시인 정신을 기억해내야 합니다. 그러려고 이 글을 씁니다.

1. 시인으로 살기 힘든 세상

오늘날 한국시단의 상황을 먼저 이야기하지 않을 수 없습니다. 아무나 쉽게 문학의 위기, 시의 종언을 떠들 만큼 한국시는 극심한 위기에 처해 있습니다. 이 위기란 대중의 외면과 시장에서의 소외로 인한 위축을 의미합니다. 전위와 파격, 다양성, 소통과 공감이 확보된 예술적 성취가 충만하다고 한들 어차피 사람들은 시를 읽지 않을 것이므로, 시의 위기의 책임을 젊은 시인들에게만 돌리고 싶지 않습니다. 한국시의 침체는 젊은 시인들이 시를 쓰기 훨씬 전부터 길고도 캄캄하며 따분한 것이었으니까요.

신경숙 표절 사태에서 나타난 『창작과 비평』과 『문학동네』의 인지부조화는 대중들로 하여금 한국문학과 시에 더욱 등을 돌리게 만들었습니다. 이 일련의 사태에서 혁신을 약속하며 편집위원들이 사퇴하고 새로운 인적 구성을 했지만, 문예지와 출판사의 '혁신' 열정이 무색하도록 심폐소생은 요원해 보입니다. 2015년에만 두 권의 문예지, 오랜 역사와 전통, 권위를 자랑하던 『세계의 문학』과 『유심』이 폐간되었습니다. 종이책의 쇠퇴와 함께 시작된 온라인, 전자책 시대에 걸맞은 형태로 출판을 하겠다는 것이 『세계의 문학』 폐간의 변이었으나, 자본의 논리 안에서 자유롭지 못했던 것이 사실입니다. 많은 문학잡지들이 재정의 어려움을 겪습니다. 매번 책을 낼 때마다 제살 깎아먹습니다. 시 읽는 사람들이 없습니다. 있어도 공짜로 읽습니다. 누가 돈 주고 시집을 사서 보나요. 이제 시는 공공재가 되었습니다. 시장 가치가 없어 값을 매길 수도 없는 잉여가 되었습니다.

이처럼 위축된 문학시장인데, 시를 쓰겠다는 사람들은 점점 더 늘어나니 기현상이라고 할 수밖에 없습니다. 시의 경우를 보면, 독자보다 시인이 더 많은 나라라는 우스갯말이 결코 농담 아닙니다. 시의 독자라고 해봤자 다 시인들입니다. 이미 한국시단은 '그들만의 리그'로 전락한지 오래입니다.

한국시단이 이처럼 침체된 것은 대중의 정서와 세대 취향이 일회적이고 휘발하는 성질로 바뀐 탓입니다. 생각과 마음을 집중해 문장에 숨은 의미를 찾고, 이미지를 연상하면서 정신적 고취와 감응을 꾀하는 독서를 요즘 누가 하겠습니까. 대중의 관심은 일회적이고 우연해서 금방 증발해버립니다. 세상이 다 그렇습니다. 잠깐 반사되어 나타났다 사라지는 시뮬라크르들로 가득합니다. 지그문트 바우만이 이 시대를 '액체 근대'라고 명명한 것도 이런 이유에서지요. 이제 사람들은 무거운 것, 단단한 것, 진지한 것을 '오글거린다'며 거부합니다. 스마트폰을 고르듯 문학에서도 가볍고 유연하고 빠른 것을 찾습니다.

그러나 그 어느 시대, 그 어떤 세상이 시인들 살기 좋았던가요? 시의 호시절이라는 게 있긴 있었는지 모르겠습니다. 시인은 언제나 외롭고 고통받는 자입니다. 유폐와 유배를 즐기며 낙심에 익숙해질 때마다 더 깊은 절망으로 스스로를 밀어 넣는 자입니다. 시인은 예나 지금이나 저주받은 존재이지요. 그러므로 시의 위기를 대중의 탓으로 돌릴 수도 없습니다. 시는 항상 아슬아슬한 절벽 끝에서 위태로웠습니다. 그러나 어떤 빛나는 시의 정신들은 그 절벽에서부터 힘차게 날아올라 영웅이 되었습니다. 젊은 시인인 우리들에게는 영웅이 되려는 몸짓이 보이지 않습니다. 저 혼자 높이 솟아오르기보다 비슷하게 키를 맞춰 사이좋은 군중이 되려고만 하지요. 그 얌전한 태도야말로 가장 위험합니다. 이제 인정합시다. 오늘날 시의 위기는 그냥 우리 때문이라고요.

2. 일회용 서비스로 전락한 시

요즘 젊은 시인들의 시는 지난날 서정시나 리얼리즘 시로부터 벗어나 있는데, 주제주의, 소재주의가 아닌 일종의 '정서주의'라는 느낌을 지울 수 없습니다. 외부에서부터 시를 가져오는 것이 아니라 자기 내부에서부터 시를 끌어내 발화하는 것은 물론 바람직한 일입니다. 시는 시인 내면의 목소리이기 때문이지요. 그런데, 이 내면의 목소리가 모호한 멜랑콜리, 애매하고 정체 불분명한 낭만적 분위기, 자폐적 혼잣말, 언어유희의 경향으로 치우치는 것이 아쉽습니다. 이 아쉬움 가운데에는 평론가와 일부 독자를 의식한 젊은 시인들의 전략적 시 쓰기에 대한 부정적 견해도 포함됩니다. 저 또한 젊은 시인이므로 자발적 반성의 측면도 있습니다. "이것밖에 할 수 없어서 이것만 하는 것"은 어쩔 수 없지만, "다른 것도 할 수 있는데 이게 먹히니 이것만 하는 것"은 예술가로서의 직무 유기라고 생각합니다.

절대적인 영향력을 가진 평론가와 신춘문예 심사위원들이 좀 더 다양하고 새로운, 낯선 시의 소개와 발굴을 통해 우리 시의 스펙트럼을 확장해주었으면 하는 바람도 있습니다. 하지만 이 바람은 사치스러운 욕심이지요. 제가 우리 시의 스펙트럼 운운하는 것도 어쩌면 제 자신이 제도로부터 호명되어 범주에 편입되길 바라는 세속적 욕망을 애써 포장한 것인지 모릅니다. 그래도 한국시의 외연을 확장하고 그 내부를 풍요롭게 하려면 제도의 역할은 반드시 필요합니다.

2016년 신춘문예 당선 시들을 보면, '소통'을 내세워 쉽게 쓴 작품들이 더러 있습니다. 시는 단순한 소통의 예술이 아닌데, 시에서 자꾸 쉬운 소통을 찾다보니 습작 수준의 작품들뿐만 아니라 하상욱 류의 SNS 말장난이 만연해지는 것이라고 생각합니다. 약간 비껴난 이야기지만, 하상욱 등 온라인 유사 문학이 유행하는 현상에 대해서는 시인들이 한번 진지하게 생각해볼 필요가 있다고 봅니다. 하상욱 사이비 시의 유행은, 짧은 몇 줄로 일회성 공감을 얻으면 그만인 요즘 젊은 세대들의 감성과 부합한 결과입니다. 거기 어필하기 위해 하상욱 류의 단순 유치한 역설적 문장을 시에 집어넣는 시인들도 보입니다. 그건 끼워 팔기나 다름없지요. '하상욱 플러스 원'이 되는 짓입니다.

　한국시의 위기는, 대중의 외면이나 세대 취향의 변화, 시장의 위축에 있는 것이 아니라 대중과 세대, 시장에 맞춰 일회적으로 '서비스'를 제공해온 시 매춘에 있습니다. 우리는 시인이지 매춘부가 아닙니다. 물론 독자 없이는 시도 없는 것이지만, 시는 우선 자기 위안입니다. 내가 먼저 즐겁고 만족해야 합니다. 그러려면 자기 시를 써야 합니다. 정작 스스로는 설득시키지 못하면서 평범한 대중의 눈높이만 충족시키기 위해 자기 시 아닌 시를 쓰는 젊은 시인들이 있습니다. 젊은 시인들이 자기 시를 쓰려는 고집을 갖고 노력하는 것이 중요하지만 그럴 수 있도록 풍토와 환경이 조성되는 것도 필요합니다. 후자는 평론가와 독자들의 몫입니다. 여기서 다시 제도의 역할을 부탁드릴 수밖에 없습니다.

　젊은 시인들 대부분 가난합니다. 창작기금 등 지원사업에 기대야만 하지요. 지원사업 대부분을 평론가가 심사합니다. 어떤 창작기금은 아예 평론가가 시인을 추천하는 방식으로 변경되었다는군요. 아무튼 지원금을 받으려면 평론가가 좋아할 만한 시를 써서 선정돼야 합니다. 시집을 발간하는 데도 마찬가지입니다. 시집 출판을 겸하는 문예지 편집위원들은 거의 평론가들입니다. 극단적으로 말해 평론가가 좋아하는 시란, 논할 '거리'가 많은 시입니다. 많은 해명을 요구해 평론가에게 풍성한 '재료'가 되어주는 시입니다. 그걸 염두에 두고 시를 쓴다면 그 또한 시 매춘일 것입니다.

　제가 그랬습니다. 지금도 그렇고요. 등단하기 전에는, 등단을 위해 한때 신춘문예의 전형이었던 수미상관(首尾相關), '선(先)묘사 후(後)자아', 페이소스, 생에 대한 잠언으로 이뤄진 '소통과 공감의 시'를 연습했는데, 등단 후에는 관념과 추상, 자기 내면에서 다 해결되지 않은 불안이나 트라우마 같은 것들을 호흡이 긴 산문시의 형식으로 표현하기 위해 골머리를 앓습니다. 나는 도무지 동의할 수 없는 시인데, 상도 받고 지원금도 받고 평단의 각광을 받는 시를 펼쳐 놓고 그것을 흉내내보기도 했습니다. 우리 시단이 어쩌다가 '흉내'를 부추기게 된 걸까요? 왜 저 같은 젊은 시인이 지조도 없이 부화뇌동 할까요? 물론 평론가도 좋은 시를 가리는 자신만의 확고한 기준이 있을 겁니다. 그러나 그것은 개인의 주관적 잣대입니다. 그게 모여 평단의 취향을 이루고, 시인들이 자기 시를 거기 맞추려다 보니 스타일이 생겨납니다. 시인의 개별적 스타일이 아니라 시대의 스타일, 즉 유행이지요. 옥타비오 파스는 "시인이 스타일을 획득하면 시인이기를 그만두고 문학적 인공물을 세우는 자로 변한다"고 말합니다.

평단의 취향보다, 시대를 주도하는 스타일보다 더 중요한 것은 좋은 시에 대한 시인 스스로의 믿음입니다. 아무리 시가 주관적 소산물이고 보는 시각에 따라 달라지는 것이라 하더라도 절대적인 가치기준은 변하지 않는 것입니다. 그 불변의 가치를 끊임없이 천착하는 태도가 곧 시인 정신이겠지요. 시란 본질적으로 또 궁극적으로 정신과 감각의 쇄신입니다. 상투성과 획일화, 몰개성으로 둔감해진 감수성을 예민한 촉수로 벼리는 일입니다. 볼 수 없는 것을 보는 행위이고, 미시와 거시, 현상과 본질, 삶과 죽음, 나와 타자 등 서로 다른 세계를 잇는 '영매(靈媒)'입니다. 그러므로 낯선 상상력과 이 세계에 대한 새로운 해석은 필수적입니다. 그것을 정제된 미적 언어로 표현해내면 좋은 시가 됩니다. 저는 그렇게 알고 있습니다. 시를 처음 쓰던 날부터 지금까지 이 믿음은 한 번도 변한 적 없습니다. 그 믿음대로 행하지 못하는 제 의심과 인지부조화가 언제나 문제였지요.

평단의 주목과 호명을 받기 위해서, 대중의 입맛에 들기 위해서 좋은 시의 절대적 가치기준을 무시하고, 자신만의 주관적 신념도 포기한 채 '맞춤형 시 서비스' 하는 것을 그만둬야 합니다. 보들레르가 말한 근대성은 일시적이고 우연한 것에서 영원성을 추출해내는 정신입니다. 오늘날 젊은 시인들은 우연한 것에서 우연한 것을, 일시적인 것에서 일시적인 것만 찾고 있는 듯합니다. 순간의 멜랑콜리와 일시적 충동을 가벼운 입말로 표현하거나 자기 내부의 혼란과 무질서, 공백을 잠깐 감추기 위해 요설을 써서 눈 어두운 독자들을 속이는 것이 여기 해당합니다. 그런 태도들이 하나의 스타일로 자리 잡았다면 더 큰 문제이지요.

경향이나 유행, 호평과 주목은 다 지나가는 것일 뿐입니다. 대중의 관심도 그렇습니다. 한번 보고 '좋아요' 누르면 그걸로 끝입니다. 그게 바로 일회용 시입니다. 일회용품이 잘 팔린다고 일회용품만 찍어내선 안 됩니다. 만들기 고생스럽고 그 값이 비싸더라도, 가치를 알아보는 사람에게만 간직될 명품을 만들어야지요. 세상이 가볍다고 시의 무게를 덜어낼 게 아니라 시대가 가벼울수록 오히려 더 무거운 순금이 돼야 합니다.

3. 동물화한 본능적 시 쓰기야말로 시인 정신

'시대를 관통하는 시'를 쓰라는 말을 자주 듣습니다. 요즘에는 그런 시가 보이지 않는다고들 하더군요. 그런데 제 생각에 젊은 시인들은 이미 시대를 충분히 관통하고 있는 것 같습니다. 요즘 시의 한 특징인 허무주의야말로 시대 현상이 아닌가요? 시대를 관통해봤자 시의 창날에 피도 살점도 묻지 않고, 하다못해 팥 앙금 하나도 묻어나지 않습니다. 공갈빵입니다. 시대가 허무하고 공허합니다. 가볍고 텅 비어 있습니다. 시뮬라크르만 가득하고, 모방과 흉내, 허세, 잠깐 떴다가 사라지는 거품과 환영들뿐입니다.

그러므로 젊은 시인들의 시는 잠시 후면 사라질 이 시대를 관통할 것이 아니라 영속하는 시간을, 변하지 않는 인간의 본질을 관통해야 합니다. 물론 시대의 경향과 담론을 무시할 수는 없습니다. 그러니 상대적이고 변하는 것들을 주시하면서 그 가운데 절대 불변의 무엇을 찾아내야 합니다. 보들레르는 "아름다움이란 영원하고 변하지 않는 어떤 요소와 상대적이고 상황적인 어떤 요소로 이루어져 있다. 후자의 요소가 시대, 모드, 정신, 정열이다. 예술의 이중성은 인간 속성의 이중성의 필연적인 결과이다. 여러분은 영원히 존속하는 부분을 예술의 영혼으로, 변하는 부분을 예술의 육체로 생각하"라고 말한 바 있습니다. 육체야 금방 눈에 띄지만 영혼은 쉽게 찾아지지 않는 만큼, 불변하는 것을 추구하는 작업은 오래 걸리고, 남들보다 한참 돌아가는 오솔길이 될 것입니다. 외롭고 캄캄하겠지요. 그러나 중심으로부터 호명되지 않는 불안함, 편입되지 못한 자의 외로움, 혼자라는 고립감에 속아 '서비스 시'를 기웃거려선 안 됩니다. 역사는 대중이 만드는 것이 아니라 고독한 천재나 외로운 영웅 한 사람에 의해 완성되는 법입니다.

시는 뜻밖의 정경, 낯선 느낌들, 순간의 감정 작용, 감각들의 증언, 사고와 인식의 변화를 수용한 결과이므로 우연의 소산입니다. 마치 풍랑이나 소용돌이 같지요. 그러면서도 또 계산된 결과물이기도 합니다. 정형화된 문장과 운율, 수사와 형식, 시적 기교들을 생각하면 그렇습니다. 좋은 시란 간단합니다. 우연의 소산과 계산된 결과물을 잘 혼합하면 됩니다. "시란 분절된 언어를 수단으로 하여 외침, 눈물, 애무, 키스, 한숨 등이 어렴풋하게 표현하려고 하는 것을 재현하거나 복원하려는 시도"라고 한 발레리의 시론이나 "시는 경험이며 느낌이고 감정이며 직관이고 방향성 없는 사유"인 동시에 "의미의 결핍은 용납하지 않는 언어 체계"라고 한 옥타비오 파스의 견해 역시 시의 우연성과 계산성을 강조하고 있습니다.

이 우연과 계산이라는 원리 안에서, 젊은 시인들이 저마다 지닌 시론에 충실하여 좋은 시를 써주었으면 합니다. 좋은 시에 대한 나름의 철학과 신념이 있을 줄로 압니다. 그걸 밀고 나가자고 주문하고 싶습니다. 눈치 보지 말고, 제도나 주변을 의식하지 말고 차오르는 대로 뱉어내고, 다시 채우고, 또 아낌없이 뱉어내자는 겁니다. 뱉어내기 위해선 채워 넣어야 하는데, 쓰는 일보다 먼저 읽고 체험하고 감동하고 감각해야 합니다. 그것들로 인해 배가 터질 듯 부풀고 금방이라도 토할 듯 턱밑까지 시가 넘실거려야 합니다. 그렇게 되기 위해서 저는 젊은 시인들이 동물화해야한다고 생각합니다. 배고프면 먹고, 차오르면 배설하는 동물의 욕구 결핍―만족의 본능 회로가 시인들에게도 필요합니다.

코제브는 근대가 종식되면 인류의 생활양식이 스노비즘과 동물화로 나뉠 것이라고 예견했습니다. 스노비즘은 타인의 시선과 평가에 주체성 없이 스스로를 맞추어간다는 점에서 흔히 '속물근성'으로 일컬어지기도 합니다. 코제브에 따르면 타인을 질투하고 또 타인으로부터 질투를 받고 싶은 욕망이 인간의 조건인데, 반대로 동물은 욕구만을 갖습니다. 이 '욕구'란 생리적인 것으로 다른 동물에게 큰 영향을 받지 않는 것이지요. 인간의 '욕망'처럼 타자의 인정이나 질투를 바라지 않는다는 것입니다. 음식이나 이성(異姓) 등 특정한 대상과의 관계에서 충족되는 식욕, 성욕 같은 일차적 갈망이 '욕구'인데, 이는 '결핍―만족'이라는 단순한 회로구조에 의해 작동합니다. 이처럼 단순한 회로구조로 움직이는 동물적 욕구에서는 타자와의 관계가 크게 필요하지도, 중요하지도 않습니다. 타자를 질투하지 않으며 타자의 질투를 바라지도 않기 때문입니다. 원하던 대상을 얻어 결핍이 충족된 후에도 계속 결핍 상태가 유지되는 인간의 욕망과는 달리 동물적 욕구는 결핍이 해소되는 즉시 만족을 얻습니다.

평론가와 대중, 제도의 눈치를 보지 말고, 평판이나 주목, 상업적 성공을 의식하지 말고 동물처럼 시를 쓰자고 감히 제안합니다. 가슴 속에 차오르는 시를 주체할 수 없어서, 쓰지 않고는 못 견뎌서 밤새 시를 쓰던 습작기처럼 말입니다. 누가 알아봐주지 않으면 어떻습니까. 우리 내면에서 꿈틀거리는 시는 타자와의 관계를 필요로 하는 '욕망'이 아니라 나 혼자 갈망하고 해소하는 '욕구'입니다.

굶주린 맹수처럼 시에 주린 단독자들이 되어 저마다 은거할 굴, 사냥감을 저장할 아찔한 벼랑 하나씩 만들어둡시다. 외로움은 젊은 시인들끼리 종종 만나 달래봅시다. 감정으로 연대하되 권력을 꿈꾸며 패거리 짓지는 맙시다. 기성을 답습하거나 대가연하지도 맙시다. 부화뇌동(附和雷同) 하지 말고 화이부동(和而不同) 합시다. 술 한 잔 하며 서로 격려하고 위로하는 일 다음에는 각자의 굴과 벼랑으로 돌아가 치열하게 읽고 씁시다. 젊은 시인답게 눈치 보지 않는 패기와 당돌함, 자존심을 버리지 맙시다. 이 모든 말은 제가 제게 당부하는 바입니다.

발표지면

원룸 속의 시인들

초판 1쇄 인쇄일	2019년 11월 05일
초판 1쇄 발행일	2019년 11월 11일

지은이	이병철
펴낸이	정진이
편집/디자인	우정민 우민지
마케팅	정찬용 정구형
영업관리	한선희 최재희
책임편집	우민지
펴낸곳	국학자료원 새미 (주)
	등록일 2005 03 15 제25100-2005-000008호
	경기도 파주시 소라지로 228-2(송촌동 579-4 단독)
	Tel 442-4623 Fax 6499-3082
	www.kookhak.co.kr
	kookhak2001@hanmail.net

ISBN	979-11-89817-99-2 *93800
가격	21,000원